刘再复悟读红楼梦

红楼梦

# 红楼人三十种解读

刘再复 著

上海三联书店

# 目录

# 附录

# 总序

　　"他飞我不飞，我飞自有格"，这是我的写作秘密，也是我的内心绝对命令。我自幼喜欢《红楼梦》，也不知读了多少遍，但是出国前我对《红楼梦》不写专著，不专门写什么文章，因为那个时候阅读研究《红楼梦》的人很多，我说不出什么新话，所以就不说了，这就是"他飞我不飞"。出国之后，关于《红楼梦》，我的思想飞翔了，但我知道《红楼梦》阅读要走自己的路，即要自己独创的方法，所以我就利用海外的自由条件说出自己的红学语言。国内的朋友对《红楼梦》皆是考证和论证，我不走他们的路，而走"悟证"的道路，这就是"我飞自有格"吧。

　　所谓"悟证"，就是禅宗的方式，佛教大师慧能说："迷即众，悟即佛。"悟，其实就是直觉的方法，明心见性的方法，不借逻辑和思辨而抵达真理的方法。我一直认为，没有佛教的东传，就没有《红楼梦》。《红楼梦》本身就是一部大悟书，它佛光四射、禅意盎然，唯有"悟"能把握其核心命脉。我一再说，文学包括三个要素：心灵、想象力、审美形式。每一要素唯有靠悟才能获得，例如，贾宝玉的心灵内涵靠考证和论证都很难抵达，唯有靠悟证才能把握。

　　我已七十九岁，明年就八十了，最近又跌伤，手指骨断裂，所以往往力不从心。值得欣慰的是，我的《红楼梦》讲述赢得许多知音。上海三联书店和北京微言文化传媒有限公司的周青丰先生就是，他们决定出版我的"红楼五书"就是知音之举，我当然心存感激，有许多话要说，但也只能意长言短，说到此为止。

刘再复

2020年冬

# 人性的孤本

　　阅读《红楼梦》时，发现文本中有许多共名，也可说是人物的意象性与类型性的通称，如"梦中人""标致人""尊贵人""精细人""粗劣人""轻薄人""得意人""软弱人""正经人""负心人""多心人""大俗人""畸人""淫人""奸人""丽人""佳人""高人""仁人"等，大约不下百种。有些名称一目了然，无须多加解说，有些则寓意很深，更有一些则完全属于曹雪芹，最后这一种如"槛外人""富贵闲人""卤人""可人""冷人""玻璃人"等，完全是独特的创造，即使辞书上有语义上的注解，也无法与《红楼梦》语境中的这些名称内涵相提并论。20世纪法国荒诞派大作家加缪，创造了举世闻名的"局外人"（也译作"异乡人"）莫尔索，还被公认为现代意识的象征意象。可是，两百年前的曹雪芹就创造了"槛外人"形象，这除了妙玉自称"槛外人"之外，贾宝玉、林黛玉等亦都是槛外人。妙玉贬抑五代唐宋诗词，唯独喜欢范成大"纵有千年铁门槛，终须一个土馒头"两句诗。槛的原意是铁槛，是限定，是牢笼。槛外人便是走出铁笼争取自由人格和独立人格的生命。在《红楼梦》中，槛外人的政治意蕴，是拒绝"文死谏""武死战"道统的异端，而从文化意蕴上说，则是走出儒家道德规范的异端。曹雪芹真了不起，他最古典，又最先锋，既是中国古典文化的集大成者，又是中国现代意识的伟大先驱。《红楼梦》是部异端之书，而且具有多重的异端意义。通过对"槛外人"的解说，便可更靠近小说的主旨。

槛外人是妙玉的自我命名，而"富贵闲人""卤人"则是薛宝钗、探春给贾宝玉的命名，宝玉本身也乐于接受。从表层上看，宝玉是贾府中的第一闲人，富贵之外还得以闲散；从深层上看，这正是精神贵族的特征，与其父辈贾政等世俗贵族相区别之处就在这里。诚如南怀瑾先生在论庄禅时所言："所谓闲人，并非等闲之辈的事。……既然是一个人生，却要'无心于事，无事于心'，做到'空诸所有'，而且'空诸所无'的悠闲自在，那是随随便便就能一蹴而就的吗？"（《禅与道概论》，台北老古文化事业有限公司，2003年，第62页）富贵闲人与富贵忙人的冲突，指涉着精神贵族与世俗贵族的冲突。

宝玉被称作富贵闲人十分贴切，而探春说他："再没有像你这样的卤人"（见"卤人解读"）。所谓卤人，便是愚鲁而不开窍的人，永远存有一片"混沌"的人。曹雪芹让此一笔下人物点破彼一笔下人物，十分见性。《红楼梦》的基本冲突之一，正是卤人与伶俐人、乖巧人、势利人、嫌隙人等的冲突，是生命第一状态——世俗功利状态和第二人生状态——诗意栖居状态的冲突。这是生命能否走出常人的编排与逻辑而持守本真的永恒性主题。这一主题不属于"时代"（更不属于朝代），而是属于"时间"。在《红楼梦》中属于"卤人"之列的还有香菱等。小说叙事中说："香菱之为人，无人不怜爱。"她的名字被改为香菱乃至秋菱，但性情却永远保留着小英莲的率真。贾宝玉与她是天生的一对"并蒂菱"，均呆头呆脑，卤到人人爱。

在百种共名中，我选定了三十种解读，与十五六年前的拙著《人论二十五种》（牛津大学出版社）相比，此次选定的解说对象限定在《红楼梦》中，即必须是小说文本提及的才能入围，但解说则是谈开去，尽可能开掘一种人性的深层。《红楼梦》中的重要人物，其命运皆有多重暗示，其个性全都不重复、不可替代，不是一个人物一种类型，因此一种共名只能解说其性情世界或精神世界的一角。如贾宝玉，曹雪芹除了通过其他人物之口把他定为"卤人""富贵闲人"外，还把他界定为"痴人""真人"（"文妙真人"）等，而薛宝钗，则被戴上"冷人""通人"两顶帽子，至于林黛玉，更是涉及"玉人""可人""痴人""真人""泪人""知音人"等多种意蕴。其中"泪人"一项，属于人性的孤本，世界文库里恐怕找不到第二例。如果用痴人角度解读她，就会发现她是痴绝，除了宝玉这一痴绝可相比之外，几乎也找不到第二例。向来的《红楼梦》读者都说林黛玉是悲剧人物，这自然没错，但往往忽略薛宝钗也是悲剧人物，甚至具有更深刻的悲剧性。她是贾府中最有学问、贯通古今的通人，却又是名闻贾府内外的冷人。如果从冷人的视角看她，就会发现她内心并非真冷。倘若真冷，为什么还要服"冷香丸"？因为身心之内明明有热，有青春生命的激情，却又屈服于世俗社会而压抑下来。这种自我扑灭的悲剧比林黛玉的纵情流泪更痛苦。

关于《红楼梦》的人物研究，著述已经很多，仅对王熙凤的评介文字都难以计数，但是，如果用《红楼梦》提示的命名去观照她，又可有新的发现。李纨说王熙凤是"水晶心肝玻璃人"，竟用"玻璃人"来描述这个"女强人"，道破她外强中干的"纸老虎"的脆弱一面，这也是历来为读者所忽略的一面——当平儿告诉她锦衣卫来抄家的时候，她立即"气厥"晕死过去，比谁都没有支撑身心的力量。人性是脆弱的，曹雪芹最清醒地看到人性的真实，那些"不怕阴司报应"的豪言壮语都是假象与妄言，王熙凤这个叱咤风云的"能干人"，又是一个不堪一击的玻璃人，人性本就如此丰富复杂，铁石人与玻璃人浑然一体，这又构成一种他人无法替代的人性的孤本。在评《红楼梦》的文字中，王熙凤曾被描述为"蛇"，也曾被称为虎狼，但平儿却能"与狼共舞"，和她和谐相处，在险恶的关系中展示出一种至真至美的自然人性奇观。《红楼梦》的后世读者曾用"全人""完人"等美名形容她，而曹雪芹自己则通过宝钗之口两次郑重地说她是"明白人"。这是很重要的提示，平儿不仅明白事理，明白自己在世上的真实角色和地位，毫无妄心妄念，而且符合嵇康所定义的"明白四达"之人。这种人"无执无为"，自然地破除常人难以破除的名分之执、权力之执和财富之执，以真心对待一切人，也真心对待贾琏、王熙凤等不真之人。如果说，宝玉做到了"情不情"（把情推向不情物与不情人）而具大慈悲，平儿则抵达"真不真"的境界，即把真诚推向不真之人以至感动不真之人。这种生命奇观，当然也是举世无双的人性的孤本。

更有意思的是，曹雪芹还通过命名对数千年一贯性的理念进行"翻案"，例如"可人"一词，在小说中就寓意极为深广。"可人"本指可托付之人，后来延伸为最可爱的人。《红楼梦》的"可人"概念出现在第二十八回冯家聚会的曲子里，而秦可卿则是作者笔下赢得这一命名的桂冠女性。像秦可卿这种有婚外恋的性情女子，在《水浒传》中属潘金莲、潘巧云之列，即属万恶之首、万恶之源，只能受尽凌辱最终惨死在英雄的刀下，而秦可卿则得到曹雪芹给予的"兼美"名号，死时又得到惊天动地的厚葬，备受哀荣。两潘被施耐庵投入地狱，秦可卿则被曹雪芹升至天堂，成了太虚幻境中的仙子，这是对性情女子极大的尊重，又对传统中国压迫美丽女子的理念造成很大的冲击。

曹雪芹的叙事艺术真是了不得，他的每一个命名不仅极为准确，而且还为读者提供了一种认知人物的视角。正是发觉这一共名艺术，所以我决心给这些共名做注，且当解读，不过，百种之多，全都解说力不从心，只选择了三十种，除了上文提及的之外，还有"玉人""乖人""正人""怯人""愚人""废人""小人"及"梦中人""滥情人""冷眼人""知音人""伶俐人""势利人""嫌隙人""尴尬人""颖悟人""读书人""糊涂人""妥当人""素心人"等各名称皆出自《红楼梦》，正文中均有出处说明；而且各种"人"均有狭义与广义的解读。用作者的命名和小说中提到的通名，对《红楼梦》的众多人物再做一番描述和评论，并借新的视角说些新话，这是本书的目的。曹雪芹在这些命名中，有审美意识却没有"本质化"。名称通过人物之口自然道出，并无善恶判断的道德法庭与政治法庭，但我在解读中，则不能不强化审美判断，也不能不用当代眼光做些悟证与分析。例如贾政不承认饱读诗书的贾宝玉是"读书人"，因为在他眼里，唯有阅读孔孟经典和八股文章才算读书，至于阅览诗赋杂书，则只能算是沉迷于犬马声色。对此，为宝玉做些辩护恐怕是必要的。笔者从20世纪80年代开始，就热心于对"人"的研究与思索，相继写出的《人物性格二重组合原理》《性格组合论》《论文学的主体性》等，都属于对人自身的探讨。出国后出版《人论二十五种》，也是企图进入人性的更深层面。这之后走向《红楼梦》，更是充分阅览生命的奇观奇迹，对人性也有了更清明的认知与感悟。二十多年前，我曾做人道主义的呼唤，此时则觉得，如果人道主义不"落实"于个体生命，呼唤也属空喊。对《红楼梦》的阅读和此书的写作，使自己更具体地面对生命个案，更明白每一种生命都是丰富复杂的，过去那种把某一生命视为某一意识形态之载体的时代应该结束了。我们该面对的，是世上独一无二的无比精彩的人性的孤本，不可替代的生命的主体图画。

# 梦中人解读

鸳鸯、秦可卿、林黛玉等

贾宝玉的《春夜即事》诗写道：

> 霞绡云幄任铺陈，隔巷蛙声听未真。
>
> 枕上轻寒窗外雨，眼前春色梦中人。
>
> 盈盈烛泪因谁泣，点点花愁为我嗔。
>
> 自是小鬟娇懒惯，拥衾不耐笑言频。

第二十三回这首诗中出现的"梦中人"，是《红楼梦》共名中最重要的一种。《红楼梦》把"梦"作为书名，这之前的名字是《石头记》。一记一梦，有真有幻，有现实有理想，这才是伟大小说的基石。《红楼梦》太奇特，太丰富，以至于任何概念、任何主义都无法涵盖：说它是现实主义，它却有大梦大浪漫；说它是浪漫主义，它却是最逼真的历史记录和最现实的见证；说它是古典主义，它偏是现代意识的先驱；说它是现代主义，它却是古典主义的典范。何况它又是无可争论的伤感主义、象征主义的杰作。就以梦来说，它拥有一个梦的大系统，有大梦、中梦、小梦，有真梦、幻梦、噩梦、托梦；有梦中乡、梦中国、梦中天、梦中梦，而最要紧的是梦中人。早在清代，王希廉在其《红楼梦总评》中就如此说：

> 从来传奇小说，多托言于梦。如《西厢》之草桥惊梦，《水浒》之英雄恶梦，则一梦而止，全部俱归梦境。《还魂》之因梦而死，死而复生，《紫钗》仿佛似之，而情事迥别。《南柯》《邯郸》，功名事业，俱在梦中，各有不同，各有妙处。《红楼梦》也是说梦，而立意作法，另开生面。前后两大梦，皆游太虚幻境，而一是真梦，虽阅册听歌，茫然不解；一是神游，因缘定数，了然记得。且有甄士隐梦得一半幻境，绛芸轩梦语含糊，甄宝玉一梦而顿改前非，林黛玉一梦而情痴愈锢。又有柳湘莲梦醒出家，香菱梦里作诗，宝玉梦与甄宝玉相合，妙玉走魔恶梦，小红私情痴梦，尤二姐梦

妹劝斩妒妇，王凤姐梦人强夺锦匹，宝玉梦至阴司，袭人梦见宝玉、秦氏、元妃等托梦，宝玉想梦无梦等事，穿插其中。与别部小说传奇说梦不同，文人心思，不可思议。

王希廉讲了《红楼梦》前后两大梦和甄士隐、甄宝玉、林黛玉、贾宝玉、史湘云、香菱、妙玉、小红、尤二姐、王熙凤、袭人等人的具体中梦、小梦，仅他涉猎的梦就多姿多彩得足以构成一部梦的手册。而另一"评红"先行者则认为，红楼人皆梦中人。他说：

尝谓《红楼》之人不一，要皆梦中人也。而无人不是梦者，又无人可有梦。有梦不一境也，佳梦甚罕，恶梦恒多。书中历叙各梦，如宝玉梦游太虚幻境，梦与甄宝玉相遇，梦见晴雯死后来别，梦至地府寻访黛玉被石子打回，并甄士隐梦见僧道，甄宝玉因梦改行，黛玉因梦改行，黛玉因梦添病，湘莲梦醒出家，香菱梦里吟诗，小红私情痴梦，妙玉走魔恶梦，凤姐梦可卿劝立家业，又梦被人强夺锦匹，尤二姐梦见三姐劝斩妒妇，袭人梦见宝玉和尚册子，茗烟说万儿因母梦得锦匹而生，以及宝玉神游幻境似梦而非梦，并因黛玉故后想梦而无梦。所言诸梦，皆是真梦。独宝玉在可卿房中梦训云雨之事，绛芸轩中梦斥金玉之说，并属假梦，非真梦也。是故元春之尽也，大梦同归；熙凤之衰也，旧梦反续。乃愈叹人事在梦幻之中，浮生忽忽，扰攘间总属渺茫；梦境出人情之外，魔劫层层，混沌里别有崄巇。则又不止《红楼梦》中人所独患也已。覆鹿何有，化蝶依然，矧罴梦乎哉？

境遍佛声：《读红楼梦札记》，

原载《说丛》，1917年3月第1、2期，

引自《红楼梦研究稀见资料汇编上》，第16—17页

笔者阅读《红楼梦》，对梦自然也有浓厚兴趣，但最关注的是以下两项：一是《红楼梦》作为一部伟大文学作品，它的总梦是什么？也就是说，它的审美理想是什么？第二项，作为作者的人格投影和灵魂意象，贾宝玉的"梦中人"是谁？是哪些人？而曹雪芹作为伟大作家，他在小说中寄托的审美理想尤其是理想人格是什么？

关于第一项，我在陆续写出的"红楼悟语"中已一再说明，说曹雪芹是梦想一个少女的乐园，一个青春共和国，

一个花朵不会凋残，少女不要出嫁、不要死亡的乌托邦。这一总梦，既由林黛玉的《葬花词》来表白，也由全书的歌哭、倾诉、吟唱以及蕴含于其中的无尽的眼泪来呼唤。关于第二项即谁是梦中人则需要另做说明。它至少又得分为三个层面来悟证：

（1）小说文本中的梦中人。

（2）贾宝玉的"梦中人"。

（3）曹雪芹本身的梦中人。

先说小说文本中的梦中人。可以说，每个人物都有自己的梦中人。所谓梦中人，并不是自己在梦中见到的人，而是指梦寐以求的意中人、心上人、恋人。梦中见到的朋友、兄弟、故人、亲人，不算梦中人，即使是夫妻，同床异梦的现象多得很，各有自己的"梦中人"也不奇怪。总之，唯有心中所向往、所憧憬、所追慕的人才是梦中人。青春少男少女的梦中人，就是他（她）们美的理想、爱的归宿。平常人个个都有梦中人，"红楼"中人也是如此，尤其是青春少男少女。对于少女，在心中保存一点"梦中人"的秘密，既是折磨，也是幸福。《西厢记》祝福"天下有情人都成眷属"，便是祝愿"梦中人"都化为现实中人。《红楼梦》人物龄官，她痴痴地在地上写着一个"蔷"字，把藏于心里的梦中人泄露了，发现秘密的贾宝玉不仅不嘲笑，而且从中悟到情的大道理。贾蔷是龄官所思念所追慕所憧憬的对象，是这位优伶的梦中人，是没有疑义的了。还有那位拔剑自刎的尤三姐，她自从见了柳湘莲之后，心中便只有柳湘莲，多年所思所想只有柳湘莲。这位烈性女子的梦中人只有一个，最后用鲜血证明了自己对梦中人的真诚与绝望。从龄官和尤三姐的痴情可以了解，"梦中人"在真诚的女子心目中有多高的位置和多重的分量。

说到这里，我仍必须分清"梦中人"与"妄想中人"的界限。像贾赦、贾琏、薛蟠等滥情人，他们沉迷于色，整天做虚妄的白日梦，自然有许多妄想占有的人，如贾赦想鸳鸯、贾瑞想王熙凤，他们自然也是梦想联翩，但鸳鸯、王熙凤只是他们的妄想中人，欲望的占有对象。他们只有卑劣的功利的占有欲，并无超功利的审美理想。这是两种不同质的梦，也是两种质的梦中人。

龄官在地上透露出一个"蔷"字，尤三姐以一腔碧血证明自己的所爱，都提供了证据，让我们证实她们的梦中人是谁。但是，许多人的梦中人只隐藏于心中梦中，甚至是潜意识中，不仅我们无法实证，连梦者自己也可能不知道或不愿意确认。按照弗洛伊德的潜意识学说，某种被压抑在潜意识深层中借梦浮想出来的梦中人，并非梦者意识到或充分意识到的。一旦在意识层面上察觉，连自己也会觉得脸红。对于这类梦中人，只可悟证，不能实证。例如妙玉那么清高自许，是绝对不肯袒露自己的梦中人的。宝玉生日时她破例送贺帖，与宝玉相遇时问"你从何处来"之后又脸红，她的梦中人是不是贾宝玉？第五回她的命运预示曲中说"王孙公子叹无缘"，这个公子应是她的梦中人。以往的读者都认定这个公子也正是她暗恋的贾宝玉，但最近刘心武考证，认为妙玉的梦中人应是陈也俊。读者可以不赞成他的论断，但应当承认，妙玉的梦中人难以实证也难以验证，对其梦中人进行猜想和审美再创造，乃是每个读者的乐趣与权利，无可非议。

妙玉尚有迹可寻，另一些女子，如鸳鸯，她的"梦中人"是谁？则只能猜想。宝玉向她讨胭脂吃时，她的不冷不热态度无法让人了解她的心思。老恶棍贾赦遭她拒绝时也只能说说"自古嫦娥爱少年"的滥调，猜想她或看上宝玉或看上贾琏，难以下结论。至于鸳鸯自身，发表的则是不在乎什么"宝皇帝"的义正词严的宣言，满身正气，几乎让人觉得她也许真的没有什么"梦中人"。如果姑且认定宝玉不是鸳鸯的梦中人，那么，反过来问：鸳鸯是宝玉的梦中人吗？可以肯定地回答：是。在第一百一十五回中，宝玉已即将结束人间之旅，他因听了麝月的话（麝月因和尚送来玉后，宝玉病情好转，喜欢而忘情说道："真是宝贝，才看见了一会儿就好了。亏的当初没有砸破。"），神色一变，把玉一撂，晕死过去，昏迷中魂魄出窍，做了云游"真如福地"的总结性大梦。在梦境中，第一个见到的便是站在"引觉情痴"匾额下的鸳鸯，接着便由鸳鸯导引，又见到林黛玉、晴雯、尤三姐的亡灵。很清楚了，宝玉的梦中人很多，我们的问题只能是：谁是宝玉的第一梦中人以及第二、第三梦中人？《红楼梦》使用过"第一情人"的概念，就在第一百一十一回鸳鸯自尽后进入太虚幻境，遇到秦可卿之魂时，她以警幻之妹的身份说："我在警幻宫中原是钟情的首坐，管的是风情月债，降临尘世，自当为第一情人，引这些痴情怨女早早归入情司，所以该当悬梁自尽的。"可卿自封为"第一情人"，我们可以理解为她是众女子中情感最丰富、最全面的人，但她把谁视为第一情人，和她是不是贾宝玉的第一情人，则是一个永远的谜。我们只能说，她是宝玉最重要的梦中人之一。至于她是不是宝玉的第一梦中人，则需与林黛玉、晴雯、史湘云、妙玉等做一比较，这也只能仰仗悟证的方法，难以考证与实证。秦可卿因带有更多的神秘性，也总是带给研究者更多的兴趣与麻烦。不仅她的原型让人考证不尽，而就文本中这白纸黑字的"第一情人"四个字，大约也可让人猜证不休。为了免于落入陷阱，我们姑且放下可卿，再说宝玉的梦中人。如果问谁是林黛玉的第一梦中人，问题就很简单。因为她是情情者、专情者，她爱的只有宝玉一个，唯一也是第一。宝玉虽是情不情者、泛爱与兼爱者，但内心最爱的也只有林黛玉一人。毫无疑问，黛玉是宝玉的第一梦中人。

但宝玉毕竟是个泛爱者，情感并不只属于黛玉一人。他写的《芙蓉女儿诔》，虽说也可读作给黛玉的颂词，但毕竟是献给晴雯的挽歌。把晴雯说成兼有质美、性美、神美、貌美的天使，能不进入自己的梦境吗？她死后能不魂牵梦绕吗？袭人说，晴雯被逐，对于宝玉来说是第一等大事。扬弃第一、第二的排座次游戏，毫无疑问，黛玉和晴雯是宝玉的前列梦中人。

贾宝玉在游览太虚幻境时，警幻仙姑称他是天下古今第一淫人，即第一意淫者。所谓意淫，便是爱欲的想象性实现，也可以说是梦中实现的情欲满足。这样说来，意淫也正是和梦中人、意中人在梦中、想象中的邂逅、亲昵、欢爱等，既然是天下古今第一淫人，意淫的对象自然不少，梦中人自然不只黛玉、可卿、晴雯等。那么，除了这三个人之外，还有谁呢？在太虚幻境中遇到的四大仙姑——痴梦仙姑、引愁金女、钟情大士、度恨菩提全在梦境中，这是不证自明的梦中仙子。这四仙子，刘心武猜想是幻入人间的林黛玉、史湘云、薛宝钗、妙玉。这是可信的。笔者深信，尽管爱的深度有别，但这四个精彩女子，都是宝玉的梦境中人，是他心目中占有最重要位置的人。

把妙玉、史湘云列入宝玉的梦中人，不会引起太多异议，宝钗则难免要受质疑。比起黛玉，宝钗确实世故，况且又总要劝诫宝玉走仕途经济之路。但人性毕竟是丰富的，对于宝钗，宝玉虽没有对于黛玉似的一份"敬爱"，却也有一份情爱。宝钗表面上是没有热的冷人，但毕竟是一个拥有仙姿的美人，何况又是一个学贯古今的通人和一个温存淑雅的贤人，"任是无情也动人"。宝玉是不能不面对其动人的一面的。按照史湘云所说的"阴阳两个字是一个字"，即阴阳一体，宝钗与黛玉，这一冷一热、一圆一方，也是可以合一的。两人有别，但恐怕不能说是绝对的内外之别。不仅宝钗是宝玉的梦中人，其堂妹宝琴恐怕也是宝玉的梦中人。这个宝琴，是《红楼梦》中最完美的少女，在现实中几乎难以找到，所以曹雪芹让她游历真真国，真真假假，她编的外国少女汉学家的故事和自己编造的异国姑娘的诗，全都如梦中语。宝琴既没有宝钗的矜持，也没有黛玉的任性，更没有可卿的浪漫和晴雯、芳官的野性。她是人人爱的另一个兼美者——学、识、德、才、质、性、神、貌全都兼备了，难怪贾母破例要把她留在自己的卧室里，王夫人则要认她为干女儿。而对于宝玉，她当然是忘不掉的梦中人了。

除了黛、钗、湘、妙以及宝琴之外，宝玉曾倾慕过、邂逅过、痴想过、呆望过、调笑过或献过殷勤、送过体贴的还有袭人、芳官、香菱、平儿、紫鹃、金钏儿等，甚至听到傅秋芳的名字与故事后，也想做一梦。这些美人、丽人、佳人、可人，有的是宝玉永远的梦中人，有的则是瞬间的梦中人，有的是夜间沉睡中的梦中人，有的是白日妄求中的梦中人。和袭人初试云雨情，给香菱献上新裙子，在平儿悲伤时献上一席话，给芳官起了个近乎野驴子（耶律雄奴）的名字，都算圆了一次梦。人性是极为丰富的，一个有情人拥有一打或两打梦中人是很正常的。金陵十二钗有正册、副册，之后还有又副册。十二个正是一打，贾宝玉有两三打梦中人是肯定无疑的。只是梦有深有浅，全灵魂全身心投入的也只有林黛玉一个。前世的林黛玉（绛珠仙草），今世的林黛玉，逝世的林黛玉，他都衷心地梦，热烈地梦，只是黛玉有时来入梦，有时不来入梦。

贾宝玉的梦中人并不等于就是曹雪芹的梦中人。这里有重叠也有区别。《红楼梦》作为曹雪芹的心灵史和自叙性小说，作者本身就是小说主人公的生活原型，其家族就是作品的小语境，这一点是愈来愈清楚了。但是，《红楼梦》是小说，不是传记，是真事隐于其中的假语村言，同时，又有对自己经历的虚构与提升。艺术升华是文学作品的应有之义。《红楼梦》的主人公（贾宝玉）也是艺术升华的结果，他做了许多梦，拥有许多梦中人，而他本身却是曹雪芹的首席梦中人。贾宝玉既是曹雪芹的灵魂投影，又是曹雪芹塑造的理想人格。曹雪芹与贾宝玉并不相等，换句话说，贾宝玉这个文学形象与贾宝玉的生活原型（曹雪芹）并不相等，前者更理想，更带梦的色彩。作为现实主体、生活原型，曹雪芹生活虽然潦倒，但他并没有出家当和尚，并非"情僧"。他既未衔玉入世，也未离家出世。贾宝玉最后的"解脱"只是曹雪芹的梦。因此，贾宝玉正是曹雪芹的审美理想。他希望自己有宝玉似的人生、宝玉似的情爱、宝玉似的性情、宝玉似的大慈大悲、宝玉似的升华与结局。按照"假作真时真亦假"的结构，甄宝玉与贾宝玉二为一体，两者都以作者为生活原型，但这两个形象，只有一个是作者的梦中人——审美理想，这就是贾宝玉。

贾宝玉的梦中人林黛玉、秦可卿、晴雯等，倒也是曹雪芹的梦中人。他的天才除了塑造贾宝玉这个理想人格之外，还塑造了一大群被称为"玉人""可人""痴人""知音人""槛外人"等的女性梦中人。在未进入小说之前，这些女性原型可以极聪明，极美丽，极有个性，但不一定都是那么杰出的诗人。这些女子进入小说后，既有仙姿，又有灵窍，既有绝世的美貌，又有作诗的天赋。但是可以肯定，不论是林黛玉、薛宝钗还是史湘云、妙玉以及探春、香菱等，她们的诗，全出自一个人之手，这就是《红楼梦》作者曹雪芹。贾宝玉的《芙蓉女儿诔》是曹雪芹所作，林黛玉的《葬花词》也是曹雪芹所作。这位伟大作家把自己写作的精彩诗篇，放到"梦中人"的名下，以实现自己的审美理想。他以全副心力建造一个理想国，这就是名为海棠社的诗国，也以全副心力塑造一群诗化生命，这就是那群在大观园里如蚕抽丝的诗人。关于贾宝玉是曹雪芹的梦中人，1928年北平《益世报》曾有一篇署名"芙萍"的评论说破，这位评论者虽从未被列入"红学家"之列，却有真知灼见。他说：

　　"贾（假）宝玉是甄（真）宝玉的影子"，换言之：甄宝玉才是一个真实的信托物，贾宝玉不过是一个宏大而"梦幻"的背景；进一步也可以说贾宝玉是"梦中人"！甄宝玉才能老老实实地表白出作者的真态度——真实的生活，而他的一切化外的思想情感已然尽量由贾宝玉代表出来了呢。

　　由上说来：可见甄宝玉就是曹雪芹的真替身，贾宝玉不过是一个梦想的影子，作者曹雪芹之生活——态度、牢骚、情感——我们读《红楼梦》的人尽可以把眼光放在甄宝玉的一人身上去领略，便能够整个地告诉我们贾府乃为"梦中之事"了！这是我们研究《红楼梦》的人应该尝试的滋味。

北平《益世报》，

1928年12月12、13、14日

芙萍指出贾宝玉只不过是曹雪芹的"一个梦想的影子",一个审美理想化的梦中人,这并非贬低《红楼梦》的作者与主人公,而恰恰是明白《红楼梦》是一部小说,不是传记,但它又不是全然虚构的小说,而是作者身世家世的一次艺术提升,尤其是曹雪芹本真己我的一次重新发现。梦是发现,只有非常清醒的人才知道人生原来是一场大梦,才知道自己曾经沉沦其中的世界是个非实在的世界,也才知道在纷纷扰扰中忙忙碌碌的那个世俗的自我并非真我。当年的真我从本真的自己那里滑落到"唯有金银忘不了"的世俗人群中,今天清醒了,再做一场从常人编排的生活程序中逃出而返回本真己我的大梦,贾宝玉就是这场大梦的主人公。庄子一再暗示,世人的一生迷迷惑惑,做的是无意义的白日梦,唯有超越常人的逻辑,游心于物之初和游心于精神世界,才能找回故乡。《红楼梦》设置那么多大小梦境,塑造了那么多充满诗意的梦中人,其伟大作者在流了十年的辛苦之泪后,该体验到进入梦境的"至乐"了吧。

# 富贵闲人解读

贾宝玉、贾母等

　　"富贵闲人"这一概念出自《红楼梦》第三十七回"秋爽斋偶结海棠社　蘅芜苑夜拟菊花题"。此回文本描写探春发起建立诗社，立即得到宝玉、黛玉、宝钗、迎春、惜春、李纨的响应。结社时，黛玉、李纨建议大家起个别号，相当于当代人所说的"笔名"。商议之后，确定探春为"蕉下客"，黛玉为"潇湘妃子"，宝钗为"蘅芜君"。宝玉迫不及待地要"诗翁"们帮他起号，于是，便讨论出一个"富贵闲人"：

　　宝玉道："我呢？你们也替我想一个。"宝钗笑道："你的号早已有了，'无事忙'三字恰当的很。"李纨道："你还是你的旧号'绛洞花主'就好。"宝玉笑道:"小时候干的营生,还提他作什么。"探春道:"你的号多的很,又起什么。我们爱叫什么,你就答应着就是了。"宝钗道:"还得我送你个号罢。有最俗的一个号,却于你最当。天下难得的是富贵,又难得的是闲散,这两样再不能兼有,不想你兼有了,就叫你'富贵闲人'也罢了。"宝玉笑道:"当不起,当不起,倒是随你们叫去罢。"

在这之前,曹雪芹在叙述中早就把贾宝玉界定为"第一闲人"了。那是贾元春省亲回宫之后对贾府状况的一段描写:

> 且说荣宁二府中因连日用尽心力,真是人人力倦,各各神疲,又将园中一应陈设动用之物收拾了两三天方完。第一个凤姐事多任重,别人或可偷安躲静,独他是不能脱得的;二则本性要强,不肯落人褒贬,只扎挣着与无事的人一样。第一个宝玉是极无事最闲暇的……只和众丫头们掷骰子赶围棋作戏。(第十九回)

曹雪芹把王熙凤界定为第一忙人,宝玉则是第一闲人。前者为"事多任重"的富贵大忙人，后者为"最闲暇"的富贵大闲人。关于"富贵闲人"的这段故事与这一别号，我在《红楼梦悟》的第208则曾做这样的初步解读：

中国门第贵族传统早就瓦解，清王朝建立之后的部落贵族统治，另当别论。虽然贵族传统消失，但"富""贵"二字还是分开，富与贵的概念内涵仍有很大区别。《孔雀东南飞》男主角焦仲卿的妻子兰芝，出身于富人之家但不是贵族之家，所以焦母总是看不上，最后还逼迫儿子把她离弃。《红楼梦》中的傅试，因受贾政提携，本来已发财而进入富人之列，但还缺一个"贵"字，所以便有推妹妹攀登贵族府第的企图。三十五回写道："那傅试原是暴发的，因傅秋芳有几分姿色，聪明过人，那傅试安心仗着妹妹要与豪门贵族结姻，不肯轻意许人，所以耽误到如今。目今傅秋芳年已二十三岁，尚未许人。怎奈那些豪门贵族又嫌他穷酸，根基浅薄，不肯求配。那傅试与贾家亲密，也自有一段心事。"

第三十五回的此段叙述，使用"暴发"一词，把暴发户与贵族分开。暴发户突然发财，虽富不贵，还需往"贵"门攀援，然后三代换血，才能成其贵族，可见要做"富"与"贵"兼备的"富贵人"并不容易。贾宝玉的特异之处，是生于大富大贵之家，却不把财富、贵爵、权势看在眼里，天生从内心蔑视这一夺目耀眼的色相。他也知富知贵，但求的是心灵的富足和精神的高贵。海棠诗社草创时，姐妹们为他起别号，最后选用宝钗起的"富贵闲人"，宝玉也乐于接受。他的特征，确实是"富"与"贵"二字之外，还兼有"闲"字。此一"闲散"态度便是放得下的态度，即去富贵相而得大自在的态度。可惜常人一旦富贵，便更忙碌，甚至忙于骄奢淫逸，成了欲望燃烧的富贵大忙人。宝钗说宝玉是"富贵"与"闲散"二者兼有，实际上富、贵、闲、散四者兼有。"富贵闲人"这一别号覆盖四者的内涵，寓意甚深，属于"大俗即雅"的名号。

我在"悟语"中以《孔雀东南飞》的女主人公兰芝被逐为例，说明富与贵的区别，这并非我的首解。著名的中国文学史家刘大杰先生在他的专著《魏晋思想论》中就说：

> 兰芝的被遣，不是因她本身少德的缺陷，实因她门第卑贱的原因。魏晋时代，是阶级制度最严、门第观念最发达的时候。富贵二字，在魏晋人的眼里，分辨得很清楚。贵人可以富，

但富人不一定可以贵。因此有许多富豪，情愿赔本去弄个官做，好夸耀乡里，以与贵人交接来往为无上的光荣。这种故事，在当日的史书里，我们是时常看见的。看兰芝出嫁的时候，带去了那么多的嫁妆，她家里恐怕是一个富户或是商家，但门第一定很微贱，在社会上没什么地位。由兰芝的哥哥那么想同官家攀亲的一点看来，这种推想似乎很靠得住。焦家却不同，门第很高，年轻的儿子已在衙门内做官，前途是无限的。所以他的母亲不满意这种婚姻，非叫儿子媳妇离开不可。她这种观念，在她劝慰她儿子的那几句话里，表现得很明显："汝是大家子，仕官于台阁，慎勿为妇死，贵贱情何薄。东家有贤女，窈窕艳城廓，阿母为汝求，便复在旦夕。"所谓"大家"，所谓"台阁"，所谓"贵贱情何薄"，等等，便是这悲剧的基础。

《魏晋思想论》第六章，载《魏晋思想·甲编三种》，

台北里仁书局，1995年，第159—160页

刘大杰先生说，"富""贵"二字，在魏晋人的眼里，

分辨得很清楚。因为在魏晋之前，中国就经历过漫长的贵族时代，那是周朝的氏族贵族统治时代。《诗经》中的许多诗，都是贵族交往的唱和之诗。秦汉统一中国后，打击贵族诸侯，以文官代表皇帝到各地取代诸侯统治，贵族制度开始瓦解。可是到了晋代，却又有门阀贵族兴起，于是，"富""贵"之分仍然界限森严。隋、唐、宋、明由于恢复中央集权和推行科举，贵族统治也随之崩溃。虽无贵族制度，但仍有豪门与寒门之别、权贵与庶民之分，因此富与贵的区别仍然未从中国人的头脑中消失。清王朝建立之后，部落贵族统治中国，富、贵界限自然更加分明。所以在《红楼梦》里便出现与贵族一词对应的"暴发"概念，也就是当代人所说的"暴发户"。所谓暴发户便是突然崛起的富人、富豪，出身低贱而拥有巨大财富，只沾上"富""贵"二字中的一个字。鲁迅先生《文坛三户》一文描绘暴发户、破落户和"暴发又破落"三户，破落户系贵族破落变成空有门第品牌的穷光蛋，有贵字没有富字，和暴发户一样，两字未能兼有。贾宝玉出身的贾家，不仅钱财无数，而且有世袭爵位，又出了个当朝皇妃，是典型的大富大贵的权贵豪门之家，而他又是家族宠孙，更是个显赫的富贵人。然而，贾宝玉最幸运之处，还不在于富贵，而在于兼得闲散。正如宝钗所言，天下难得富贵，又难得闲散，二者难以兼有，而宝玉却兼而得之。不过，贾府里的富贵闲人，虽以宝玉最为典型，但绝不是只有他一个人。实际上，连想出这个概念的薛宝钗，以及她的诗社伙伴林黛玉、探春、李纨、迎春、惜春以及后来加入的史湘云等都属富贵闲人。因为有闲，才可能作诗。像王熙凤太忙，就当不了诗人。她的一生只作了"一夜北风紧"一句，没有下文。她生病时，探春、宝钗、李纨忙了一阵，其他时间里，她们也是闲着。至于宝钗的母亲薛姨妈及宝玉的母亲王夫人等，下边都有一干子丫鬟侍候着，自己其实也只是个闲人。而位于贾府宝塔顶上的权威，爱说爱笑爱看戏的贾母，更是大富大贵大闲之人。她和她宠爱的孙子贾宝玉这一老一少，正是贾府富贵闲人群中居于宝塔尖顶的两位代表。虽说都是富贵闲人，但富贵与闲散的内涵却大不相同，对待富贵的态度也大不相同。即使是贾母史太君与贾宝玉之间，闲散的哲学意蕴也有很大的差别。概括地说，贾母是世俗意义上最高级的富贵闲人，贾宝玉则是从世俗阶梯迈向精神阶梯的哲学意义上的最高级的富贵闲人。说到底，贾母还属世俗贵族，贾宝玉才算精神贵族。

先说贾母，这位"史太君"的富、贵、闲都抵达登峰造极的地步，她的富与贵不是踏上贾府之门才有的，其出身本来就是"保龄侯尚书令史公之后"，属显赫豪门。"阿房宫，三百里，住不下金陵一个史。"婆家与夫家皆是名宦大族，关于她的富贵，无须多言。她的聪明才智主要是善于享受一个"闲"字，或者说善于利用富贵条件享福。所以小说文本特送她一个"享福人"的无冕尊号，第二十九回的回目为"享福人福深还祷福"，指涉的正是贾母。意思是说，这个贵族老太太本已生活在幸福之中了，但还要延伸扩展幸福，在端午节时亲自率领贾珍、王夫人、王熙凤等老爷太太和大群公子小姐到清虚观去打醮求福。

富、贵、闲都有了，够福气了，还求什么福中福？贾母聪明至极，还想到一个寿字。没有长寿，富贵岂不"浪费"，她想得有理。到清虚观烧香，就求一个寿字。张道士给她祝福，也是永远健康、万寿无疆一类的变种语言。大富贵闲人，不仅懂得享受生活的质，还懂得享受生命的量，虽不敢妄想无疆万寿，但求个有疆百岁也好。关于这一点，傻头傻脑的贾宝玉就大不如老祖母聪明。他竟然动不动就说要化作一缕烟一堆灰，要和"女儿"们一起去死，只观青春相，不认"寿者相"，身在福中不知福，更不求福。

贾母这个闲人虽然世俗化一些，可也是一个不简单的人。她的"闲"也自有一番俗人没有的学问。中国有个成语，叫作"闲情逸致"。贾母的厉害，就是闲情中有逸致，即有脱俗的趣味与情思。也就是说，作为闲人，却又带有逸人的某些特色。凡逸人都得讲究一点逸趣、逸韵、逸操。

首先是逸趣。光是被孝子贤孙儿媳丫鬟们包围奉承着，虽有虚荣却未必有趣。要有趣，就要有人帮她逗乐凑趣，或者说，虽有闲，还得有人帮闲。贾母深懂人生三昧，所以她看中了凤丫头、凤辣子、孙媳妇王熙凤。这个王熙凤不仅是帮忙的雄才（如协理宁国府），而且真是个帮闲的奇才，她那一副伶牙俐齿可谓天下无双，既可把活人骂成死人（如尤二姐），也可把死人说成活人，更何况哄一个老太太。王熙凤的帮闲技巧之高在于她能逗得贾母开怀大笑，捧得贾母前倾后仰，拍马屁拍到她老人家的心坎里，却不露一点吹捧的痕迹。王熙凤在铁槛寺里是个"奸雄"，在协理宁国府时是个"能臣"，在贾母面前，则是一个出色的喜剧演员，其有声有色而又有心有机的表演，真给贾母在闲情中增添了无穷的乐趣。然而，王熙凤的逗趣，虽未流入恶俗，却也称不上是种逸趣、雅趣。贾母的高明是既能雅俗共赏又能雅俗分赏。

贾母享福生活中有一重要内容是看戏，其逸情、逸韵就在艺术欣赏中。贾母不仅喜欢观赏，而且有鉴赏能力。她"破陈腐旧套"，嘲讽"才子佳人"千篇一律的创作模式，是《红楼梦》的重要思想，也是她丰富内心的一种呈现（第五十四回）。《红楼梦》评论者往往只注意贾母的侄孙女史湘云的名士风度，忘记贾母骨子里也有名士文化。她不拘一格，最讨厌传统老套，且有艺术眼光，有独到的思想见解，有丰富的内在情韵，这就把老年人的享福推向深层，与只知喝人参汤和听歌看戏之后昏昏然的老头老太太大不相同。

除了逸趣、逸韵之外，还有一点容易被我们忽略的是"逸操"。这就是高尚慈悲的情操与品格，许多只知享受生活的人会忘记中国一条极为重要的思想，即"富贵不能淫"。《红楼梦》所嘲讽的"滥情人"如贾琏、薛蟠等，并没有真幸福。贾宝玉则与滥情无关，他守持逸操，止于"意淫"，富贵之中既不媚俗，又看清荣华富贵并非人生的根本。贾母虽然不如宝玉，但可贵的是她也富有同情心与慈悲胸怀，她亲热地和刘姥姥这个庄稼人交谈说笑，刘姥姥称她为"老寿星"，她称刘姥姥是"老亲家"，不像妙玉那样嫌刘姥姥"脏"。她到清虚观时，王熙凤凶狠地打那因慌张撞到她的小道士，"照脸一下，把那小孩子打了一个筋斗"，小道士往外跑时，众婆娘媳妇都喊着追打，唯有贾母立即制止，并说："快带了那孩子来，别唬着他。"还命贾珍给他些钱与果子，抚慰他。此一细节，可见贾母没有王熙凤等人的"我相"、权贵相、霸相，别有一种情操。王熙凤那么聪明能干，最后当不了享福人，究其根本原因，就是缺了贾母这种情怀情操。一个还有等级挂碍、尊卑挂碍、输赢成败挂碍的人怎么可能有真幸福呢？一个被小孩子无意撞了一下就大发雷霆的人怎能有尊贵、有情韵、有容纳观赏天地万物的幸运呢？贾母见到王熙凤打小道士，连说"可怜见"，一片悲悯之心。她的这种同情，这种悲悯，也是一种幸福，爱别人比让别人爱更幸福。王熙凤们不懂得这一道理。

　　宝玉的奇异之处，也是可爱之处，是生于大富大贵之家，却不把财富、贵爵、权势看在眼里。虽有天生的玉质，却没有富人相与贵族相，更不争那些功名利禄，因此赢得了最深刻意义上的心闲，即内心赢得大自由、大自在。贾宝玉在潜意识层里明白，到地球上来走一回，是来过他想过的生活、诗意状态的生活，因此，他天生就拒绝被物所役。既不被功名、财富所役，也不被皇统、道统、八股文章和各种概念所役。闲，对于他来说，就是逃避身外之物和身外理念的奴役。不过，他在闲中也有忙，这种忙，是"无事忙"，是享受生活的忙。他珍惜每一天，珍惜每一刻与姊妹、朋友相逢相处的时光，他说他爱说的话，写他爱写的诗文，不说他不情愿说的话。他宽待各种人，心里没有仇恨与积怨，脑子里没有算计与机谋，他与林黛玉吵吵闹闹，也属"不是冤家不聚头"（第二十九回），有对立才有密切，吵闹也是相恋的一种形式。他一再宣称自己是个"俗人"，他的"俗"正能够打破一切尊卑等级界限，与被蔑视的"下等人"没有分别。

　　宝玉的闲人状态，用宝钗的话说，是闲散状态。从表面上看，像是"散仙"，旷达不羁，自由自在，白居易晚年便是这种状态，他的诗云："久将时背成遗老，多被人呼作散仙。"(《雪夜小饮赠梦得》)清代黄遵宪也有这种向往，所以才有"登楼北望方多事，未许偷闲作散仙"的吟叹。宝玉表面上是散仙状态，骨子里却是持守生命的本真状态，即不把富贵当作人生目的，不把自己羁绊于世俗角色的种种目标。贾宝玉通过闲散把自己和众人、常人区别开来了。众人殚思竭虑、尔虞我诈、巧取豪夺，汲汲于功名、权力、财富，追求"金满箱、银满箱"和"衣锦还乡"，锱铢必较，机关算尽，一生忙得很，累得很，而宝玉则完全拒绝这种人生状态，他放下世俗负累，让存在的意义在闲散中充分展开。老子在《道德经》第二十章中曾描述一种人，这也许就是真人、至人：

> 众人熙熙，如享太牢，如春登台。我独泊兮，其未兆；沌沌兮，如婴儿之未孩；儽儽兮，若无所归。众人皆有余，而我独若遗。我愚人之心也哉！俗人昭昭，我独昏昏。俗人察察，我独闷闷。澹兮其若海，飂兮若无止。众人皆有以，而我独顽且鄙。我独异于人，而贵食母。

这段话如果作为贾宝玉的独白，倒挺合适。贾母虽然不简单，但她的享福，说到底还是"众人熙熙，如享太牢，如春登台"，太为自己的富贵而心满意足，而宝玉在富贵面前却是一片孤独，"若无所归"。他这个富贵闲人，是一个在现实功名关系网络中找不到归属的人，一个心灵游走于物之初、身心归属于自然整体和宇宙整体的人。他的富贵是一种巨大的拥有，他的闲散是自然生命的充分敞开。

贾宝玉这种闲人，见证了宋代之后禅师们的一种人生姿态，即充当了无一事的"闲道人"的姿态。关于这一点，南怀瑾先生讲得十分清楚。他在《禅宗概要》一文中说：

> 唐、宋以后的禅师们，也有采用呵佛骂祖的教授方法，用来破除固执盲目信仰的宗教性，高唱佛是"干屎橛"等名言，但他仍然标榜以达到不是成佛，只是完成一个"超格凡夫"，或"了无一事的闲道人"等为目的。其实，这些作用，都是为了变更经常含有过分宗教色彩如佛菩萨等的佛号，而代之以最通俗明白的观念而已，所谓"超格"，所谓"闲人"，并非等闲易学的事，试想：既然身为一个凡夫，却要在凡夫群中，超越到没有常格可比；既然是一个人生，却要"无心于事，无事于心"，做到"空诸所有"，不是"实诸所无"的悠闲自在，那岂是随随便便就能一蹴而就的吗？倘使真能到达如此地步，纵使不称他

为佛，而叫他任何其他虚名，在他自然都无所谓了，犹如庄子所说或牛或马，一任人呼，又有何不可呢？我们若了解禅宗的中心与目的以后，就可明白唐、宋以来禅宗宗师们所标示的了生死、求解脱，是如何一回事了！

《禅与道概论》，

台北老古文化事业有限公司，2003年，第62—63页

贾母和贾宝玉都是富贵闲人、享福人，如果必须做一判断——两者谁拥有更高的幸福，谁更富贵，那么，我们将会回答：年幼者更高贵。年迈者虽然也有精神文化生活，但真正生活在精神深层、人性深层、文化深层的人是年幼者。与其说贾宝玉是个富贵人，不如说他是个高贵人，一个在内心放下物质幻相而守持生命本真本然的富贵人。写到这里，不妨引述一下马尔库塞的一段话：

文化的含义与其说是一个美好的世界，不如说是一个高贵的世界。这个高贵世界的出现，并不需要推翻物质生活秩序，只要借助个体灵魂的活动就行了。人性成为一种内在的状态，自由、善行和美，皆成为精神的性质：

即对所有人类创造物的理解，对任何时代之伟大成就的知识，对任何艰难和崇高之物的领悟，对使所有这些东西在其中皆成为实然之物的历史的尊重。这种内在状态，必定成为不会与给定秩序发生冲突的行为的源泉。于是，文化就不属于那个把人性的真理理解为战斗呐喊的人，而是属于那个在他身上文化已成为恰如其分的行为举止的人。……文化的王国在根本上是灵魂的王国。

《现代文明与人的困境——马尔库塞文集》，
上海三联书店，1989年，第130—131页

贾宝玉所以比贾母幸福，是因为他属于马尔库塞所说的"内在状态"闲散，即放得下的人，正因为这种状态，所以他不是反抗现存秩序的高声呐喊的战士，而是借助个人灵魂去把人性转化为自由、善行和美的人。这种人是富贵闲人，更是高贵闲人；是世俗贵族，更是精神贵族。唯有这种人，才没有任何物役的痕迹，才没有任何精神奴役的创伤（胡风语）。

# 槛外人解读

妙玉、宝玉、林黛玉等

"槛外人"是《红楼梦》的一个极为重要的概念，而且是几个主要人物的哲学共名。

这一共名出现在第六十三回。读过《红楼梦》的人，都知道妙玉自称"槛外人"。这一回的回目"寿怡红群芳开夜宴"，写宝玉生日时，袭人、晴雯、麝月、秋纹四人，每人出银子五钱，芳官、碧痕、小燕、四儿，每人出三钱，共三两二钱银子，交给柳嫂子，预备了四十碟果子，单替宝玉过生日。有这些小人物、小知己替自己祝寿，宝玉喜得眉开眼笑，更有一个意外之喜，是妙玉给他留下一个祝寿的拜帖，上面写着"槛外人妙玉恭肃遥叩芳辰"。这个孤绝傲绝的仙女般美女给自己下帖祝寿，可非同小可，该怎么回帖？一时没有主意，便想去问林妹妹，路上正巧碰上妙玉的好友邢岫烟，这岫烟便告诉他关于"槛外人"的来历和意思：

　　岫烟听了宝玉这话，且只顾用眼上下细细打量了半日，方笑道："怪道俗语说的'闻名不如见面'，又怪不得妙玉竟下这帖子给你，又怪不得上年竟给你那些梅花。既连他这样，少不得我告诉你原故。他常说：'古人中自汉晋五代唐宋以来皆无好诗，只有两句好，说道：纵有千年铁门槛，终须一个土馒头。'所以他自称'槛外之人'。又常赞文是庄子的好，故又或称为'畸人'。他若帖子上是自称'畸人'的，你就还他个'世人'。畸人者，他自称是畸零之人；你谦自己乃世中扰扰之人，他便喜了。如今他自称'槛外之人'，是自谓蹈于铁槛之外了；故你如今只下'槛内人'，便合了他的心了。"宝玉听了，如醍醐灌顶，嗳哟了一声，方笑道："怪道我们家庙说是'铁槛寺'呢，原来有这一说。姐姐就请，让我去写回帖。"岫烟听了，便自往栊翠庵来。宝玉回房写了帖子，上面只写"槛内人宝玉熏沐谨拜"几字，亲自拿了到栊翠庵，只隔门缝儿投进去便回来了。

岫烟的释解没有错。妙玉自称"槛外人",有时也自称"畸人",两个概念相通。"畸人"是庄子原创的概念,"槛外人"则是妙玉的发明,但也是从"畸人"那里延伸出来的,所以必须先说"畸人"。在《庄子·大宗师》篇中有段话:

> 子贡曰:"敢问畸人?"曰:"畸人者,畸于人而侔于天。故曰,天之小人,人之君子;人之君子,天之小人也。"

这也许是庄子伪造子贡的话,或者说,是借孔子弟子之口而说自己的观念:什么人才算是奇异之人呢?奇异之人就是不同于常人、众人而同于造化之天的人。所以就产生造化标准与社会标准的差异。以造化之天的标准看,其所谓小人物,在我们眼里就已经是君子了,而我们这些自以为君子的人物,在造化之天的眼里,只是个小角色而已。这也正是道眼与俗眼的区别,天眼与人眼的区别。

妙玉以"畸人"自居,便是以拥有天眼、道眼的奇异人自居,即自外于"世人"与"扰扰之人",超越于众人、常人、俗人之上。不与世俗社会同流,而与造化共在。在庄子的理念中，"畸人"还得与五种高等一些的人划清界限，也得对他们有些超越。《庄子·刻意》一开头就说：

> 刻意尚行，离世异俗，高论怨诽，为亢而已矣；此山谷之士，非世之人，枯槁赴渊者之所好也。语仁义忠信，恭俭推让，为修而已矣；此平世之士，教诲之人，游居学者之所好也。语大功，立大名，礼君臣，正上下，为治而已矣，此朝廷之士，尊主强国之人，致功并兼者之所好也。就薮泽，处闲旷，钓鱼闲处，无为而已矣；此江海之士，避世之人，闲暇者之所好也。吹呴呼吸，吐故纳新，熊经鸟申，为寿而已矣；此道引之士，养形之人，彭祖寿考者之所好也。

庄子这里讲五种人的五种立身态度：第一种山谷之士立身于砥砺心志，崇尚品行，超凡脱俗，嬉笑怒骂；第二种平世之士立身于仁义忠信，恭俭推让，洁身自好；第三种朝廷之士立身于追求功业，谋取功名，维护君臣上下秩序；第四种江海之士立身于隐居山泽，栖身旷野，钓鱼闲居，无为自在；第五种道引之士，更是远离世间，吹嘘呼吸，吞吐空气，像老熊吊颈，飞鸟展翅，只是为了延长寿命而已。这五种人，有隐者，有仕者，但都不属于"畸人"。在庄子眼里，真正的奇异之人，是真人、至人、圣人，他们"不刻意而高，无仁义而修，无功名而治，无江海而闲，不道引而寿，无不忘也，无不有也，澹然无极而众美从之"。这种人的根本特征是顺其自然，尤其是顺其内心的自然，完全摆脱外物外形的牵制与奴役，不借助"仁义""功名""朝廷""江湖"等外在有形之物而驰骋于天地之间。前五种人的立身态度，虽有隐、仕之别，但都过于"刻意"（不自然），只重视外部有形可视的东西，而不重视内在无形不可视的心性。因此，这五种人即使隐逸于山谷江海之中，也不算真正得大自在。妙玉喜欢庄子，以"畸人"自居，说明她不仅是以隐居于栊翠庵当隐士为满足，而且是以超越隐者、仕者所确定的活动范围为自己的向往。她自称"槛外人"，除了岫烟所解释的超越"千年铁门槛"这一豪门贵胄的狭义之槛，还超越了广义之槛，这就是中国历代朝廷之士、山林之士、江海之士的价值系统和规范，追求一种与天地万物相融相契、与本真己我和谐一致的精神空间。因此，"槛外人"不是朝士，不是志士，也可能不是隐士，而是走出传统价值体系，走出眼睛、耳朵等视觉听觉有限性而得大自由、大自在的人。

贾宝玉格外敬重妙玉，称她是"世人意外之人"，知道妙玉给他送生辰帖子正是他也"有些知识"，即宇宙人生见解能够与妙玉相通。但宝玉还是谦卑地称自己为"槛内人",不敢与妙玉相提并论。其实,妙玉虽然自称为槛外人,但是仍然执着于槛内的等级之分、尊卑之分,如对刘姥姥和对贾母的态度就有天渊之别。生活态度太刻意,不仅茶喝极品,人也以极品自居,极品相太重,所以才有曹雪芹给她的"云空未必空"的判词,而宝玉虽然谦称自己为"槛内人",其实,他倒是一个真正的槛外人,一个完全不同于朝廷之士、山林之士、江海之士、道引之士的人。他不走仕途经济之路,不去争当朝廷之士,也不以隐士自居。他作为"富贵闲人",不是刻意地把自己放入山林江湖之中,而是以"不二法门"即无偏执之心、无虚妄之念、无分别之心立身于人境之中,从执着于有形的外在色相转入宁静澄明的自然心性中,也就是本真本然的大自由中。他倒是真正做到"不刻意而高,无仁义而修,无功名而治,无江海而闲"。《红楼梦》的伟大成就,正是创造了贾宝玉这样一个"槛外人"主人公形象。

在以往的"评红"文字中,我把曹雪芹所创造的槛外人形象视为中国"现代意识"的开端,视为了不起的现代哲学意识的黎明似的创造。

就在《红楼梦》产生的二百年后,即1942年,出身于阿尔及利亚的法国作家加缪的代表作《局外人》问世。这部小说的中心意识,被视为西方典型的现代意识。这部著作的英文译名为"The Stranger"，即异样人。中文译为"局外人"。无论是畸人、槛外人还是局外人，都是与常人、俗人、众人不同的奇异人，都是和古典、流行的价值形态格格不入的人。加缪的《局外人》震撼西方文坛并获得诺贝尔文学奖之后，"局外人"便成了现代人的代表性符号，其指称所涉便是现代意识。这部小说的主人公莫尔索，与其寄身的家庭、社会格格不入，对流行的价值观念、立身态度、行为方式更是不能认同，甚至对母亲的死亡也不在乎。在他看来，常人、众人所理解和追求的故乡、阳光、功名、幸福等，全是误会。他与庄子不同，并不退出社会，仍然生活在社会中，仍然与社会有密切关联，只是用一种反常规的态度与之关联，或者说，是以一种荒诞的态度和社会保持着联系。贾宝玉正是18世纪中国的莫尔索，清王朝时代的局外人。

特别值得注意的是，加缪的《局外人》，也被译为《异乡人》。1972年王润华先生的中译本就叫作《异乡人》，此书由台南大华出版社出版。最有意思的是，加缪与曹雪芹一样，也在《鼠疫》小说文本中重新定义故乡。他说：

> 在这些堆积如山的尸体中间，在一阵阵救
> 护车的铃声中，在这些所谓命运发出的警告声
> 中，在这种一潭死水似的恐怖气氛以及人们内

心的强烈反抗中，有一阵巨大的呐喊声在空中回荡不息，在提醒着这些丧魂落魄的人们，告诉他们应该去寻找他们真正的故乡。对他们所有的人来说，真正的故乡是在这座窒息的城市的墙外，在山冈上的这些散发着馥郁的香气的荆棘丛里，在大海里，在那些自由的地方，在爱情之中。

《鼠疫》，顾方济、徐志仁译，

台北林郁文化事业有限公司，1994年，第338页

加缪在这段话里提醒那些丧魂失魄的人们，告诉他们只有意识到自己是异乡人才能得救，不要把闹着鼠疫的地方当作故乡，只有走出鼠疫之城的门槛，才能赢得新生。《红楼梦》的第一回就重新定义故乡，提醒众人不要"反认他乡是故乡"，也是在告诉人们，归根结底，我们都是"异乡人"。但是，曹雪芹的"异乡人"概念比加缪的"异乡人"概念更为广阔，也富有更深邃的哲学意蕴。加缪的故乡是"有"，是鼠疫门槛之外的山冈、森林、海洋与爱情，是理想世界中的清净地；而曹雪芹的故乡是"无"，是庄子的"归精神乎无始，而甘眠乎无何有之乡"（《庄子·列御寇》），是无可命名无可稽查而姑且命名的灵河岸边三

生石畔，其实是天人合一、物我会聚的可以让自己的生命敞开的澄明之境。所谓故乡，乃是灵魂的归属。众人以为他们的寄寓之地以及此地派生的关系是他们的归属，是衣锦显耀的地方，但曹雪芹认为无归属、无立足境才是真正的归属和真正的灵魂皈依之境，才是最可靠的家园。这个"无"，这个万物万有的发源地，这个天人相融相契的聚合点，这个可以把世俗的妄念、执着放到一边而可让自己的本真生命寄寓于充分敞开的地方才是最后的故乡。这个故乡不在世俗世界的槛内，而在这个世界之外。宝玉、妙玉、黛玉虽然身在槛内，但灵魂却在槛外，所以既可称作槛外人，也可称作异乡人。

不管是局外人、异乡人还是槛外人，名称不同，本质只有一个，这就是异端。无论是曹雪芹笔下的贾宝玉、林黛玉、妙玉，还是加缪笔下的莫尔索，都是异端。只是异端的内涵即异端的反叛锋芒有相同处也有不同处。相同处是都不满局内槛内的现状，不安于局内槛内的生活，不遵从局内槛内的传统性、习惯性理念与思维方式。贾宝玉与莫尔索皆如此，两者相像得如此一致，莫尔索宣称："这没有爱情的世界就好像是一个没有生命的世界，但总会有这么一个时刻，人们将对监狱、工作、勇气之类的东西感到厌倦，而去寻找当年的伊人，昔日的柔情。"（加缪：《鼠疫》，上海译文出版社，1980年，第254页）贾宝玉正是对当下世界的监狱（即八股科举等）、工作（读圣贤书）、勇气（文死谏、武死战）感到怀疑的人。正统世界没有真情，所以他要在另类中寻找真情。林黛玉就是"当年的伊人，昔日的柔情"。（作者）曹雪芹本身也是异端，他对当下世界也是绝望的，因此，他思念着当年的闺阁女子，用笔书写昔日的柔情。但是贾宝玉与莫尔索、曹雪芹与加缪面对的"槛"、面对的"局"不同。加缪的莫尔索面对的是西方的理性主义和基督教思想体系，他把怀疑投向人们正在崇尚的神性与理性，看破在神圣旗帜下的世界依然是无法克服的鼠疫泛滥的世界。他宁肯相信推大石上山的西西弗斯的荒诞，也不会把生命奉献给理性教条和神性教条。而贾宝玉面对的"槛"和"局"，则是统治中国两千年的道统，是槛内的窒息生命的科举制度、八股文章和男权社会，是争名夺利、巧取豪窃、纵欲滥情的泥浊世界。当槛外人，就是要置身局外，站立于泥浊世界的彼岸，质疑从来如此的道统秩序与僵化制度。那么，这槛外有存在之家吗？有另一意义的故乡吗？这又是槛外人、局外人必须回答的。曹雪芹和加缪找到的一个共同点是"情"，是当年的伊人、昔日的柔情。如果没有这点自足之境，也许都得自杀。其次，他们也都找到了自己的本真生命，不过，曹雪芹比加缪找到的故乡和立足之境具有更深广的哲学内涵，这一故乡近有林黛玉等女儿的青春生命，她们天然和泥浊世界对立，也就是天生的槛外人。而远处还有青埂峰下、三生石畔等自然家园，更深处还有不可言说的无境无无境。除了身外故乡，曹雪芹还发现一个身内的巨大故乡，这就是"心"。这颗心，不是物性的心脏，而是主宰自身也主宰万物的真心、本心，它不是生命本能，不是工具和手段，而是世界本体，是本真己我的故乡。《红楼梦》中槛内人与槛外人的冲突，是正统与异端的冲突，其冲突不仅有时代性内涵，还有永恒性内涵，即不仅是封建意识形态与反封建意识形态的冲突，而且还是异化生命与自然生命的冲突，世界原则与宇宙原则的冲突，道德秩序与审美秩序的冲突，世俗栖居方式与诗意栖居方式的冲突，进而还有以"物"为本体还是以"心"为本体的哲学冲突。质言之，把握了"槛外人"的深邃内涵，就可以把握《红楼梦》的基本精神内涵。

# 卤人解读

贾宝玉、史湘云、香菱等

　　《红楼梦》第八十一回"占旺相四美钓游鱼　奉严词两番入家塾"，写探春与李纹、李绮、岫烟四美人在沁芳亭钓鱼，宝玉也来凑趣，他抢着钓竿等了半天，那钓丝动也不动。刚有一个鱼儿在水边吐沫，宝玉把竿子一晃，又唬走了，过一会儿又是钓丝微微一动，宝玉高兴得用力一兜，把钓竿往石上一碰，折作两段，丝也振断了，钩子也不知往哪里去了。在大家的笑声中，探春对宝玉说："再没见像你这样卤人。"

　　用"卤人"来称贾宝玉，实在是再贴切不过了。他岂止在钓鱼时是个卤人，整个人生中他都是卤人。

　　所谓卤人，便是愚鲁之人。卤与鲁二字相通。鲁迅原名周树人，起"鲁迅"这一笔名一是因为母亲姓鲁，二是他自谦为鲁愚之人。也就是说，鲁迅也乐于当个卤人。

《汉语大词典》把卤人解释为鲁莽之人，这虽没错，但词义似乎被狭窄化了，还是解为愚鲁之人更贴切些。因为许多卤人其实是鲁而不莽、鲁而不钝，即形似愚鲁，神则聪敏。贾宝玉就是这样的人，这一点，连贾政都承认。第七十八回（"老学士闲征姽婳词"）写贾政与众幕友们谈论寻秋之胜，兴致勃发之时，讲起林四娘的故事，并以此为题，让大家作一首《姽婳词》，宝玉、贾环、贾兰也参与。见到他们三人，贾政心中做了评论：他两个（指环、兰）虽能诗，较腹中之虚实虽也去宝玉不远，但第一件他两个终是别路，若论举业一道，似高过宝玉，若论杂学，则远不能及；第二件他二人才思滞钝，不及宝玉空灵娟逸，每作诗亦如八股之法，未免拘板庸涩。那宝玉虽不算是个读书人，然亏他天性聪敏，且素喜好些杂书……贾政对宝玉虽有偏见，但也不能不承认他的"空灵娟逸"。宝玉和贾环两兄弟气质正相反，贾环是外精内粗，形活神劣，而宝玉则是外愚内明，形鲁神秀。

但在世俗的眼睛里，宝玉是个彻头彻尾、彻里彻外的呆子。第三十五回记载，他被父亲打得皮破血流，正在养伤。玉钏儿端着荷叶汤要给他喝，正好房里来了生客，两个人的眼睛都只看人，不想伸猛了手，便将碗碰翻，竟将热汤泼在宝玉手上。玉钏儿倒不曾烫着，只是唬了一跳。

宝玉自己烫了手倒不觉得，却只管玉钏儿："烫了那里了？疼不疼？"玉钏儿和众人都笑了。玉钏儿道："你自己烫了，只管问我。"宝玉听说，方觉自己烫了。见到这幕情景的两个婆子，走出屋子，便有一段对宝玉的评论。无意之中，她们倒是把宝玉的鲁愚内涵说得分外明白。曹雪芹写道：

　　　　那两个婆子见没人了，一行走，一行谈论。这一个笑道："怪道有人说他家宝玉是外像好里头糊涂，中看不中吃的，果然有些呆气。他自己烫了手，倒问人疼不疼，这可不是个呆子？"那一个又笑道："我前一回来，听见他家里许多人抱怨，千真万真的有些呆气。大雨淋的水鸡似的，他反告诉别人：'下雨了，快避雨去罢。'你说可笑不可笑？时常没人在跟前，就自哭自笑的；看见燕子，就和燕子说话；河里看见了鱼，就和鱼说话，见了星星月亮，不是长吁短叹，就是咕咕哝哝的。且是连一点刚性也没有，连那些毛丫头的气都受的。爱惜东西，连个线头儿都是好的；糟蹋起来，那怕值千值万的都不管了。"两个人一面说，一面走出园来，辞别诸人回去，不在话下。

贾宝玉是个卤人，而林黛玉算不算卤人呢？她是性情中人，而且总是率意任性，不知利害得失，这不也是"傻"的表现吗？她对宝玉说："你也试着比我利害的人了。谁都像我心拙口笨，由着人说呢。"（第三十回）黛玉用心拙口笨做自我评价，并非矫情，她确有呆拙、愚鲁之处。这一点是宝钗绝对没有的。论大智慧，宝钗是不及黛玉的，但她却处处比黛玉聪明。

　　宝钗和黛玉性情上的巨大差别是，宝钗什么话都能守得住，而黛玉则不能。"罕言寡语，人谓藏愚，安分随时，自云守拙"，脂砚斋说这"十六字乃宝卿正传"。能藏愚守拙，才不会落入卤人之列。宝玉、黛玉缺的正是这种藏守的世故本事。

　　尽管黛玉也有呆拙的一面，但她还不像宝玉那样一卤到底。关于这一点，王夫人的比较评论大致不差。她说："林姑娘是个有心计儿的。至于宝玉，呆头呆脑，不避嫌疑是有的，看起外面，却还都是个小孩儿形象。"（第九十回）王夫人对林黛玉是有偏见的，她不说黛玉有天真，而说黛玉有心计，这就是偏见。但她说自己的儿子呆头呆脑，是个小孩儿形象，倒是真话。所以，《红楼梦》中真正的卤人，首先是贾宝玉。

　　说宝玉"呆头呆脑"，始终是个小孩儿形象，是个非常片面但又非常准确的描述。所以片面，是没看到宝玉的头脑极为聪明，而且很有智慧，不是真呆。所以准确深刻，是它说准了宝玉身上有一种永远的"混沌"，即永远的天真，始终没有学会世俗世界的生存技巧和思维方式。就以直呼宝玉为卤人的探春而言，她虽是年轻的贵族小姐，但已具备成熟的算计性思维，难怪宝钗要称她为"聪敏人"（第五十六回）。当她与宝钗、李纨暂时主持家政时，便提出一套兴利除弊的改革方案，聪敏至极，而她的聪敏，是一点也不卤，一分一厘的利益也不放过。她对平儿说："一个破荷叶，一根枯草根子，都是值钱的。"这句话可以算是典型的探春语言、探春思维。这也是宝玉头脑中最大的阙如。探春将这种精细思维延伸到宝玉的住处，竟然说："可惜，蘅芜苑和怡红院这两处大地方竟没有出利息之物。"（第五十六回）贾宝玉跟谁都好，也爱探春这个能干的姐妹，但是对于她的这种精密的算计性思维，实在无法理解，更无法接受。他向来不在背后臧否人物，这回也不得不向黛玉发出关于探春的微词："……这园子也分了人管，如今多掐一草也不能了。又蠲了几件事，单拿我和凤姐姐作筏子禁别人。最是心里有算计的人，岂只乖而已。"（第六十二回）在探春背后说探春——在人背后说人"坏话"，这可是第一回，也是仅有的一回。宝玉对探春的精打细算如此反感，正好暴露出卤人的一个基本特点：完全没有算计性思维，也完全拒绝算计性思维。关于宝玉和探春的性情之别和宝玉的微词，我在"红楼悟语"第45则中曾做这样的评论：

　　宝玉极少发泄不满，这里的不满是美和功利的冲突。探春只想到花草的"经济价值"，想到称斤论两卖园里的花草可以赚钱。宝玉则把花草视为"美"，视为可以观赏之物。一个想到"利"，一个想到"美"。所谓"美"，乃是超功利，难怪宝玉要对探春进行批评了。宝玉与探春的区别是他完全没有探春式的算计性思维，或者说，"算计"二字是宝玉最大的阙如。他一辈子都不开窍，便是一辈子都不知"算计"，一辈子都不知何为"吃亏"，何为"便宜"，何为"合算不合算"，难怪聪明人要称他为"呆子""傻子"。探春要称他为"卤人"（第八十一回）。但是，不可以对探春宝玉之争做善恶、是非、好坏的价值判断，不能说探春"不对"，因为她要持家齐家，肩上有责任，而宝玉则纯粹是"富贵闲人"。不过，文学艺术世界天然是属于贾宝玉。这个世界是心灵活动的世界，它不追求功利，只审视功利。

中外文学经典中，也有"卤人"形象，例如塞万提斯笔下的堂吉诃德，托尔斯泰笔下的彼尔（《战争与和平》的主角），陀思妥耶夫斯基笔下的梅什金公爵（《白痴》主角）等，都是卤人。中国著名的英雄人物鲁智深，其英雄性中也带卤性，但他鲁直而不鲁莽，有李逵的刚勇而无李逵的"排头砍去"，是水浒一百零八将中最可爱的豪杰。这些不同类型的卤人，有个共同的特点，就是又痴又憨，都没有完全打破孩提时代的那点混沌，聪慧中都不失生命深处的那一点本真。像堂吉诃德，正因为他保留着混沌，才有那股傻劲，才能知其不可为而为之。贾宝玉其实也是一个堂吉诃德式的"骑士"，天生愿意扶助弱者。他们都崇尚女子。与欧洲骑士崇尚贵妇人不同，他们俩崇尚的都是少女。只是比起堂吉诃德，贾宝玉内里具有大智慧，是大智若愚之人，而不像堂吉诃德那样，从里到外都很呆傻。宝玉既是个卤人，又是个诗人。他所以给人呆傻的印象，主要是他身上缺少常人的一些生存机能。我在"红楼悟语"中曾说：

> 《红楼梦》的主人公贾宝玉，他自始至终没有常人常有的一些生命机能，例如，他没有嫉妒的机能，没有恐惧的机能，没有贪婪的机能，没有虚荣的机能，没有作假的机能，没有

撒谎的机能，没有设计阴谋的机能，没有结党营私的机能，没有逢迎拍马的机能，没有投机倒把的机能，甚至没有诉苦叫疼和说人短处的机能。贾府上下的常人（黛玉例外）都笑他傻，笑他"呆"，笑的恐怕正是他的身心缺少这些机能。

宝玉是典型的卤人，但《红楼梦》中的卤人并不只是宝玉，女子队伍中的香菱也是很有趣的一个。这位一生下来就被一僧一道称作"有命无运、累及爹娘之物"，在孩提时代的灯节中与父母失散，接着便颠沛周折，最后竟成了呆霸王薛蟠的小妾。到了薛家后，她原先的名字英莲被宝钗改为"香菱"，后遭夏金桂欺负，又被迫改为"秋菱"。在薛蟠妻妾的争斗乱局中，她本无足轻重，却也被卷入家庭绞肉机，既无端地挨了薛蟠的拳打脚踢，还差点儿被夏金桂毒死。金桂是个"爱自己尊若菩萨，窥他人秽如粪土；外具花柳之姿，内秉风雷之性"的女人（第七十九回），对于香菱，正是个灾星。可是香菱听说薛蟠要娶她，不仅不嫉妒，还巴不得她早些过来，幻想贾府中可以"又添一个作诗的人了"。宝玉说了一句担心话，她还生宝玉的气。尽管命运十分艰难，但她却始终有一份天真天籁，一心学诗写诗，并像小学生似的向宝钗、黛玉求教。她属于庄子所写的那种"浑沌"人物，永远都不开窍。《红楼梦》回目中，常用一个字把握一个人的性情特点，所以有"贤袭人娇嗔箴宝玉""俏平儿软语救贾琏""敏探春兴利除宿弊""慧紫鹃情辞试莽玉""憨湘云醉眠芍药裀""酸凤姐大闹宁国府""苦绛珠魂归离恨天"等回名。香菱的名字上了两次回目，一次是第六十二回的"呆香菱情解石榴裙"，第二次是第八十回"美香菱屈受贪夫棒"。曹雪芹用一个"呆"字一个"美"字来形容香菱，其"美"貌在贾府中属哪一级，似不清楚，而其"呆"相"呆"态在众女子中则绝对是第一名。第六十二回特别有趣，就是宝玉和香菱这一对呆子卤人碰在一起，展开一场情契意淫的故事：宝玉生日那一天，香菱和小螺、芳官、蕊官、藕官、荳官等兜着采到的花草，坐在花堆里玩"斗草"游戏，这是唐宋传下的竞相说出草名的趣味高雅的游戏。斗草中，有的喊出"观音柳"，有的喊出"罗汉松"，有的喊出"君子竹"，有的喊出"美人蕉"，有的喊出"月月红"，还有人喊出"牡丹花""枇杷果""姐妹花"，众人喊过后轮到香菱，她竟冒出一个"夫妻蕙"。这显然是杜撰，于是荳官便嘲笑她说："你汉子去了大半年，你想他了，便扯拉着蕙上也有夫妻了，好不害羞！"香菱听了，红了脸，便要去拧荳官，两人滚打在地上，结果一洼子水把香菱的新石榴红裙子给弄污湿了。在众人哄笑而散之后，香菱独自起身低头瞧见裙子还滴着绿水。此时，宝玉出现了，问起缘由，香菱说："我有一枝夫妻蕙，他们不知道，反说我诌，因此闹起来，把我的新裙子也糟蹋了。"宝玉笑道："你有夫妻蕙，我这里倒有一枝并蒂菱。"口内说着，手里真个拈着一枝并蒂菱花，又拈了那枝夫妻蕙在手内。香菱道："什么夫妻不夫妻，并蒂不并蒂，你瞧瞧这裙子！"宝玉便低头一瞧，"哎呀"了一声，说："怎么就拖在泥里了？"宝玉知道来龙去脉，便抓住这一机会给香菱献殷勤，请袭人拿来一条新裙子，香菱红了脸接过裙子，然后叫宝玉背过脸去，自己向内解下石榴裙，系上新的一条。这之后，袭人回去了，剩下这两个卤人，小说描写道：

　　香菱见宝玉蹲在地下，将方才夫妻蕙与并蒂菱用树枝儿挖了一个坑，先抓些落花来铺垫了，将这菱蕙安放上，又将些落花来掩了，方撮土掩埋平伏。香菱拉他的手笑道："这又叫做什么？怪道人人说你惯会鬼鬼祟祟使人肉麻呢。你瞧瞧，你这手弄得泥污苔滑的，还不快洗去。"宝玉笑着，方起身走了去洗手，香菱也自走开。

　　二人已走了数步，香菱复转身回来叫住宝玉。宝玉不知有何话说，扎煞着两只泥手，笑嘻嘻的转来问："作什么？"香菱红了脸，只管笑，嘴里却要说什么，又说不出口来，因那边他的小丫头臻儿走来说："二姑娘等你说话呢。"香菱脸又一红，方向宝玉道："裙子的事，可别和你哥哥说，就完了。"说毕，即转身走了。宝玉笑道："可不我疯了？往虎口里探头儿去呢！"说着，也回去了。

偶然的一个机会，让这对总有一片混沌未凿的呆子相遇并展开了一场彼此心照不宣的恋情。关于这一片刻的情爱故事，与其做详细的解读，还不如用我们的伟大祖先发明的一个四字成语来概说，这就是"怜香惜玉"。怜爱与珍惜，都如此真，如此纯，如此憨，的确太美了。就在这段叙事中，作者写道："香菱之为人，无人不怜爱的。"真是如此。其实，像香菱、宝玉这种傻头傻脑又有真心慧心的卤人，一旦果真赢得人人爱，无人不怜爱，无人不珍惜，而不是遭嘲笑，这个世界就会美得多、好得多。可惜世界的走向偏偏与此相反：世人是越来越聪明、精明、精于算计。"机关算尽太聪明"者越来越多，有智有慧且鲁直者越来越少。从古典社会进入现代社会之后，除了机器更为精巧之外，人的生存技巧也更加精致发达。在此人间社会中，唯有王熙凤与贾雨村这类人物才有用武之地，前程无量；而像宝玉、香菱这类卤人，恐怕会灭绝。迄今为止，人类只有保护狮虎熊猫的生态意识，尚无保护香菱宝玉的生存意识。

# 可人解读

秦可卿、晴雯、芳官等

"可人"之名出现在第二十八回"蒋玉菡情赠茜香罗　薛宝钗羞笼红麝串"。宝玉带着焙茗、锄药、双端、双寿四个小厮到冯紫英家参加有薛蟠、蒋玉菡和锦香院妓女云儿参加的朋友聚会。刚要饮酒时，宝玉建议酒面要唱一个新鲜时样的曲子（以悲、愁、喜、乐四个字说唱"女儿"），酒底要席上生风一样东西。冯紫英的唱词中有这么一段："你是个可人，你是个多情，你是个刁钻古怪鬼灵精，你是个神仙也不灵……"

"可人"这一概念最早出现在《礼记·杂记下》："其所与游辟也，可人也。"孔颖达疏："可人也者，谓其人性行是堪可之人也。"这里的可人，显然是指有德行的人。但"可人"的含义后来延伸为可爱之人、中意之人，即可心如意、称心如意之人。《红楼梦》第六十五回写尤三姐对尤二姐说的一席心里话，其中有句"终身大事，一生至一死，非同儿戏。我如今改过守分，只要我拣一个素日可心如意的人方跟他去。若凭你们拣择，虽是富比石崇，才过子建，貌比潘安的，我心里进不去，也白过了一世"。这段话是对可人极好的注释。可人不是富人，不是才子，不是美男子或美女子，即不是外在让人羡慕的人，而是能进入自己内心的人，也就是从情感深处去接受的人。在尤三姐心目中，这个"可心如意"的可人就是柳湘莲。柳氏原属世家子弟，现今虽常在戏子圈中客串，却仍有一番脱俗的气质风貌，加上酷好耍枪弄剑，很像一个英俊的侠客。薛蟠曾对他想入非非，妄想有一番同性之恋，而他却憎恶薛蟠，不料后来在平安州无意中救了薛蟠的命，并结为兄弟。于是由薛蟠向柳氏牵线这门亲事，柳一口应允，并以家传宝剑为定情之物。尤三姐接过此剑，更是把湘莲视为可托终身的心中之人。没想到柳湘莲后来知道贾府名声不好，竟说出连宝玉听了也脸红的话（"东府里除了那两个石狮子干净，只怕连猫儿狗儿都不干净"），甚至疑心作为贾珍小姨子的尤三姐也不是干净女子，便推说其母订婚在先，当面向贾琏退亲。正在争辩之时，尤三姐在房里听得清楚，便走出房间，一面泪如雨下，左手将剑还于湘莲，右手回肘，只往项上一横，惨烈身亡。柳湘莲此时才见真性，但已痛悔莫及，便在万念俱灰中遁入空门。尤三姐把柳湘莲视为"可心如意"之人——进入心中的可人，对他投入真情真性。因此一旦被可人抛弃，便招来致命打击。在这里，"可人"已衍化为最可爱的人。由此，我们又可把"可人"分为两类：一类是可爱的人，一类是最可爱的人。前者为广义可人，后者为狭义可人。从广义上说，《红楼梦》中的"女儿"——青春少女，几乎个个都是可人，无论是贵族少女还是丫鬟、戏子，只是可爱的程度有差别而已。少女之外，像秦可卿、平儿这样的少妇，也是可人。但从狭义上说，每个人都有自己认定的最可爱的人，以贾宝玉来说，他心目中最倾慕的可人应是林黛玉、晴雯、秦可卿、芳官四位。尽管宝钗、袭人等也是可人，但不是他身心可以整个投入的最可爱的人。宝玉虽然也喜欢薛宝钗，但理念性情不能完全相通相契，因此往往不能进入心的深处，虽然结了婚，但还不是身与心的整个投入，"纵然是齐眉举案，到底意难平"，因此，要说宝钗是宝玉的可人，就显得勉强。至于史湘云、妙玉是不是宝玉的可人，则需要读者自经一番悟证。人与人之间的情感千差万别，毕竟不是可以用几个概念分析描述得清楚的。

"可人"除解释为心中爱慕之人外，也被用作心中敬慕之人。苏东坡的《广陵后园题申公扇子》诗云："闲吟绕屋扶疏句，须信渊明是可人。"苏东坡被流放到岭南后，对陶渊明由衷仰慕，对陶诗由衷佩服，竟作了一百多首和陶诗，把陶渊明的诗歌地位排到李、杜之前。对于这样一个进入自己内心深处的至敬至慕之人，苏东坡也称之为可人。可见，可人也用于情爱之外。我们读诗读文，也有相似经验，有些作家、诗人，尽管文学史上评价甚高，但那些文学史教科书作者的说法与所排名次，并非我们心中的"可人"。例如韩愈的文章被称道千百年，却不是"五四"新文学家心目中的可人。当时的陈独秀、胡适、鲁迅等都"不信韩愈是可人"。但在钱穆先生心中，韩愈则是他最仰慕的可人。每个读者与欣赏者心中都有自己的一些可人，文学批评的主观性难以完全磨灭。对于《红楼梦》中人物，未能被宝玉视为"可人"的宝钗，恰恰是许多读者的可人和理想中人。让宝玉倾心的林黛玉，则进入不了许多读者的心中，正如尤三姐所说："我心里进不去"，各人的审美标准和慕恋尺度不同，这是很自然的。因此，《红楼梦》中谁是可人或第一可人，可以讨论，但不必争个水落石出以至于拳脚相向。

曹雪芹的巨著一开始就嘲弄"才子佳人"的写作模式。"可人"这一概念既可覆盖佳人，也可覆盖才子，是个超越性别的概念，所以苏东坡才称陶渊明是可人。可人可覆盖佳人，但佳人不一定就是可人。佳人虽然才貌双全，却未必可爱。在《红楼梦》中，像惜春这样的人，可称佳人，但她又是个心冷意冷之人，因此很难成为可人。同样是少妇，多数读者大概会觉得秦可卿是个可人，而不会觉得李纨是个可人。因为可人并非道德标准下的美人，而是对人的整体的一种把握与感觉。李纨是贤妻良母，丈夫死后又守节，但她毕竟失去了生命的活力与风采，因此让人感到可敬而不可爱。《红楼梦》中的另一个少妇王熙凤，是否可称为可人，更是得争论一番。这位凤辣子，在贾母眼里毫无疑问是个可人，在贾瑞、贾琏、贾蓉等人眼里也是个可人，甚至在刘姥姥眼里也是个可人，但是这位"机关算尽"之人在许多读者眼里却绝非可人——不是可爱之人，而是可怕之人。难怪诗人何其芳要称她为一条"美丽的蛇"。可见，可人是个主观色彩很浓的概念。中国俗话说"情人眼里出西施"，我们也可以说"情人眼里出可人"。人类寻找情侣爱侣的过程，实际上是寻找可人的过程，而在精神领域里，一切智者诗人，也会寻找自己的"可人"。

由于可人属于主观选择，所以就女性而言，谁是《红楼梦》的第一可人即谁是你最喜爱的人，总是争论不休。有人最喜欢林黛玉，有人最喜欢薛宝钗，有人最喜欢史湘云，有人最喜欢晴雯，有人最喜欢秦可卿，一定也有人最喜欢王熙凤。贾宝玉的性情最宽厚，他兼容兼美兼爱，只要女子才貌双全，他都视为可人。所以他对众女子都有一份情意，一种心灵中的向往和倾慕。尤其是对于未嫁的美丽的青春少女，他更是一律当作可人，不让她们离开自己，生怕她们疏远自己。被父亲的棍棒打得皮破血流不要紧，而如果是可人们疏远他，那可是沉重的打击。晴雯被逐，他伤心欲绝；袭人威胁要走，也使他惊慌；紫鹃对他冷漠，简直大伤他的尊严；探春远嫁，他竟落泪；鸳鸯悬梁，他更是痛哭。一个一个净水世界中的"女儿"，都是他的可人，也都是他生命的一角。警幻仙子说他是"天下古今第一淫人"，从这个意义上说，就是他拥有天下最多的可人，即最多情投意合之人。这些可人不仅可爱可亲，而且可欣赏、可崇仰，她们比阿弥陀佛和元始天尊还尊贵，还可敬。

《红楼梦》是一部异端之书。所谓"槛外人"，就是走出道统价值理念门槛的人，就是异端。不仅妙玉是异端，主人公贾宝玉、林黛玉更是异端。作为异端之书，《红楼梦》做了一件大事，就是重新定义可人，即重新界定"谁是最可爱的人""谁是最有价值的人"。它一反过去的价值准则，不认为那些状元宰相、那些"文死谏""武死战"的朝廷栋梁才是可人，也不认为那些老爷权贵、贤妻节妇才是可人，而把那些被正统道统的眼睛视为"狐狸精""狐媚子"的青春少女——哪怕她们是丫鬟、戏子、下人——定义为令人倾心的可人。也就是说，不仅林黛玉，而且晴雯、芳官等，皆是第一流的可人。所以曹雪芹把最真挚、最精彩的颂歌《芙蓉女儿诔》献给晴雯，献给王夫人眼里的这个狐狸精，这个世俗眼中的女奴隶。这篇长诗石破天惊的礼赞，如同一篇人性解放宣言，它宣告被视为"下人""奴隶"的青春"女儿"，"其为质则金玉不足喻其贵，其为性则冰雪不足喻其洁，其为神则星日不足喻其精，其为貌则花月不足喻其色"。正是这种兼备质美性美神美貌美的女儿，是人世间最可爱的人。林黛玉、鸳鸯、尤三姐、芳官就是这四绝兼备的可人。这里特别应当强调的是，《红楼梦》把世俗眼里最没有地位的戏子芳官写成第二晴雯，而且比晴雯还野，还富有"勾引性"，但是曹雪芹偏偏把她写得分外妖娆，甚至让众人夸她长得极像宝玉，"像是两兄弟"。这些不同凡俗的书写，都在翻历史大案，都在重整价值，重构历史，都在宣示：可人不仅在社会上层中，而且在社会底层中，可是，人间社会却不断制造可人的大悲剧，尤其是底层可人的悲惨剧。

从定义可人的角度上看，《红楼梦》还有另一了不起之处是为秦可卿这种被称为"淫妇"的人翻案与正名。在《水浒传》中，秦可卿属于潘金莲、潘巧云这种具有外遇罪恶甚至乱伦罪的女子。武松、杨雄代表道德社会的"万恶淫为首"的观念，把尖刀直刺她们的胸膛，在她们身上宣泄仇恨与杀人的快感。中国历来大多数人也自然地认定杀之有理，认同《水浒传》的理念与逻辑。但曹雪芹却把第一可人的桂冠送给秦可卿。可卿就是可人，就是可爱之人的共名。她不是一般的可人，而是"兼美"，即兼有众可人之美的了不得的可人代表。关于这一点，著名现代作家端木蕻良早已揭示：

梦境中，宝玉呼唤秦氏小名"可卿"，这个"可卿"，也就是"可人"的通称。只因警幻仙姑之妹，兼有众美，才名为"可卿"。秦氏兼有众美，也可名为"可卿"。而荣宁两府上下人等，都只知道秦氏或蓉大奶奶，并无大名，更无人得知她的小名，惟独宝玉知道，这是什么缘故呢？道理就是：只有警幻仙姑的妹妹，当得起"可卿"命名，而眼前，也只有秦氏，当得起这名儿。所以，宝玉失神叫出"可卿"这个名儿来，是极其自然的事了。

端木蕻良：《说不完的〈红楼梦〉》，

上海书店出版社，1993年，第14页

在太虚幻境中，警幻仙姑对宝玉说："吾不忍君独为我闺阁增光，见弃于世道，是以特引前来，醉以美酒，沁以仙茗，警以妙曲，再将吾妹一人，乳名兼美字可卿者，许配于汝。"端木蕻良先生点明：这个可卿，也就是可人的通称。于是，我们可以明了，秦可卿不仅不被视为淫妇，而且是兼有众美的首席可人。她生时被荣宁两府上下人等敬重，死后则享受最大的哀荣——贾家给予惊天动地的葬礼。《水浒传》把潘金莲视为第一恶人，《红楼梦》却把秦可卿颂为第一可人。《水浒传》把潘金莲、潘巧云送入地狱，《红楼梦》则把秦可卿升至天堂。这是多么不同的、天差地别的理念。曹雪芹通过秦可卿这一可人的塑造和对她的态度，宣告"情欲无罪"，这是划时代的思想变革，是值得中国思想文化史册永远铭记的篇章。

# 冷人解读

薛宝钗、惜春等

《红楼梦》中有三个冷人，这就是薛宝钗、惜春和柳湘莲。三者都是立身处世态度冷淡的人。冷人也有情，但不热情；冷人也有心，但不热心；冷人也有泪，但没有热泪。对于王熙凤，不管你评价如何，她是个热心人，而不是冷人，这是可以确定的。

"冷人"这一概念，出自第一百一十五回。地藏庵的两个尼姑来贾府探望"老施主"。会见惜春之前，先向"二奶奶"请安。宝钗待理不理。宝玉原要和那姑子说话，见宝钗似乎厌恶，也不好兜搭。小说写道："那姑子知道宝钗是个冷人，也不久坐，辞了要去。"宝玉想与两个来客说话，显然是热心人，宝钗却待理不理，甚至厌恶，显然是冷面人。有趣的是，一个外来做客的"姑子"，也知道宝钗是个"冷人"，可见，宝钗已经冷得有点名气。人确实有冷热之分，但冷热之分不等于好坏之分。宝钗虽冷，在有些人眼里却特别好，如在湘云心目中，她几乎是个完人。第二十回湘云出场时被黛玉奚落，她反击时就说："你敢挑宝姐姐的短处，就算你是好的。"湘云这么敬重她，可是，宝钗却把湘云送给她的戒指转赠袭人，并不把湘云的情分看重，此一行为中也透着一个"冷"字。但湘云知道后并不在意，仍然夸宝钗。她对袭人说："我只当是林姐姐给你的，原来是宝钗姐姐给了你。我天天在家里想着，这些姐姐们再没一个比宝姐姐好的。"唯有一次，湘云对"宝姐姐"的冷然有些微词，那是中秋节，贾府里的姐妹本说要一起赏月，可是宝钗却借故不来，因此湘云说："可恨宝姐姐，姊妹天天说亲道热，早已说今年中秋要大家一处赏月，必要起社，大家联句，到今日便弃了咱们，自己赏月去了。"（第七十六回）湘云是热心人，喜欢姐妹们一起"说亲道热"，宝钗可没有这份热情。不用说对姐妹们，即使对宝玉，她除了"劝诫"之外，也从未"说亲道热"过，更没有林黛玉那种执着的恋情。

　　关于冷人，概念上无须多做解说，再说下去也不过是缺乏热情、处世冷淡冷漠。但恰恰是曹寅做了一个准确而抓住性情特征的解释。他的《赋得贫家月不贫戏答冷斋》诗云："莫作凡情看，惺憁属冷人。"冷人必惺憁，这真是一语中的。所谓惺惚，就是警觉。用我们当代人的话说，便是聪敏清醒，时时在心中紧绷一根弦的人。《二刻拍案惊奇》（卷二十一）中有句话："他是个做经纪的人，常是提心吊胆的，睡也睡得惺惚，口不作声，嘿嘿静听。"因此，曹寅说"惺惚属冷人"，便可解为凡"提心吊胆"、身上装着警觉器的人皆是冷人。薛宝钗正是属于这种人，她聪明绝顶，知道周遭环境的险恶，做人的不容易，对人总是有所防范，因此，不肯轻易泼洒热情，一切皆以冷眼观之，冷静待之。而林黛玉、贾宝玉正相反，尤其是贾宝玉，他对人没有任何设防，心中半根弦也没有，更不用说提心吊胆。他对父亲也只是"畏"，并不是"防"，至于在其他人面前则一热到底——在恋人前热，在亲人前热，在友人前热，在三教九流的边缘人前（如在蒋玉菡、柳湘莲等面前）也热。而宝钗则无论对谁都有所警觉。至于林黛玉，她虽然没有贾宝玉那么热，但也绝没有宝钗那么冷，"惺惚"二字是跟她连不上的。她率性而生，直来直去，也不知警觉。贾元春省亲，那是皇妃来临，整个贾府天翻地覆，个个都规规矩矩，宝钗自然是不敢哼一声，而黛玉此时不仅不提心吊胆，而且居然还"安心今夜大展奇才，将众人压倒"（第十七至十八回）。以往的"评红"者以为这是黛玉的缺点——好表现自己，其实，这正说明她在最隆重庄严的场合也全然不知设防，不知惺惚。在这种场合里，宝钗肯定要多吃几颗"冷香丸"的。

曹雪芹写宝钗的冷性格，最为精彩的是写她有一种莫名的病症，需要服一种名为"冷香丸"的药。第七回便是关于"冷香丸"的奇文。宝钗对周瑞家的说她身上的病凭什么名医仙药，从不见效。后来亏了一个秃头和尚，说专治无名之症，便请他看了。这和尚说她从胎里带来一股热毒，治这毒吃寻常药是不中用的。和尚就给了这"冷香丸"，吃了倒真的效验些。可是制作这药方的药料非常琐碎，要春天开的白牡丹花蕊十二两，夏天开的白荷花蕊十二两，秋天的白芙蓉花蕊十二两，冬天的白梅花蕊十二两，然后将这四样花蕊，于次年春分这日晒干，和在药末子一处，一齐研好。又要雨水这日的雨水十二钱，白露这日的露水十二钱，霜降这日的霜十二钱，小雪这日的雪十二钱……又是露，又是霜，又是雪，样样都冷。写这段制药用药的故事，说明宝钗的天性并非真冷，她从娘胎里带出来的却是"热毒"。她放不下世俗功名，总是劝宝玉走仕途经济之路，让宝玉觉得她也入了国贼禄鬼之流，这正是热的表现。"好风频借力，送我上青云"，这分明也是热毒。但她为人处世却端庄大方，竭力掩盖自己内心深处对荣华富贵的追求与迷恋，这样就形成内热外冷的分裂，变得十分世故。"冷香丸"的意义，是解热毒的意义，也是疗治内外分裂的意义。这种解释，虽能自圆其说，但近乎苛评。何况，这只是从意识形态的层面上去理解，而未从个体生命层面去开掘。

我很欣赏胡菊人先生的另一种见解。他对宝钗有一种理解的同情，在《宝钗的"冷香丸"》一文中，他说："这药丸可非同小可，是全书大悲剧的象征。"胡先生这一论断非常有见地。我们不妨做些发挥。历来的"评红"文章，都只注意林黛玉的悲剧，不注意薛宝钗的悲剧。王国维的《红楼梦评论》，讲悲剧也只说林不说薛，而胡菊人先生则把"冷香丸"视为《红楼梦》全书大悲剧的象征，把薛宝钗视为大悲剧人物。这一看法绝非牵强之论。薛宝钗是个才、德、貌三全的人物，但她毕竟是个青春少女。她和林黛玉等少女一样，有生命激情，有爱恋向往，但她接受了一套儒家的道德规范，竭力掩盖自己的内热，压抑自己的内热，以至于用"冷香丸"来化解自己的内热。在传统道德观的威慑下，她竟然把自己的生命激情视为一种病，需要药治。林黛玉的悲剧固然是悲剧，但她毕竟把自己的情感毫无掩饰地率性表露过、宣泄过，任自己的眼泪挥洒过、畅流过，而薛宝钗则把一切真情感深深地压缩到心底，然后装出一副冷清的面孔去对付那个虚假的缺乏真情真性的世界。她是真正的封建道德的点缀品、牺牲品，她的心性表面上是被冷香丸化解掉，实际上是被封建道德专制理念吃掉、埋葬掉。薛宝钗的悲剧是青春热情自我压抑、自我消灭的悲剧。如果说，林黛玉的悲剧是"共同关系"即共同犯罪的结果，那么，薛宝钗的悲剧则更多是自我消灭的结果，是自己屈服于外部社会规范而牺牲自性心性的结果。这种自我压抑、自我消灭的悲剧，是更深刻的悲剧，所以胡菊人先生称之为"大悲剧"。以往的"评红"文章太强调薛宝钗是封建关系的维护者，忽视她是封建规范、封建理念的牺牲者：一个不得不用冷香丸来冰冻青春热情又不得不带着"冷人"面具去面对险恶社会的人，这是怎样的悲哀。

与宝钗相比，惜春倒是个真冷人，她冷得很彻底，从口到心，从外到里，都冷透了。最充分地表现出她的冷心理的是她对自己的丫鬟入画的态度。王熙凤等人抄检大观园时，发现入画箱中藏有金银和男人衣物，但这些东西是她哥哥托她保管的，并非赃物。就这么点事，惜春便觉得有伤自己的面子，不分青红皂白硬要把入画逐出贾府。连王熙凤都不忍，她却不饶，竟要求尤氏："快带了他去，或打，或杀，或卖，我一概不管。"无情、绝情到让人震惊，但入画还是向她求情："再不敢了。只求姑娘看从小儿的情常，好歹生死在一处罢。"到此地步，惜春仍不动心，"咬定牙断乎不肯"。难怪尤氏说她："可知你是个心冷口冷心狠意狠的人。"惜春听了尤氏如此评价，竟回答道："古人曾也说的，'不作狠心人，难得自了汉'。我清清白白的一个人，为什么教你们带累坏了我！"（第七十四回）尤氏的评论是准确的，惜春不仅心冷，而且口冷，不仅一般的冷，而且冷到狠的地步，变成心狠意狠，属于冷绝。中国有句成语，叫作"冷语冰人"，意思是说用冷酷的语言伤害人，惜春的口冷，便是冷语冰人。难怪尤氏向众人说惜春所言，"虽然是小孩子的话，却又能寒人的心"（第七十四回）。宝钗虽也是个冷人，但从不"冷语冰人"，更没有冷到心狠意狠。惜春承认自己就是要做狠心人，理由是"不作狠心人，难得自了汉"。但她这个"自了汉"，骨子里却是极端自私的人，极端爱惜自己身上羽毛的人。人间的情与欲二字，差别极大。欲讲收入，情讲付出，什么都舍不得付出，哪有情谊、情义可言？惜春是一个什么都不想承担、什么都不想付出的人。她最后削发为尼，但即使在古佛青灯之下，也不会生长出慈悲之心。在贾府众姐妹中，她是最不可爱的人：既没有青春生命，又没有人间情怀。

《红楼梦》还有一个冷人，是柳湘莲。尤二姐向贾琏说明她妹妹（尤三姐）五年前看上做小生的柳湘莲，并拿定主意非他不嫁。贾琏听了之后，如此评说柳氏："怪道呢！我说是个什么样人，原来是他！果然眼力不错。你不知道这柳二郎，那样一个标致人，最是冷面冷心的，差不多的人，都无情无义……"一下子就道破了尤三姐看上的是个冷心冷面的冷人。他随身所带的传家之宝鸳鸯剑，也是"冷飕飕，明亮亮，如两痕秋水一般"（第六十六回）。他经结拜兄弟薛蟠的拉牵，应允尤三姐的亲事，并以此剑为定情之物。没想到偶然听到宝玉信口说了尤氏的二姐妹"真真一对尤物"，就跌足悔情，竟说了绝话："这事不好，断乎做不得了。你们东府里除了那两个石头狮子干净，只怕连猫儿狗儿都不干净。我不做这剩忘八。"（第六十六回）冷语冰人之后，便找贾琏索回定亲之剑。尤三姐听到柳氏对贾琏说的话之后，便毅然自杀，此一刚烈行为，终使冷人感动，泣道："我并不知是这等刚烈贤妻，可敬，可敬。"扶尸大哭一场，等买了棺木，眼见入殓，又抚棺大哭一场。到薛蟠家后，又幻觉到尤三姐在环佩叮当声中从外而入，一手捧着鸳鸯剑，一手捧着一卷册子，向他泣道："妾痴情待君五年矣。不期君果冷心冷面，妾以死报此痴情。"经此情难，柳湘莲终于"掣出那股雄剑，将万根烦恼丝一挥而尽"，遁入空门。柳湘莲虽然也是冷心冷面的冷人，但没有像惜春那样冷到心狠意狠，他经受了"冷迷"之后进入了"冷觉"，升起了无限悔恨之情，其遁入空门的行为语言，也可解读为对尤三姐永远的缅怀和对自身永远的惩处。"冷二郎一冷入空门"的故事，说明一些冷人的人性深处并非全是冰霜。他们在人间的真情热血面前，也会有所觉，有所悟。

# 通人解读

薛宝钗、薛宝琴等

　　"通人"这一概念出于第五十六回。探春与李纨、宝钗一起共同主持家务。三人在商谈中,宝钗对探春笑道:"……你们也都念过书识过字的,竟没看见朱夫子有一篇《不自弃文》不成?"探春笑道:"虽看过,那不过是勉人自励,虚比浮词,那里都真有的?"宝钗道:"朱子都有虚比浮词?那句句都是有的。你才办了两天时事,就利欲熏心,把朱子都看虚浮了。你再出去见了那些利弊大事,越发把孔子也看虚了!"探春笑道:"你这样一个通人,竟没看见子书?当日《姬子》有云:'登利禄之场,处运筹之界者,窃尧舜之词,背孔孟之道。'"宝钗笑道:"底下一句呢?"探春笑道:"如今只断章取意,念出底下一句,我自己骂我自己不成?"宝钗道:"天下没有不可用的东西;

既可用，便值钱。难为你是个聪敏人，这些正事大节目事竟没经历，也可惜迟了。"李纨笑道："叫了人家来，不说正事，且你们对讲学问。"宝钗道："学问中便是正事。此刻于小事上用学问一提，那小事越发作高一层了。不拿学问提着，便都流入市俗去了。"

宝钗称探春为"聪敏人"，探春称宝钗为"通人"。所谓通人，便是博古通今、学识渊博之人。这一名词很早就出现在《庄子·秋水》中："当桀纣而天下无通人，非知失也。"汉代王充还给通人下了定义，他在《论衡·超奇》中写道："博览古今者为通人。"现代生活中，人们常把人才划分为专才与通才。通才除了学识广博之外还得兼有多种才能。有人博古通今，但没有政治、经济操作能力，更没有军事能力。因此通人不一定就是通才。《红楼梦》中的主角贾宝玉、林黛玉、妙玉等都是博览群书很有学问的通人。尤其是黛玉、妙玉、宝钗、湘云等女子，甚至包括李纨、薛宝琴等，都是满腹诗书。女子不仅有超人的美貌，而且有贯通古今的学识，真是奇丽的生命景观。只是宝玉、黛玉、妙玉等都不能称作通才，倘若让宝玉、黛玉管理家务、国务，就会一塌糊涂。

宝钗被称为"通人"，倒是名副其实，当之无愧，在大观园中，如果称林黛玉为首席诗人，宝钗应是首席学人。"不拿学问提着，便都流入市俗去了。"如此自觉把学问视为立身之本，视学问为与俗流分别的界线，这本身就很有见地。在贾府中，她的学问是很有名的。贾政与贾宝玉父子二人的人生观虽有很大的差异，对人的认识也相去很远，但都佩服宝钗的学问，第三十回宝玉奚落宝钗，却承认"姐姐通今博古，色色都知道"。贾政的夸奖则由香菱间接说出，第七十九回宝钗的嫂子"河东狮"夏金桂问香菱是谁给她起的名字，香菱便说是"姑娘起的"，即宝钗起的。金桂冷笑说："人人都说姑娘通，只这一个名字就不通。"金桂用心不善，想败坏一下宝钗通人的名声，香菱则驳辩说："哎哟，奶奶不知道，我们姑娘的学问连我们姨老爷时常还夸呢。"贾政是贾府中的孔夫子，他虽轻视诗词，但熟读儒家经典，是贾府中最有学问的。他对下辈要求极严，从不给宝玉一句好话，能够夸宝钗，说明宝钗的学问真的不假。她除了熟读圣贤之书外，对中国古典诗词、绘画艺术的素养也很深。第十八回，元妃省亲，命弟妹们作诗，宝钗帮宝玉改了一个字。仅一个字的来历就可知道她的诗学功力了：

彼时宝玉尚未作完，只刚作了"潇湘馆"与"蘅芜苑"二首，正作"怡红院"一首，起草内有"绿玉春犹卷"一句。宝钗转眼瞥见，便趁众人不理论，急忙回身悄推他道："他因不喜'红香绿玉'四字，改了'怡红快绿'；你这会子偏用'绿玉'二字，岂不是有意和他争驰了？况且蕉叶之说也颇多，再想一个字改了罢。"宝玉见宝钗如此说，便拭汗道："我这会子总想不起什么典故出处来。"宝钗笑道："你只把'绿玉'的'玉'字改作'蜡'字就是了。"宝玉道："'绿蜡'可有出处？"宝钗见问，悄悄的咂嘴点头笑道："亏你今夜不过如此，将来金殿对策，你大约连'赵钱孙李'都忘了呢！唐钱珝咏芭蕉诗头一句：'冷烛无烟绿蜡干'，你都忘了不成？"宝玉听了，不觉洞开心臆，笑道："该死，该死！现成眼前之物偏倒想不起来了，真可谓'一字师'了。从此后我只叫你师父，再不叫姐姐了。"宝钗亦悄悄的笑道："还不快作上去，只管姐姐妹妹的。谁是你姐姐？那上头穿黄袍的才是你姐姐，你又认我这姐姐来了。"

宝钗不仅自己是个通人，连她的堂妹薛宝琴也是个小通人。她年纪虽小，却极有才华。在芦雪庵即景联诗时就初露锋芒，让众人一震，接着在妙玉的栊翠庵赏完梅后，又作《咏红梅花》，压倒群芳，让宝玉感到惊异（第五十回）。她不仅很会作诗，而且很有历史知识和历史见识。她到处游历，以所经过各省内的古迹为题，作了《赤壁怀古》《交趾怀古》《钟山怀古》《淮阴怀古》《广陵怀古》《桃叶渡怀古》《青冢怀古》《马嵬怀古》《蒲东寺怀古》《梅花观怀古》十首怀古绝句要大家猜谜，结果没有一个人猜得出来（第五十一回）。这十首诗不仅通史实，而且有史识。大家听了之后都称奇道妙，唯宝钗说："前八首都是史鉴上有据的；后两首却无考。"薛氏姐妹能成为大小通人，其实是有家学渊源的。薛家虽是富商，但从祖辈起就好藏书读书。第四十二回，钗黛和好，宝钗向黛玉交心交底说：

> 你当我是谁，我也是个淘气的。从小七八岁上也够个人缠的。我们家也算是个读书人家，祖父手里也爱藏书。先时人口多，姊妹弟兄都在一处，都怕看正经书。弟兄们也有爱诗的，也有爱词的，诸如这些"西厢""琵琶"以及"元人百种"，无所不有。他们是偷背着我们看，我们却也偷背着他们看。后来大人知道了，打的打，骂的骂，烧的烧，才丢开了。

值得一提的是薛宝琴在和宝玉、黛玉、宝钗谈诗时，还说起她八岁时跟父亲到西海沿子上买洋货，遇到一个真真国的十五岁黄头发的西洋女孩子，长得像西洋画上的美人，满头戴的都是珊瑚、猫儿眼、祖母绿等宝石，她竟然也是一个小通人，"他通中国的诗书，会讲五经，能作诗填词，因此我父亲央烦了一位通事官，烦他写了一张字，就写的是他作的诗"。大家不信，求诗作证，她便脱口念出："昨夜朱楼梦，今宵水国吟；岛云蒸大海，岚气接丛林；月本无今古，情缘自浅深；汉南春历历，焉得不关心。"（第五十二回）这一故事透露出一个信息，中国的通人，除了须通中国的古今，还需逐步通中西文化的血脉。《红楼梦》诞生后的两百年，通人的内涵就必须在纵向上通达古今，在横向上通达中西。而薛宝琴所遇的外国年轻的女汉学家，倒是一个这种兼备中西古今的通人先锋了。两百多年前，竟然有洋少女汉学家的形象出现，这也是一种生命奇观。不过，当薛宝琴被人称赞为"画中美人"，而我们再琢磨一下她诵出的诗，却会发现，她故事中的西洋女才子，可能正是她自己。《红楼梦》太奇太特别，这又是一奇一绝。

除了薛氏姐妹之外，其实贾宝玉、林黛玉也是通人，也很有学问。贾政视宝玉为邪派，是说他不爱读圣贤书，但承认他读了许多杂书。所谓"杂"，其实就是博。除诗词之外，他还博览各种书籍，所以第一次和林黛玉见面时，年纪大约只有七八岁，打量了黛玉之后第一句问话便是：

"妹妹可曾读书？"接着便要给黛玉起字，说："我送妹妹一妙字，莫若'颦颦'二字极妙。"又解说道："《古今人物通考》上说：'西方有石名黛，可代画眉之墨。'况这林妹妹眉尖若蹙，用取这两个字，岂不两妙！"听宝玉这么说，探春笑道："恐又是你的杜撰。"宝玉回答说："除'四书'外，杜撰的太多，偏只我是杜撰不成？"黛字的来历，也许不在"通考"上，但出自杂书却无可怀疑。宝玉除了读"四书"外，对庄子等古经典也娴熟于心，否则就不会趁着酒兴信手写出续庄子的《外篇·胠箧》之文。儒、道学问之外，他对佛也了如指掌，与黛玉谈情说爱时，禅语脱口而出，都有出处。宝玉在元春省亲前夕于"大观园试才题对额"，和众清客相比，他不仅才气过人，而且处处见其学养不同凡响。诗识学识不仅在清客之上，也在贾政之上，只不过贾政总是端着个"父亲相"，不肯表扬他一句话。他敢在父亲与众文人面前提议说："尝闻古人有云：'编新不如述旧，刻古终胜雕今。'"要从"旧"与"古"的典籍中提取命名的根据与诗意，没有通古知旧的学问是难以想象的。从"通人"这一视角重新阅读他的代表作《芙蓉女儿诔》，我们也会发现，这篇祭文将学问、情感、文采熔为一炉，虽是"随意所之，信笔而去"，却挫千百年诗书典籍于笔端，酝酿时独自思索，就决心师法《大言》《招魂》《离骚》《九辩》《枯树》《问难》《秋水》《大人先生传》等，直接面对屈原、宋玉、庾信、庄子、东方朔、扬雄、阮籍等先人先师的智慧。行文之中又涉略《山海经》、《诗经》、《尚书》、《礼记》、《楚辞》、《南华经》、《淮南子》、《史记》、《述异记》（任昉）、《汉书》、《西京杂记》、《晋书》、《旧唐书》、《乐府诗集》、《世说新语》、《处州府志》、《广博物志》、《太平广记》、《太平御览》、《续窈闻记》、《钧天乐》等经书典籍中的史实、故事、知识等。宝玉作为诗人，不是只会抒情只会咏叹的诗人，而是通古今阅千典的诗人。此时，他不属于主观之诗人，而属于客观之诗人（王国维的概念）。或者说，此时他不属于自然之诗人，而是文化之诗人。《芙蓉女儿诔》是诗作者以博返约的结果，也是以通传情的绝唱。贾宝玉与宝钗一样，也是一个通人，但他是一个低调的生命，没有半点学问的姿态，从不卖弄。这篇祭词，也是悄悄而作，悄悄而发，听者只有死了的晴雯和活着的黛玉。何况，晴雯的亡灵还不一定听得见。

　　《红楼梦》女子中，林黛玉、探春、妙玉都是有学问的人。就林黛玉而言，她写"五美吟"，表现出来的是非凡的史识；给宝玉补上"无立足境，是方干净"，表现的是非凡的禅识；给香菱说诗，表现的是非凡的诗识（第四十八回）。最后这一项，她对香菱说："……你若真心要学，我这里有《王摩诘全集》，你且把他的五言律读一百首，细心揣摩透熟了，然后再读一二百首老杜的七言律，次再李青莲（即李白。——引者注）的七言绝句读一二百首。肚子里先有了这三个人作了底子，然后再把陶渊明、谢、阮、庾、鲍等人的一看。你又是一个极聪敏伶俐的人，不用一年的工夫，不愁不是诗翁了。"林黛玉不仅通"诗"、通"禅"、通"庄"、通"史"，而且还通音乐，说她是"通人"也无不可。但和宝钗相比，仍有两点差别：一是不如宝钗博；二是她的诗识禅识和其他才智主要是靠先天禀赋，而宝钗则是靠后天之学。第二十二回，宝钗与宝玉讨论戏剧时说："你白听了这几年的戏，那里知道这出戏的好处，排场又好，词藻更妙。"宝玉道："我从来怕这些热闹。"宝钗笑道："要说这一出热闹，你还算不知戏呢。你过来，我告诉你，这一出戏热闹不热闹——是一套北《点绛唇》，铿锵顿挫，韵律不用说是好的了；只那词藻中有一支《寄生草》，填的极妙，你何曾知道。"宝钗不仅通诗，而且还通戏。黛玉可以和宝钗比诗知识，却不能和宝钗比戏知识。所以在这一段描写之后，脂砚斋有段评点对林、薛二人做了比较："宝钗可谓博学矣，不似黛玉只一牡丹亭，便心身不自主矣。真有学问如此，宝钗是也。"又说："总写宝卿博学宏览胜诸才人。颦儿却聪慧灵智非学力所致，皆绝世绝伦之人也。宝玉宁不愧杀。"贾宝玉在林、薛面前总要感到惭愧，因为自己虽也是个通人，但比起薛宝钗这位大通、广通来只是小通，学问功底大大不如；而自己虽然也是诗人，但诗的灵气才华又大大不如林黛玉。好在他有自知之明，甘拜下风。

贾宝玉除了"通"不如宝钗之外，在"专"方面也不如。宝玉、黛玉、宝钗三位都是诗人，在诗坛上他们可以玩玩比比，但是，对于画，宝钗可称为"专家"，宝玉则是门外汉；对于音乐，黛玉可称作琴师，而宝玉也是门外汉。宝钗这位通人，不仅其博学宏览为宝玉和诸才女所不及，而且其对于绘画的专门学问，更是他人难以相比的。对于画，她不仅通，而且是精通。有了这一项，宝钗便成了又博又专的通人，很了不起。她不仅有一套画识，而且有一套画法，精细得令人惊叹。第四十二回，她发表的画论说：

我有一句公道话，你们听听。藕丫头虽会画，不过是几笔写意。如今画这园子，非离了肚子里头有几幅丘壑的才能成画。这园子却是像画儿一般……是必不能讨好的。这要看纸的地步远近，该多该少，分主分宾，该添的要添，该减的要减，该藏的要藏，该露的要露。这一起了稿子，再端详斟酌，方成一幅图样。第二件，这些楼台房舍，是必要用界划的。一点不留神，栏杆也歪了，柱子也塌了，门窗也倒竖过来，阶矶也离了缝，甚至于桌子挤到墙里去，花盆放在帘子上来，岂不倒成了一张笑"话"儿了。第三，要插人物，也要有疏密，有高低。衣折裙带，手指足步，最是要紧；一笔不细，不是肿了手就是跏了腿，染脸撕发倒是小事。依我看来竟难的很。

宝钗虽然是博通加上精通，但毕竟是学问知识。即便是她的画学，主要也是技艺之学，并不涉及作画主体的精神心性和由此派生的笔力与神韵等。与宝钗不同，黛玉精通的是音乐，但音乐对于她，不是知识、技艺，而是她灵魂的一部分。她抚琴时不是用手用脑，而是用她的全身心、全灵魂，正如她的诗是她的全性情一般。第八十七回写宝玉与妙玉在潇湘馆外偷听她弹琴，也知音乐的妙玉立即听出"君弦太高了，与无射律只怕不配呢"。正议论时，果然琴弦崩的一声断了。妙玉感知到这是不祥的预兆。对于黛玉来说，抚琴时，琴就是她，她就是琴，身心与音乐完全融合为一，琴声过高，琴弦断裂，意味着已经琴化的生命深处的忧思太烈。黛玉与宝钗最大的区别，一个是用脑生活用脑把握各种知识，一个则是用心生活用天性把握各种艺术。宝钗用头脑写诗说画，黛玉则用心灵赋诗抚琴。宝钗观法靠意识，黛玉观法靠根性。中外的通人常有共同的通病，就是宝钗这种为博学所误的知识障碍病。有知识概念的障碍，就难以"明心见性"，难以抵达精神的最深处。所以无论写诗或者说禅，宝钗总是比黛玉逊色。"无立足境，是方干净"的至深感悟，只属于林黛玉，不属于薛宝钗。真正走到精神的巅峰和心灵的深渊的，只有黛玉一人而已。

从通人的角度看《红楼梦》的女性主要人物，便会知道她们与《金瓶梅》的女子有三点区别：一，《红楼梦》的女性通人皆是贵族女子，而《金瓶梅》的女性则是平民女子；二，《红楼梦》的这些女性用现代术语说，是知识人，而《金瓶梅》中的女子则是老百姓；三，《红楼梦》中的女性通人身心都很精致，尤其是心灵很精致，她们不仅是雅人，而且是学人与诗人。而《金瓶梅》的女性则是离诗很远、离学问也很远的俗人，其中几位也有美貌，但心灵则粗糙甚至粗俗。中国曾有一种偏见，认为"女子无才便是德"，但《红楼梦》完全打破这种观念。薛宝钗这些通人，不仅才貌双全，而且也很符合传统道德的要求，她们不仅是双全，而且是三全。她们的美貌、德行、才华都在须眉男子之上，甚至于贯通古今这一历来被男子所独霸的世袭领地上，她们也比男子高出一头。从这个意义上说，《红楼梦》不仅为现代女子进入社会开辟了道路，也为现代女子打开学问大门发出了先声。

# 玉人解读

黛玉、宝玉、妙玉等

《红楼梦》开篇第一回，就有玉人概念，那是贾雨村在甄士隐的家宴中所吟之诗的最后一句："蟾光如有意，先上玉人楼。"意思是说，月光如果有情意，就先照照玉人楼吧。不过贾雨村当时并未开悟，功名之心极重，因此，吟罢再作一联时，玉就变质了，他吟道："玉在匮中求善价，钗于奁内待时飞。"抒发的是他自己待价而沽的抱负，离玉人的精神本质相去万里。玉人本有多义，通常是指美女，元稹在《莺莺传》中的"隔墙花影动，疑是玉人来"和韦庄的"玉人襟袖薄，斜凭翠栏干"等诗语中的玉人显然就是美人。但玉人还有重要的一义是指仙女、神女，自然也是美到极点的仙女、神女。贾岛《登田中丞高亭》诗中"玉兔玉人歌里出，白云谁似莫相知"和杜牧《寄珉笛与宇文舍人》诗"寄与玉人天上去，桓将军见不教吹"以及他在另一诗中的名句"二十四桥明月夜，玉人何处教吹箫"等诗句中的玉人，指的便是仙女或有仙女美貌与仙女气质的美人。《红楼梦》中的两个名带玉字的美人——黛玉与妙玉，就是后一意义的玉人，美丽绝伦又带有神性气质的玉人。

黛玉与妙玉这种玉人古已有之。而曹雪芹的天才是塑造了另一种前无古人也是举世无双的玉人，这就是贾宝玉。他到人间来，就口里衔玉而来。"……一落胎胞，嘴里便衔下一块五彩晶莹的玉来。"（第二回，冷子兴的叙述）贾宝玉是名副其实的玉人。第一，生而衔玉，玉人身份有天生的玉石作证；第二，虽是男性，却是"绛洞花主"，系仙子般女性的知己、知音；第三，身心天生玉质，厌恶泥质男人，其面貌，其性情，其品格，都无愧宝玉，正如北静王水溶见到他时所说："名不虚传，果然如'宝'似'玉'"（第十五回）；第四，口衔而来后又佩戴于胸的玉石，早已通灵，不仅是身体的象征，而且是灵魂的"晴雨表"。宝玉如果保持原来的生命本真，玉石就灵验，如果向声色靠近，玉石就会失灵。十三岁那年，赵姨娘请马道婆施魇魔法，他中了邪，玉石本来就能除邪祟，此时却不灵验，后来经癞头和尚和跛足道人重新点拨，才恢复了灵气。可见贾宝玉从形到灵，皆是玉人。

玉人自有玉人的眼睛，在他眼里，还有另一个与他同质同心即身心皆为玉质的玉人，这就是林黛玉。他们第一次相见时，宝玉就问黛玉："可也有玉没有？"这段描写十分要紧：

　　（宝玉）又问黛玉："可也有玉没有？"众人不解其语，黛玉便忖度着因他有玉，故问我有也无，因答道："我没有那个。想来那玉是一件罕物，岂能人人有的。"宝玉听了，登时发作起痴狂病来，摘下那玉，就狠命摔去，骂道："什么罕物，连人之高低不择，还说'通灵'不'通灵'呢！我也不要这劳什子了！"吓得众人一拥争去拾玉。贾母急的搂了宝玉道："孽障！你生气，要打骂人容易，何苦摔那命根子！"宝玉满面泪痕泣道："家里姐姐妹妹都没有，单我有，我说没趣，如今来了这们一个神仙似的妹妹也没有，可知这不是个好东西。"贾母忙哄他道："你这妹妹原有这个来的，因你姑妈去世时，舍不得你妹妹，无法处，遂将他的玉带了去了：一则全殉葬之礼，尽你妹妹之孝心；二则你姑妈之灵，亦可权作见了女儿之意。因此他只说没有这个，不便自己夸张之意。你如今怎比得他？还不好生慎重戴上，仔细你娘知道了。"说着，便向丫鬟手中接来，亲与他戴上。宝玉听如此说，想一想大有情理，也就不生别论了。

童年时代的宝玉听说黛玉没有玉，觉得大悖情理，为此发了一阵小疯癫，可见他深信黛玉和他一样，必带玉来到人间，也是一个玉人。贾宝玉摔玉的行为语言历来都解说为情的表示，这自然不是错解，但它还暗示另一内涵，即贾宝玉断然认定林黛玉也是一个"带玉"之人，一个当然的玉人。即使她不是宝玉那种口中含玉而来的玉人，却也可谓不是玉人而胜似玉人。《红楼梦》以这双玉人为主角，加上妙玉，这三个玉人便构成《红楼梦》精神内涵的玉柱。因此，《红楼梦》也可解读为"玉人楼梦"。

《红楼梦》的人物命名，极为讲究。名中不可随便带"玉"字。例如林之孝的女儿、宝玉的丫鬟小红，原名叫作红玉，就因犯了宝玉之名，便改唤为小红。（第二十七回小红对王熙凤自我介绍说："原叫红玉的，因为重了宝二爷，如今只叫红儿了。"）《红楼梦》全书的人物中只剩下妙玉一人可以与宝玉、黛玉并称为"玉"了。

妙玉是富有仙女气质的美人，这是无可争议的。第五回宝玉在梦游中饮仙酒并倾听警幻仙子预示十二钗命运的十二支仙曲中，指涉妙玉的"世难容"之曲就说她"气质美如兰，才华馥比仙。天生成孤癖人皆罕"。在大观园众诗人中，她被视为"诗仙"。第七十六回写黛玉与湘云在中秋夜里即景作诗联句，就在此次联诗中，黛玉写出预示自身未来命运的惊人诗句："冷月葬诗魂""人向广寒奔"等语，硬是把湘云"压"了下去。湘、黛联句刚毕，在栏外山石后头偷听的妙玉转身出来，并做评论说："……有几句虽好，只是过于颓败凄楚。此亦关人之气数而有，所以我出来止住……"她们三人一同来到栊翠庵，兴致都很高，尤其是妙玉，她竟然主动提出要续湘、黛刚吟出的二十二韵，就说："我意思想着你二位警句已出，再若续时，恐后力不加。我意要续貂，又恐有玷。"黛玉从没读过妙玉的诗，见她这么自告奋勇，自然说"好"。于是，妙玉便道："如今收结，到底还该归到本来面目上去。若只管丢了真情真事且去搜奇捡怪，一则失了咱们的闺阁面目，二则也与题目无涉了。"于是，她便提笔一挥，写了《右中秋夜大观园即景联句三十五韵》。"钟鸣栊翠寺，鸡唱稻香村"，"有兴悲何继，无愁意岂烦"，"芳情只自遣，雅趣向谁言"等自然古雅之句一涌而出。黛玉、湘云二人皆赞赏不已，说："可见我们天天是舍近而求远。现有这样诗仙在此，却天天去纸上谈兵。"黛玉是大观园的首席诗人，湘云也是大观园诗国中的强将，竟异口同声地称妙玉为诗仙，可见妙玉带有何等超人的才华。这种超凡性，妙玉自己也明白，她称为"槛外人"，自知与俗人、常人、众人不可同日而语，也难以同处相安。这个泥浊的人间世界最终也容不得她。在中国几千年的文学中，几乎找不到像妙玉这样一个极净、极洁、极有才华的玉人形象。曹植的洛神近似玉人，但其形象却远不如妙玉丰富。蒲松龄《聊斋志异》中的狐女形象虽也有情性灵性兼备的极可爱者，但称作玉人却未必妥当。

和妙玉相比，黛玉的仙人气质显得弱些，她在人间的复杂人际关系中厮混，还得陷入情爱的纠葛与悲情中。但是，在她身上却有一种无人可比的灵性与悟性，这也是一种神性，一种与神性相通相契的超常的智慧与才华。她的"冷月葬诗魂"，她的《葬花词》，她的"无立足境，是方干净"的禅悟禅语，都是神来之笔、诗仙之句。她来自天外，前身就是"仙草"（绛珠仙草），入世之后还是还泪还珠的仙子式的诗意生命。尽管在小说中，作者没有像叙述妙玉那样强调她的仙人气质，但也暗示她是太虚幻境的四大仙姑之一。第五回中，宝玉在警幻的导引下，游历幻境，见到四大仙姑。

　　宝玉看毕，无不羡慕。因又请问众仙姑姓
　　名：一名痴梦仙姑，一名钟情大士，一名引

愁金女，一名度恨菩提，各各道号不一。

最近，刘心武在《红楼梦》的新探讨中，通过文本细读，悟出这四大仙姑乃是林黛玉（痴梦仙姑）、史湘云（钟情大士）、薛宝钗（引愁金女）、妙玉（度恨菩提）。这是发前人所未发，相当可信。这四人都是带有仙质的玉人，尤其是痴梦仙姑和度恨菩提的黛玉与妙玉，从未染上俗世"仕途经济"的尘埃，更是纯正的玉人。林黛玉最后怎么死，回归何乡何处，读者论者尚有争议。笔者只觉得续书描写黛玉死后宝玉在梦中追寻她并不唐突。第九十八回"苦绛珠魂归离恨天 病神瑛泪洒相思地"写宝玉听到黛玉亡故的消息后放声大哭，倒在床上，然后又写道：

忽然眼前漆黑，辨不出方向，心中正自恍惚，只见眼前好像有人走来，宝玉茫然问道："借问此是何处？"那人道："此阴司泉路。你寿未终，何故至此？"宝玉道："适闻有一故人已死，遂寻访至此，不觉迷途。"那人道："故人是谁？"宝玉道："姑苏林黛玉。"那人冷笑道："林黛玉生不同人，死不同鬼，无魂无魄，何处寻访？凡人魂魄，聚而成形，散而为气，生前聚之，死则散焉。常人尚无可寻访，何况林黛玉呢。汝快回去罢。"

此处作者界定林黛玉为"非常人":"生不同人，死不同鬼。"完全符合原著的仙姑暗示，也可证明，她是一个超凡脱俗，不同于佳人、美人的玉人。

宝玉、黛玉、妙玉这三位玉人，有其上述的超越世人的共同点，但三者又有区别。从人生向度上说，宝玉心怀慈悲，不避俗众，不轻"下人"，所以我用嵇康的"外不殊俗，内不失正"八个字形容他，并用准基督和准释迦比喻他。而黛玉则心怀痴情，专注于一，潜意识里只有"还泪"，意识层里却布满诗情慧性。但她逃避俗众，绝不与三教九流来往，称男人时前边还加上一个"臭"字。妙玉则刻意远离俗世，蔑视社会，孤僻标高。黛玉尚谈恋爱、作情诗，她却把一切都藏于心中，让人猜不透她的心思。三个玉人，一是慈，一是痴，一是孤，性格不同。从个体情感态度上说，贾宝玉是兼爱者，"情不情"者；黛玉是专爱者，情情者；妙玉则是观爱者，度情者。三者的心灵都奇异至极，黛玉是痴绝，妙玉是孤绝，宝玉是善绝。从生命结局上说，一是世难容，为世糟蹋（妙玉）；一是世难爱，被世抛弃（黛玉）；一是世难知——一个最聪明最善良的玉佛似的人，却被视为"蠢物""孽障"等（宝玉）。三者中在心性上首先悟到空的是黛玉，所以才有"无立足境，是方干净"的禅偈；在行为上真正实践空的是宝玉，因为他是看透了色之后升华的空，是空空的空；而妙玉则从空到空，未曾在"有"与"色"中磨炼的空，所以不是空"空"，而是虚"空"。曹雪芹判她"云空未必空"，大约也是对虚空的微词。

曹雪芹作为文学天才，他的笔下没有俗套，没有俗笔。《红楼梦》一开篇就嘲笑"才子佳人"那种千篇一律的创作模式。千百年来，文学中的佳人形象，无非是一有姿色，二有才气，三有风流，但曹雪芹却一改佳人一般面目，赋予佳人们以大性情、大灵魂、大智慧、大歌哭，其笔下的女性玉人，更是超越佳人百层千层，是一种天地人大融合的诗意生命。这种生命形象不仅是中国文学所仅有，也是人类文学所仅有。什么叫作文学原创，领悟一下天人合一、人性神性共在的玉人，就会明白。

曹雪芹是一个对人间社会的庸俗与黑暗极为敏感也极为憎恶的人，所以在他笔下才有那样一个以国贼禄鬼为主体的泥浊世界，也才刻画了那么一些可悲可怜的小人、废人、滥情人、尴尬人、嫌隙人、轻薄人、粗夯人、势利人等。但是，他不仅面对泥浊世界，还向往净水世界。他不是愤世嫉俗，而是充满审美理想。《红楼梦》之梦，有小梦（如小红的私情梦），有中梦，有大梦（如宝玉游太虚幻境），这些都是真梦。但还有一种呈现作者审美理想的总梦，这虽不是真梦，却是曹雪芹的审美理想。在《红楼梦》中，曹雪芹寄托着两大理想，也可以说是两种宏观梦，一是诗国梦，二是玉人梦。诗国是曹雪芹的理想国、梦中国；玉人是曹雪芹的理想人、梦中人。古希腊柏拉图的理想国把诗人逐出，曹雪芹的理想国则是以少女诗人为主体的青春共和国，是人类诗意栖居的社会模式，这是一个远离功名争夺、权力争夺、财富争夺的国度，是保持生命本真状态的永恒家园。曹雪芹的总梦则是"诗国长存、玉人永在"，尤其是黛玉、妙玉似的玉人能不嫁、不死、不朽，如同天上的明月玉兔。

# 泪人解读

林黛玉

　　"泪人"在《红楼梦》中出现过两次：一次是秦可卿死后，宁国府里哭声摇山振岳，"贾珍哭的泪人一般"（第十三回）；一次是芳官被她的干娘打骂之后，"只穿着海棠红的小棉袄，底下丝绸撒花袷裤，敞着裤腿，一头乌油似的头发披在脑后，哭的泪人一般"（第五十八回）。

　　《红楼梦》除了用"泪人"这一概念形容哭得很伤心很厉害的模样之外，还塑造了一个中国文学与人类文学中举世无双的泪人形象，这就是林黛玉。泪人一词固然不能涵盖林黛玉的全部（因为林黛玉太丰富了，她是诗人、痴人、可人、玉人），但说她是泪人，却能把握住她的一个根本的生命特征。她和宝玉的情，是恋情，是诗情，这种情有时用诗语表述，有时用禅语表述，但最经常的是用泪语表述。就在第五十八回宝玉看到芳官哭得像泪人一般之前的一刻，他才刚刚看到真泪人的落泪。那时，他正为藕官烧纸钱纳闷，便踅到潇湘馆，因此"瞧黛玉益发瘦的可怜，问起来，比往日已算大愈。黛玉见他也比先大瘦了，想起往日之事，不免流下泪来"。宝玉瘦了，本是平常事，几乎无事的事，但黛玉见了竟也要流泪。泪人的第一个特征是爱哭爱流泪，动不动就流泪。

《红楼梦》写林黛玉的伤感落泪之处很多，几乎举不胜举。文学本是情感的"事业"，离开眼泪与哭泣就不是文学。但是，林黛玉的眼泪不是一般的眼泪，她的哭泣也不是一般的哭泣，那真是"泪天泪地"，不仅令人心动，而且令鸟惊飞，第二十六回最后就写到她的呜咽让附近柳枝上的宿鸟栖鸦听了之后惊飞而走：

　　……越想越伤感起来，也不顾苍苔露冷，花径风寒，独立墙角边花阴之下，悲悲戚戚呜咽起来。

　　原来这林黛玉秉绝代姿容，具希世俊美，不期这一哭，那附近柳枝花朵上的宿鸟栖鸦一闻此声，俱忒楞楞飞起远避，不忍再听。真是：
　　花魂默默无情绪，鸟梦痴痴何处惊。

　　因有一首诗道：

颦儿才貌世应希，独抱幽芳出绣闺；

呜咽一声犹未了，落花满地鸟惊飞。

哭到令鸟惊飞，这是林黛玉哭泣的奇处。但这位泪人的奇处还不在于此，而在于另外三处"前无古人"的特点：

第一，她降临人间，是为了"还泪"而来。还泪就是还情。《红楼梦》开篇第一回说明了这一存在目的，那绛珠仙子道：

> 他是甘露之惠，我并无此水可还。他既下世为人，我也去下世为人，但把我一生所有的眼泪还他，也偿还得过他了。

第二，她在人间的人生过程正是还泪的过程，生命尚未终止，其泪痕总是不干。用俗话说，便是生命不止，泪流不已。第二十七回首先透露这一信息：

> 紫鹃雪雁素日知道林黛玉的情性：无事闷坐，不是愁眉，便是长叹，且好端端的不知为了什么，常常的便自泪道不干的。先时还有人解劝，怕他思父母，想家乡，受了委曲，只得用话宽慰解劝。谁知后来一年一月的竟常常的

如此，把这个样儿看惯，也都不理论了。所以也没人理，由他去闷坐，只管睡觉去了。那林黛玉倚着床栏杆，两手抱着膝，眼睛含着泪，好似木雕泥塑的一般……

这里说的是"泪道不干"。第八十九回，又再次说明泪人"泪渍终是不干"。

黛玉清早起来，也不叫人，独自一个呆呆的坐着。紫鹃醒来，看见黛玉已起，便惊问道："姑娘怎么这样早？"黛玉道："可不是，睡得早，所以醒得早。"紫鹃连忙起来，叫醒雪雁，伺候梳洗。那黛玉对着镜子，只管呆呆的自看。看了一回，那泪珠儿断断连连，早已湿透了罗帕。正是：

瘦影正临春永照，卿须怜我我怜卿。

紫鹃在旁也不敢劝，只怕倒把闲话勾引旧恨来。迟了好一会，黛玉才随便梳洗了，那眼中泪渍终是不干。

第三，这位泪人的生命不像常人、众人那样以年龄（多少岁）计量，即不是以年少、年轻、年老计量，而是以眼泪多少计量。当她的生命逐渐衰歇时，其象征迹象不是皱纹多了，白发生了，牙齿动了，而是眼泪少了。第四十九回，描写了这一现象：

> 黛玉因又说起宝琴来，想起自己没有姊妹，不免又哭了。宝玉忙劝道："你又自寻烦恼了。你瞧瞧，今年比旧年越发瘦了，你还不保养。每天好好的，你必是自寻烦恼，哭一会子，才算完了这一天的事。"黛玉拭泪道："近来我只觉心酸，眼泪却像比旧年少了些的。心里只管酸痛，眼泪却不多。"宝玉道："这是你哭惯了心里疑的，岂有眼泪会少的！"

"岂有眼泪会少的！"连宝玉都觉得这种说法太古怪，难以理解。他虽然也是痴人情种，也有揪心的哭泣，但毕竟不是泪人，不知泪人是以眼泪的多寡为生命的尺度，也不知道泪人乃是以还泪而始，以泪尽而亡。最后林黛玉悲愤至极，焚稿吐血，只剩下血，没有泪，对着宝玉也只有无言的傻笑。她的死亡不是以心跳的停止为标志，而是以泪尽为标志。

第四，林黛玉不仅是泪人，而且是诗人。因此她泪中有诗，诗中有泪。她的泪含在眼里是泪水，流入笔中则是诗。宝玉命晴雯送两块旧帕子给黛玉。激起她一脉情思，便凄然提笔在手帕上写下咏泪之诗：

（一）

眼空蓄泪泪空垂，暗洒闲抛却为谁？

尺幅鲛绡劳解赠，叫人焉得不伤悲！

（二）

抛珠滚玉只偷潸，镇日无心镇日闲；

枕上袖边难拂拭，任他点点与斑斑。

（三）

彩线难收面上珠，湘江旧迹已模糊；

窗前亦有千竿竹，不识香痕渍也无。

关于这三首诗，启功先生做了一个极好的阐释，也给"泪人"做了最中肯的解说：

这三首诗，集中写了黛玉的"泪"，起因是因为宝玉挨打，受伤甚重，黛玉去看他，心痛不已，又不能都用言辞来倾诉自己的痛惜。宝玉对黛玉也是一样，虽心甚系念，而无从沟通，不得已宝玉只好遣唯一的知心小婢晴雯去传达自己的心意，但又不能明说，只好借送手帕这件事，来传达自己的心意。特别应该注意的是，此时的宝黛已是经过三十二回"诉肺腑"之后，宝玉嘱咐黛玉"你放心"，黛玉"听了这话，如轰雷掣电，细细思之，竟比自己肺腑中掏出来的还觉恳切"，所以宝玉的手帕，实是不言之言，是"此时无声胜有声"。慧心的黛玉自然终于领悟了宝玉的深意。所以，从《葬花吟》到题帕诗，是宝黛感情的飞跃和深化，以前黛玉的眼泪，是由于误会和外因，如开头的摔玉，如夜访时晴雯闭门不纳，这些都是由外因引起的，而这次的题帕诗的"泪"，却是由于内因，是由于双方互相进一步的沟通和感悟而引起的，所以黛玉这次的"泪"，是双方思想感情完全沟通并深化的一个标志。"眼泪"，对黛玉来说，实际上就是她的语言，她心头有所感触，不能用言语来表达，就自然地用眼泪来表达。因为眼泪的包容性大，各种内心的感触，都可借用眼泪来表达，从外部来看，眼泪只有一种形式，但其内涵却往往有很大的差别。眼泪更是黛玉生命的象征，二十二回脂批说黛玉"将来泪尽夭亡",则可见黛玉的"泪",更是黛玉生命的"量"词,现在黛玉为宝玉而大量抛洒自己的眼泪,也无异是为宝玉而不惜自己的生命。题帕诗的第三首,是用的湘娥斑竹的典故,这是一种化用,而不是死板的照搬,作者只是用来说明黛玉眼泪之多之悲,说明她为宝玉而椎心泣血,不惜自己的生命。从人物形象创作的角度看,作者正好用这种诗的手段,来深化人物的内心世界、思想感情。这三首诗的内容,如果要用叙述文字来加以表达,其效果和所能达到的深度,肯定比不上这三首诗的功能,所以这三首诗,不仅仅是切合林黛玉的身份口气,而且是大大深化和丰富了林黛玉这个形象。

对于启功先生的解说,我们可以补充说,这些诗句,是黛玉的灵魂。换句话说,黛玉不仅是身体(眼睛)流泪,而且灵魂也流泪。这个泪人是身也泪,心也泪,外亦泪,里亦泪,天上流泪,地上也流泪。人类文学史上,许多人物形象都哭泣、悲伤、落泪,但没有一位作家创造出类似林黛玉这种彻底的泪人形象。"春蚕到死丝方尽,蜡炬成灰泪始干",春蚕只抽丝,蜡烛只流泪,两者都有生命的纯粹性。林黛玉的生命也只抽丝（诗），只流泪，诗即泪，泪即诗，也只有一片纯粹。至此，我们可以明白，所谓泪人，乃是至真至诚至纯至粹之人，或者说，是以泪为生命、为灵魂、为生死标尺的至情至性之人。

# 痴人解读

贾宝玉、林黛玉、尤三姐等

　　读《红楼梦》回目，可见到"痴人"一词，如第一百一十八回的"记微嫌舅兄欺弱女　惊谜语妻妾谏痴人"。这之前，回目中还有"痴女儿""痴情女""痴公子""痴丫头"以及"痴郎""痴颦""痴魂"等，读完回目，进入第一回后，不仅又读到僧人的"惯养娇生笑你痴"的诗句，更发现作者自己也痴。他在题记中说：满纸荒唐言，一把辛酸泪！都云作者痴，谁解其中味。这样看来，曹雪芹著述《红楼梦》，乃是痴者写痴人著痴书。然而，痴者痴人并非止于痴，而是止于悟，最后是痴悟、情悟（下文再继续解说）。所以，说《红楼梦》是痴书又是悟书，应无可非议。

　　《红楼梦》的"痴人"，有时也称作"痴情人"。在第一百零九回中，宝玉思念晴雯，把情移到五儿身上，半梦半醒迷迷糊糊时，把五儿的手一拉，让五儿急得红了脸，心里乱跳。第二天早上，宝玉又想起五儿说的宝钗、袭人都如天仙一般的话，便怔怔地瞅着宝钗。此时，五儿才把昨夜宝玉梦中说的"担了虚名""没打正经主意"的话告诉宝钗，接着，又写道：

> 这日晚间，宝玉回到自己屋里，见宝钗自贾母王夫人处才请了晚安回来。宝玉想着早起之事，未免赧颜抱惭。宝钗看他这样，也晓得是个没意思的光景，因想着："他是个痴情人，要治他的这病，少不得仍以痴情治之。"

宝钗是个冷人，不是痴情人。但她深知宝玉是个痴情人，而且还知道，宝玉已经痴到无可救药，只能以痴治痴。

《红楼梦》塑造了一系列感人肺腑的痴人、痴情人形象，几乎是一部痴人形象的百科全书。其中不仅有各种痴人的生命风貌，而且有评说不尽的各种痴情，还有让人忍俊不禁的各种痴话。仅最后这一项，可以肯定，人类文学宝库中尚未出现过如此丰富的至情至性之痴语的著作。

《红楼梦》的痴人主要有两类：一类是诗痴，其代表人物是香菱；另一类是情痴，第一级情痴自然是两位主角贾宝玉与林黛玉，第二级情痴则是尤二姐、尤三姐、司棋、潘又安等因情而死的女子与男子，还有那个在地上痴痴地画着"蔷"字的龄官。为菂官烧纸、为菂官哭得死去活来的藕官等戏子们，自然也是痴人。除了这两类痴人外，还有一类是义痴，在秦可卿死后立即触柱而亡的丫鬟瑞珠，她也是一种痴迷。紫鹃对黛玉的真诚，也达到痴境。还有一类痴人，是傻大姐这种"白痴"，无须多加说明。

我此前出版的《人论二十五种》中，就有《痴人论》一篇。其中的例证就有贾宝玉与林黛玉。在论述时，我说明这两位主角不是一般的痴人，而是"痴绝"，即极端性的痴人。为了免于重说，且把这段论说抄录于下：

> 痴人有许多种，有诗痴，有文痴，有书痴，有情痴，有事业痴。痴人有痴气、呆气，但并不是傻子笨伯。痴人往往绝顶聪明。《红楼梦》中就有许多极聪明的痴人，如贾宝玉、林黛玉等，都是很有才能的绝代痴人。贾宝玉常为他所爱的林黛玉和其他姐妹发痴发呆，曹雪芹称他为"痴公子"。而林黛玉更是一个彻头彻尾的痴人儿，她对宝玉是那样一片痴情：情痴，意痴，神痴，所作的诗词也句句痴。她去葬花，就已经痴得出奇，而她的葬花词，更是句

句痴得出奇，"侬今葬花人笑痴，他年葬侬知是谁"，这真是痴人之音，痴人之泪。难怪"宝玉听了不觉痴倒"，同时也发出痴音。听了这声音黛玉心想："人人都笑我有痴病，难道还有一个痴子不行？"黛玉和宝玉真真都是痴子，真真都害了痴病。因此，当他们的祖辈父辈决定让宝钗和宝玉结婚的时候，这两个痴儿再也承受不住了。一个变得疯疯傻傻，一个变得恍恍惚惚。当黛玉从傻大姐那儿得知这个消息时，身子变得千斤重似的，两只脚像踩着棉花一般，脚已轻了，眼睛也直了，她迷迷痴痴地东转西转，当紫鹃挽着她走到宝玉屋里时，他们俩都只剩下嘻嘻地傻笑——痴情被摧残了，精神也崩溃了。林黛玉受了致命的打击后，做了最后一件事——烧掉她和宝玉那些痴情的诗稿，最后念着"宝玉，宝玉，你好……"而死了。而宝玉也从此丧魂失魄，疯疯癫癫，最后带着迷惘和绝望离开他的家了。

曹雪芹塑造的这两个痴心人，不仅是一般的痴，可以说是"痴绝"。人一痴到绝处，痴也就是生命本身，摧残了他（她）的痴情，也就是摧残了他（她）的生命。"痴绝"一词，并非我的发明，晋《顾恺之传》中说："故俗传恺之有三绝：才绝、书绝、痴绝。"可见人世间的痴绝早已有之，而且早已被命名。贾宝玉、林黛玉的这种发展到极致的痴情，正是人的真性情。他们打动人的地方，也是这种真性情。明末袁氏兄弟和李贽提倡性灵说、童心说，呼唤人的真性情，而《红楼梦》中这种刻骨铭心的痴情，恰恰把他们的呼唤表现为伟大的划时代的艺术。

"痴绝"出自顾恺之，"痴病"则出自曹雪芹。怎样说明宝黛痴情的极端性，曹雪芹干脆用"痴病"来形容，即痴到变态、病态，其实是痴深到常人无法理解的情感深渊。第二十九回写道："原来那宝玉自幼生成有一种下流痴病，况从幼时和黛玉耳鬓厮磨，心情相对；……那林黛玉偏生也是个有些痴病的，也每用假情试探。"这一回写的正是两人痴病大发，吵得大哭大吐，吵得死劲砸玉，吵得惊动贾母王夫人，其实吵得死去活来，都不过是痴情的燃烧，用恨来作为爱的变态形式而已。

尽管宝黛都是痴绝，但在痴人榜上不得不分个先后次序的话，那么，贾宝玉还是应当放在前头，列为首席痴人。因为他的痴情不仅痴在爱情上，而且还泛化到物我不分，天人不分，即痴情痴到普遍化、宇宙化。"时常没人在跟前，就自哭自笑的；看见燕子，就和燕子说话；河里看见了鱼，就和鱼说话；见了星星月亮，不是长吁短叹，就是咕咕哝哝的。"（第三十五回）痴情推到天上的星星月亮，地上的燕子鱼儿，已经够绝了，更有甚者，他还痴及书房墙上挂着的画中美人。第十九回写道："这里素日有个小书房，内曾挂着一轴美人，极画的得神。今日这般热闹，想那里自然无人，那美人也自然是寂寞的，须得我去望慰他一回。"除了画中美人令他痴之外，庙中美人也让他痴。刘姥姥给贾母讲故事时编造了一个在她村庄雪地里突然出现的极标致小姑娘的故事，还编造这位叫作茗玉的姑娘十七岁时一病死了，思念她的老爷太太便为她盖了祠堂，塑了茗玉小姐的像，还派人烧香拨火。宝玉听了之后，痴情又作，他担心茗玉日子过得不好，第二天竟然派茗烟去探访祠堂，结果只见到一座破庙和破庙里的一尊青脸红发的瘟神爷。明明是上了刘姥姥胡诌的当，还说"改日闲了再找去"。痴情到了这一步，就是越过生死界线了。陆游有诗云："痴人痴到底，更欲数期颐。"贾宝玉真是痴到底了，从地界到天界，从生界到死界，从人界到物界，全都痴到底。

黛玉虽然也有痴的彻底性与纯粹性，但她是"情情"之痴，是"还泪"之痴，是对宝玉一痴到底，从泪尽到吐血，痴到眼泪流干了——流到最后一滴才放下。宝黛两人同样是痴绝，但其"绝"的形式有区别。

从文学作品精神内涵的深度上说，《红楼梦》的深刻不仅在描写痴人的痴情极致和诗意细节，而且呈现了一个情痴到情悟的过程，除了贾宝玉，林黛玉、尤三姐、晴雯、鸳鸯等也都有这一过程，只是所悟的内涵不同而已。尤其值得一提的是，为宝玉所倾心的同性爱友秦钟，也是个痴人，但他死前所悟却与宝玉完全相反。

宝玉从小就是个痴儿、痴顽。第一次见到黛玉知道林妹妹无玉就砸玉发痴狂，从那时开始，之后一段人生过程都只是痴而已，还谈不上悟。作者特别让警幻仙子说了话。第五回写道："警幻见宝玉甚无趣味，因叹：'痴儿竟尚未悟！'"宝玉从"未悟"到"觉悟"到最后大彻大悟并非是对痴的否定，而是明白情为何物即情的真谛。觉悟者有两种，一种是被启悟、被开悟，一种是自悟、自觉。第一种如甄士隐，他大彻大悟得很早、很快，但主要是得益于一僧一道两位"仙师"的帮助。第一回里就记载他的请求："弟子愚浊，不能洞悉明白，若蒙大开痴顽，备细一闻，弟子则洗耳恭听，稍能警省，亦可免沉沦之苦。"甄士隐自称"痴顽"，请求仙师帮助开悟，但甄氏之痴未必是情痴，可能是别种痴迷，如贾雨村便是功名场上的痴迷。贾宝玉与甄士隐不同，他到人间来走一遭，是自己乐意来体验体悟的，因此他充分珍惜生活，充分享受生活，喜聚不喜散，在生活的浮沉中不断接近生命的真理与情感的真理，最后自明自悟。但是，他也有启蒙"仙师"，这就是许多世人不喜欢的林黛玉与晴雯。我在以前所写的文字中，说林黛玉和晴雯是导引宝玉精神飞升的第一女神和第二女神，并非虚言。这两位被称作"芙蓉仙子"的女子以自己最真纯的生命与情感，也以超凡的智慧与心性帮助宝玉守持了生命的本真状态和情感的本质状态，帮助宝玉从欲向性、向灵、向空飞升，使这个爱吃女子胭脂的痴儿最终悟到什么是真情真性真人真品。通过自我体验与黛玉、晴雯的帮助，最后宝玉这个痴人，不是止于痴，而是止于悟。宝玉知其所止，从而完成了人间之旅——"因情而悟"的过程。关于这一点，在第七十七回中，脂砚斋有个极为精辟、极为重要的评点：

> 宝玉至终一着全作如是想，所以始于情终于悟者，既能终于悟而止，则情不得滥漫而涉于淫佚之事矣。

笔者所写《红楼梦悟》，强调前人已道破的"《红楼梦》是部悟书"。其悟的内涵非常深广，但在"情"的层面上，全书通过主角道破大彻大悟的内容，这就是：情乃人之根本，但所谓情，至贵至坚的乃是真情，而非矫情、滥情。有情人不是滥情人，多情人不是无情人，痴情人不是痴迷人。

《红楼梦》一开篇就宣告要放下"才子佳人"的千篇一律的模式，后来贾母又再次破"才子佳人"陈腐旧套，这也是曹雪芹对文学大悟的结果。破才子佳人的旧套，首先是破情的旧套。情不是风月之情，不是偷香窃玉之情，不是色鬼淫滥之情，而是香菱对诗歌那种如痴如醉之情，是宝玉、黛玉、晴雯、鸳鸯、尤三姐等至真至善至美之情。

《红楼梦》中的痴人很多，有大痴人，有中痴人，还有小痴人，自成一个世界文库中独一无二的、数量最大的、情感最为丰富的痴人形象系统。曹雪芹虽受佛教思想影响很深，但他又超越佛教。佛教以"贪、嗔、痴"为三毒，曹雪芹也让主人公从痴中跳出，以免陷入痴迷，续书领会此意，所以最后让贾宝玉了断痴，止于觉而不是止于迷，但浸透全书的是对痴人真情真性的讴歌与赞美。他的天才生花之笔为种种痴人留下不同个性的生命景观。从这个意义上说，曹雪芹是在为"痴"字正名，为"痴"字翻案，为痴人请命，为痴绝立传。通过对痴人的描写，曹雪芹把人间恋情之真之美推向了极致，除了莎士比亚的朱丽叶、罗密欧、克丽奥佩特拉、奥菲利亚等构成的痴人系统可以相比之外，其他的再也无人可比。有了《红楼梦》的痴人星座在，我们便可以知道人类世界曾有过如此纯粹、如此真挚、如此深邃、如此美好的情感在，在人间愈来愈向物质功利倾斜的今天与明天，这一星座将成为永远无法再现的遗迹与奇迹。痴人们的眼泪和林黛玉一起流尽了，取代痴人的伶俐人、势利人已成为世界的主体。想到这里，觉得二三百年前那些发生过悲剧的有情人和痴情人真是可爱。

# 正人解读

探春、贾政等

　　第五十五回有一段王熙凤为贾家"虑后"的话，也是从管理家政的角度评价人物的话，甚有见识，很值得一读。就在这段话里，出现了"正人"概念。她说：

　　咱们且别虑后事，你且吃了饭，快听他商议什么。这正碰了我的机会，我正愁没个膀臂。虽有个宝玉，他又不是这里头的货，纵收伏了他也不中用。大奶奶是个佛爷，也不中用。二姑娘更不中用，亦且不是这屋里的人。四姑娘小呢。兰小子更小。环儿更是个燎毛的小冻猫子，只等有热灶火坑让他钻去罢。真真一个娘肚子里跑出这个天悬地隔的两个人来，我想到这里就不伏。再者林丫头和宝姑娘他两个倒好，偏又都是亲戚，又不好管咱家务事。况且一个是美人灯儿，风吹吹就坏了；一个是拿定了主意，"不干己事不张口，一问摇头三不知"，也难十分去问他。倒只剩了三姑娘一个，心里嘴里都也来的，又是咱家的正人，太太又疼他，虽然面上淡淡的，皆因是赵姨娘那老东西闹的，心里却是和宝玉一样呢。比不得环儿，实在令人难疼，要依我的性早撵出去了。如今他既有这主意，正该和他协同，大家做个膀臂，我也不孤不独了。

贾家表面上虽还繁荣，但内里已空了。这主要是因为发生"断后"危机，即没有产生足以支撑豪门大厦的"接班人"。宁国府只剩下贾蓉这种"下三滥"，秦可卿的丧事自己办不了，只好请荣国府的王熙凤去操办。王熙凤虽是女强人，但毕竟是女性，是媳妇，不可当接班人，所以她产生为贾家担忧的忧患意识。秦可卿死时托梦给她，讲的也是"月满则亏""水满则溢""登高必跌重""树倒猢狲散""盛筵必散"等盛世危言，也是满腹忧患。这两府的世家子弟，除贾政之外，没有一个有秦、王这两个媳妇的这种危机意识。王熙凤知道，在她和贾琏这一辈里，个个都不中用，唯有一个探春（三姑娘）是人才。

王熙凤说探春是"咱家的正人"。这"正人"二字在这里指的是嫡系亲属，像秦可卿和她这位凤姐就不算。但正人还有一个意思是指正派的人，不走旁门左道、歪门邪道的人。从这个意义上说，王熙凤虽是能人，却不是正人，她机关算尽，什么黑道邪道都敢走，什么黑钱污货都敢要。

王熙凤虽有许多邪恶之气，但我们不能因人废言。她确实是贾氏二府中的第一干才。她对贾府人物所做的评论可谓"句句是真理"。而说探春是"咱们的正人"，更是多重意义的真理。探春确实"正"。她的母亲虽是邪派的赵姨娘，但她毕竟是贾政的女儿，属贵族嫡系。更重要的是，她做人端正，不走邪门歪道、旁门左道，大公无私。当她和李纨、宝钗在王熙凤病倒时出面主持家政时，所做的事虽激进一些，但全都不存私心私念，例如她的舅父赵国基死了，她坚持原则，按例只给二十两银子的丧礼钱。赵姨娘争道："你如今现说一是一，说二是二。如今你舅舅死了，你多给了二三十两银子，难道太太就不依你？"（第五十五回）探春就是不肯让步。她还废除了以宝玉、贾环、贾兰上学的名义发给袭人、赵姨娘、李纨的月钱，几乎做到"六亲不认"。做事不讲私情，连母亲的面子也不给；有弊就除，不管涉及什么名目，这就是"正"。她的兴利除弊改革，正得连王熙凤也畏惧三分，这位平素骄横的凤姐此时提醒平儿说："他虽是姑娘家，心里却事事明白，不过是言语谨慎，他又比我知书识字，更厉害一层了，如今俗语说'擒贼必先擒王'……倘或他要驳我的事，你可别分辩，你只越恭敬，越说'驳的是'才好，千万别想着怕我没脸，和她一犟，就不好了。"（第五十五回）王熙凤这番叮嘱，很有心眼、心术。探春的不同处，是没有这种生命机能。

王熙凤虽没有什么文化，一辈子只写过"一夜北风紧"的一句诗，但很有眼力，她说探春在王夫人心目中的地位"却是和宝玉一样"，即一样疼爱，我们引申一下则可以说，两人都值得疼爱，因为都心正。宝玉尽管被视为"傻头傻脑"之人（王夫人语），但其心正即没有心术心计心机则是公认的。探春尽管脑子灵活，有一种天生周密的算计性思维，主持家政时连一片荷叶、一根枯草也知可以卖钱，但这只是头脑中的算术，却不是心术。她的心地未能抵达宝玉的境界，以至于产生过不认亲舅（赵国基）只认宝玉之舅王子腾的带有势利的心思，但这是不争气的母亲使她绝望的结果，从根本上说，她不是势利人。她那么算计，也是为了大家族，兴利除弊所赚的钱，她一分一厘也不会放入自己的腰包。《后汉书·桓谭传》中有句诗："刑罚不能加无罪，邪枉不能胜正人。"唐代司空图还有一句诗："穷辱未甘英气阻，乖疏还有正人知"（"争名"）。王善保家的仗势欺人的"乖疏"，探春就心知肚明，不仅不买账，而且狠狠给了一巴掌。这一巴掌，是以正压邪的一巴掌，宣示"邪枉不能胜正人"的既响亮又漂亮的一巴掌。仅凭这一行为语言，探春就是一个名副其实的响当当的正人。王熙凤生病，选择她作为家政主持人（和李纨、宝钗一起主政）是选对了。探春与王熙凤都有法家风度，都有执法不阿的气派，但两人又有邪正之分。探春绝没有王熙凤那种"宁我负人，毋人负我"的哲学，也没有王熙凤在贾母面前曲意奉承的心计心术，更没有借刀杀死尤二姐的凶狠性情和收贿包揽、重利盘剥的黑暗行径。这又涉及"正人"的第三义，即正人乃是善于处理政务、办事讲究原则的人。中国古书中"正"与"政"二字常互相借用、通用。《道德经》第八章的"言善信，政善治"，在帛书本上刻印的则是"言善信，正善治"，"正"字与"政"字相通。这样看来，王熙凤说探春是正人便是非常准确的界定。这一界定贴切地包含着三义：一，探春是贾家"根正苗红"之人；二，探春是正派人；三，探春是善于处理政务并可主持家政的人。

《红楼梦》中还有一个典型的正人是贾政。他的名字干脆就叫作"政"。"政"字与"正"字既然相通，他的名字也就是贾正。这位贾府的顶梁柱人物名副其实，是个正人君子。

贾政除了具有探春的正人三义之外，还比探春多了一义，就是他还是个政府官员，不像探春仅涉及"家政"，他直接就是政府的"行政"官员，这更符合古代经典和现代辞典关于正人的定义。《书·康诘》："惟厥正人，越小人诸节。"孙星衍疏："正人者……即上文政人。"王引之《经义述闻·尚书上》曰："正，长也，为长之人。"这就是说，正者，长官也。中国称村长式的小官为"里正"，这里正便是乡村长了。曹雪芹给宝玉之父命名为贾政，也许已知孙星衍的"正人者即政人"之义。贾政以主事而升工部员外郎，后又放江西粮道，算是做实事的，不像贾赦、贾珍等只是挂个世袭空名。不过，贾政之为贾正，并不在于他是个不大不小的官员，最为重要的是，他在贾府中是唯一承继其祖父遗风的人，自幼酷爱读书，为人端方正派，是贾氏贵族府中的孔夫子。他的"正"，首先是忠于千百年的封建正统，包括皇统、道统与学统。他讨厌贾宝玉，视他为"孽障"，乃是觉得宝玉离正统太远，走的不是正道：只迷诗词，不喜文章，是违背学统；和三教九流交往，太近女色，蔑视"立功立德"；不在乎自己是皇亲国戚，不知皇恩浩荡，不思"治国平天下"，还冷讽热嘲忠于皇上的"文死谏，武死战"，是违背道统。一个儿子夭折（贾珠），一个儿子不像人样（贾环），一个儿子乖张乖僻（宝玉），真是伤透了他的心。他为人忠厚，用人却常常不当，虽然一心想做好官清官，但家人多半不争气，在外招摇撞骗，弄得名声不太好。一个正人政官，是不可以徇私走后门的，贾政也尽量避免。但是，当妹夫林如海（贾敏之夫，林黛玉之父）为黛玉的"西席"（私塾老师）贾雨村活动补缺时，也只好帮忙。贾雨村赴金陵应天府刚上任，便碰上薛蟠霸占英莲（香菱）而打死冯渊的讼事，而雨村为了讨好贾府，居然徇私枉法，胡断此案，还分别给贾政、王子腾写了邀功信函。这种事情一旦为社会所知晓，谁还会承认贾政是个正人？社会风气太坏时，正人也会变成"风气中人"，做出不正之事。但这往往不是出自本心，而是被家属亲戚包围的结果，属于"逼上梁山"。既然有了危害社会的"结果"，正人也是需要负责的。像贾雨村和薛蟠这种徇私枉法之事，贾政是有责任的。

正人虽是正派之人，但并不是完美之人。且不说他们偶尔也会走点后门，丢失原则，就以性情而言，正人因太执着于正统也往往会做出一些不近人情的事。贾政对宝玉"下死笞楚"，把儿子往死里打，就太苛严、太过分。正人往往功名心、道德心过重而导致丧失人性的错误。刘鹗的《老残游记》，写了一些清官正人形象，这些人都是道德家，但在廉政的旗号下却制造出许多残酷的刑罚与命案。廉政与苛政只隔一道门槛，廉而苛的官员也很可怕。五四新文化运动的改革家们，如鲁迅，他的笔锋频频射向"正人君子"，便因为正人已经变形变质，在道貌岸然的背后，完全不顾人的尊严与价值，儒冠儒服包裹着的却是一颗不知珍惜护爱个体生命的老朽灵魂。"正人君子"一词从褒义变成贬义。贾政这位"正人"在20世纪的学界中也跟着遭殃，变成一个代表封建专制的伪君子。我在十几年前所写的一篇短文里为他说了几句公道话，意思是说，不管他的立场、思想如何，其人格、其作风属正派无可争议，而好作风和好品格有其独立的正价值，而且是可敬重的价值，不要简单地把他划入打击革命派（宝玉、黛玉等）的封建主义者营垒，不可把"正人"视为恶人。

可是，贾政只是在理念上知道有正邪之分，而心目中掌握的正邪标准则大有问题。例如他把两个儿子——贾宝玉和贾环都视为同样的邪派，不知宝玉才是天下第一正心正觉之人，与贾环完全是两回事。第七十五回，写贾政眼中对两个儿子的印象：

> 贾环近日读书稍进，其脾味中不好务正也与宝玉一样，故每常也好看些诗词，专好奇诡仙鬼一格。今见宝玉作诗受奖，他便技痒，只当着贾政不敢造次。如今可巧花在手中，便也索纸笔来立挥一绝与贾政。贾政看了，亦觉罕异，只是词句终带着不乐读书之意，遂不悦

道："可见是弟兄了。发言吐气总属邪派，将来都是不由规矩准绳，一起下流货。妙在古人中有'二难'，你两个也可以称'二难'了。只是你两个的'难'字，却是作难以教训之'难'字讲才好。哥哥是公然以温飞卿自居，如今兄弟又自为曹唐再世了。"

贾政以"正人"自居，倒是无可非议。他的言论行为都有一定的"规矩准绳"，也无可挑剔。但是，他的规矩是读书只可读圣贤之书，准绳是正路只有仕途经济之路，这未免过于偏执。在此标准下，他笼统地把宝玉和贾环视为"不好务正"的邪派，一样下流货的难兄难弟，更是专横武断。说贾环属于不正的邪派，倒没有太冤枉，但把宝玉归入邪派，则大错特错。宝玉固然不是贾政似的正人，尤其不是"政人"，他从内心深处厌恶政治、厌恶谋官求荣的仕途经济之路，离"政"极远，但他却是最准确意义上的正派人、正直人、正义人，甚至是基督、释迦牟尼似的正觉人、正悟人、正心人。他没有任何心机、心计、心术，连世故都没有。整个佛教的千经万典，翻来覆去讲放下妄念、放下分别、放下执着（我执），他却无须修炼，天然就没有虚妄心、分别心、自私心以及报复心、嫉妒心、贪欲心等，他的生命像大自然一样"纯正"，正到骨髓深处。

可惜贾政没有佛眼、天眼，只有肉眼、俗眼，他不认识儿子宝玉这种类型的正人，感知不了儿子的纯正心灵。父与子的心灵内涵与心灵方向相去太远了。

贾政与贾宝玉这对父与子的矛盾内涵非常丰富，它涉及儒与道、儒与佛、圣与凡、仕与逸、贵族原则与平民原则、世界原则与宇宙原则等多方面的冲突，也涉及"正"的标准的冲突。就以儒与禅这项冲突而言，儒讲的是仁性，是圣性，禅讲的是自性，是心性。一说有，一说无；一说秩序，一说自由；一说家国，一说个体；一说教化，一说大化；等等，很难说到一处去。以正邪而言，禅宗乃至佛家体系，讲真心就是正，妄心就是邪。所谓"正觉"，就是放下妄心妄念，放下成见，放下分别执着，直见本真之性，而贾宝玉正是如此，他始终保持本真状态，真心地对待一切人，完全放弃尊卑之别、贵贱之别、主奴之别、内外之别，甚至天人之别、物我之别，完全符合"佛"的要求。而贾政则满身满心是人造的分别，不仅有严格的主奴之别、贵贱之别、尊卑之别等，还有诗词与文章的严酷分别，以为作八股文章才是正道，诗词歌赋则属邪路，读四书五经才算读书，读诗赋杂书则不算读书。贾政这种"正"的标准有没有道理？五四新文化运动的改革家们回答说：没有道理！于是，他们便起来反对孔家店。同此，五四运动可以说是贾宝玉们针对贾政们的一场"审父运动"，也是贾宝玉这些新正人批判贾政这些旧正人君子的一场"辩正运动"。在五四运动中，鲁迅写了一篇著名的文章，题为《我们现在怎样做父亲》，其主题是说我们不可再以长者为本位，而应以幼者为本位，价值尺度要变了。倘若我们把此文的意旨用于《红楼梦》的解说，便可以说，贾政把贾宝玉视为邪派、视为异端完全错了。正确的价值观应当是：贾政是旧正人，宝玉是新正人，两者都是正人，但应以后者为中心，为本位，再不可以把宝玉黛玉们视为异端了。

# 真人解读

林黛玉、贾宝玉、晴雯等

《红楼梦》从第一回到第一百二十回都有"真人"一词出现。

真人本有两义：一是道家所指称的存养本真、修行得道的人，也泛指成仙成道之人；二是指品行端正、情感真切的人。《红楼梦》中的人物，属于第一义的真人有"空空道人""茫茫大士""跛足道人""癞头和尚"等，最后甄士隐也进入此类真人之列；属于第二义的则有贾宝玉、林黛玉、晴雯、鸳鸯、尤三姐、史湘云等。第一义的真人，其对立项是常人、俗人、众人；第二义真人的对立项是假人、巧人、伪善人等。

在庄子《南华经》中，真人是个重大的核心概念。真人和至人是庄子的人格理想。庄子的种种论说，都在追寻一个人生的最高境界，这就是超世间、超物累、得大自由（《逍遥游》）的真人、至人境界。他所描述的藐姑射之仙子，就是真人的样板。通观庄子全书，可以知道庄子把人分为四种境界。一是常人、众人、俗人的境界，这些人生活在世俗价值理念之中，拘泥于礼俗中的社会模范人格，时时不忘自己的世俗角色，因为这种角色可以带给自己荣耀与世俗利益。二是超世俗、超常人的半自然人格，庄子笔下的宋荣子（见《逍遥游》）便是这种人格。他不以世俗的是非为是非，具有一种自然人格的广阔情怀。对于一切成败得失均淡然笑之，且"举世而誉之而不加劝，举世而非之而不加沮，定乎内外之分，辩乎荣辱之境，斯已矣"。第三种境界则是列子的境界，这是完全的自然人格，与大自然的关系大于与社会的关系，但是仍然达不到最高的大自由的"至乐"之境，因为他虽能御风而行，却仍然"有待"，一是有待于风，二是有待于立足之境。而最高的境界是第四种境界，即无待、无立足境之界。这便是至人、真人、神人的境界。这种人完全打破物我界限、时空界限，与万物齐一，与造化同游，"天地与我并生，万物与我为一"（《齐物论》）。其认识万物，不是站在万物的对立面去分析，去辨别，而是在与万物万有的共同运化中，以整个身心去体悟自由，因此，其心灵常常游于太极，游于物之初。

贾宝玉在文本整体中兼有真人两义。在第一义上，是他也常常与星星对话，与鸟儿鱼儿交往，带有与万物共同运化的特征，最后大彻大悟，止于觉，归于大化，进入真人境界。不过续书写圣上赐给宝玉"文妙真人"的道号，实在是一大败笔。真人本来是超世俗、超物累之人，精神境界不知高于皇帝多少倍，哪有让皇帝钦定、钦赐之理，何况既是真人，哪能还有文妙、武妙的限制，如果执于文妙，又如何遨游于无何有之乡？又如何得大自由、大自在？总之是既为真人就不可"文妙"，既为"文妙"便非真人。世俗世界里的钦定真人，只是曹雪芹的调侃对象。第二十九回就出现的张道士，曾作为荣国公的替身，先皇御口亲呼他为"大幻仙人"，并封他为"终了真人"，现今王公藩镇都称他为"神仙"，不敢轻慢。这哪里是什么真人，不过是以道之旗号沽名钓誉的大俗人，接受这种道号，与接受皇帝赐予的爵位差不多，归根结底也是为了荣华富贵。赏给贾宝玉一个"文妙真人"的封号，贾政等自然是要感激"皇恩浩荡"，但对于贾宝玉本身，则是佛头着粪，名为褒奖，实为亵渎。

　　《红楼梦》小说的总题目曾有过斟酌，除了《石头记》《风月宝鉴》之外，还有《情僧录》。倘若选用《情僧录》，宝玉第一义"真人"的色彩可能会更浓更重，但这并不是好的选择。庄子的真人，作为人格理想和人生境界，无可厚非，但毕竟不是现实中有血有肉的人。因此，曹雪芹最后还是选择《石头记》与《红楼梦》作为书名，书写的重心也放在第二义的真人上，全力塑造的是一个立足于现实地面上的人——一个守持生命本真状态、极其天真、极其真挚的人，从而在文学上获得了最大的成功。在红楼的人物榜里，可称宝玉为卤人，为痴人，为颖悟人，又可称作至真的真人。贾宝玉始终是一个婴儿，一个赤子，一个完全没有画具的人，一个不知防范的人，一个远离世故的人，一个拒绝圆滑的人，一个从里到外人格最完整的人，一个口衔玉石也心如玉石、始终不为浊泥所浸染所腐蚀的人。清代周亮工在《与王先生书》中云："孝廉于仆，称莫逆交者二十年，真人真品，弟肃然敬之者，亦二十年。"文中的"真人真品"四个字，正好可用在宝玉身上，他是真人格、真人品、真性情。谁是最可爱的人？倘若需要回应，笔者要答：贾宝玉。为什么？就因为他彻头彻尾、彻里彻外都是"真"。

《红楼梦》受庄禅影响很深。在整个思想框架中，道之真人比儒之圣人地位高得多。真人与圣人的区别，是圣人谋求世俗大角色而真人则把世俗角色空无化，贾宝玉在林黛玉"无立足境"的禅思导引下，由庄入禅，走上"无境"，这一无境连"真人"角色也空无化，非常彻底。庄与禅最大的区别是庄子还向往真人、至人等理想人格，而禅则打破一切权威偶像只求神秘性质的心灵体验，从而更加内心化、灵魂化。

关于庄禅的区别，尤其是禅对"真人"等理想人格的空无化，李泽厚先生讲得最为清楚。他说：

> 庄所树立夸扬的是某种理想人格，即能做"逍遥游"的"圣人""真人""神人"，禅所强调的却是某种具有神秘经验性质的心灵体验。庄子和魏晋玄学在实质上仍非常执著于生死。禅则以参透生死关自许，对生死无所住心。所以前者（庄）重生，也不认世界为虚幻，只认为不要为种种有限的具体现实事物所束缚，必须超越它们；因之要求把个体提到宇宙并生的人格高度。它在审美表现上，经常以气势胜，以拙大胜。后者（禅）视世界、物我均虚幻，包括整个宇宙以及这种"真人""至人"等理想人格也如同"干屎橛"一样，毫无价值，真实的存在只在于心灵的觉感中。它不重生亦不轻生，世界的任何事物对它既有意义也无意义，过而不留，都可以无所谓。……从而，它追求的便不是什么理想人格，而只是某种彻悟心境，某种人生境界、心灵境界。庄子那里

虽也已有了这种"无所谓"的人生态度；但禅由于有前述的瞬刻永恒感作为"悟解"的基础，便使这种人生态度、心灵境界，这种与宇宙合一的精神体验比庄子更深刻也更突出。在审美表现上，禅以韵味胜、精巧胜。

笔者在以往的文字中一再说：没有禅，就没有《红楼梦》。禅是《红楼梦》的哲学基点，也是贾宝玉的立身态度。这种态度使他拒绝一切功名，也拒绝一切常人、众人所羡慕的"皇恩浩荡"，当然也不会接受皇帝"文妙真人"这一强加给他的有限的"归属"。宝玉如同黛玉"质本洁来还洁去"，他在返回不受世俗世界任何编排的永恒故乡时，《红楼梦》续作者送给他的这个道号，实在是牛头不对马嘴。不过，也不能因为某些败笔而否认续作者的文学成就。

宝玉之真，可说的话太多，即使长篇论文也难以尽意。这里只想说一点，就是宝玉之真真到连假人都自惭形秽，连江湖骗子在他面前也不敢说假话。那个诨号"王一贴"的江湖医生，对别人都说他的膏药灵验，只一贴百病皆除，唯有在真人宝玉面前不敢说假话。他对宝玉和茗烟说："……实告你们说，连膏药也是假的。我有真药，我还吃了作神仙呢。有真的，跑到这里来混？"（第八十回）真人赤子能够让假人也心有所正，甚至暂时放下面具，这就是力量。

宝玉所以那么爱黛玉，就因为黛玉也是一个真人，一个一派天真、任性率性之人，而且是一个可以帮助自己守持本真状态、生命自然状态的人。宝钗就不是这样的真人，她的面具非常精致，常人难以发觉，包括史湘云这个憨姑娘也无法觉察，但宝玉明白。在众女子中，彻底撕毁面具的，只有林黛玉，还有晴雯。宝玉所以那么喜爱晴雯，为她的死亡写下《芙蓉女儿诔》那样感天动地的真切的挽歌，就因为晴雯也似黛玉，是个真情率性的真人，没有任何心机、任何心术、疾恶如仇的真人。她不像袭人那样，喜欢戴上"贤人""好人"的面具，以至于教宝玉要在老爷面前装着喜读书的样子——戴上好学的面具。她撕毁一切面具，撕毁一切俗念和旧套。她撕扇子，可视为一种象征性行为，挑战的不是宝玉，而是贵族的尊卑之念。撕扇之前，她说的话，堪称经典性语言，不妨再重温一遍：

  ……偏生晴雯上来换衣服，不防又把扇子失了手跌在地下，将股子跌折。宝玉因叹道："蠢才，蠢才！将来怎么样？明日你自己当家立事，难道也是这么顾前不顾后的？"晴雯冷笑道："二爷近来气大的很，行动就给脸子瞧。前儿连袭人都打了，今儿又来寻我们的不是。

要踢要打凭爷去。就是跌了扇子，也是平常的事。先时连那么样的玻璃缸、玛瑙碗不知弄坏了多少，也没见个大气儿，这会子一把扇子就这么着了。何苦来！要嫌我们就打发我们，再挑好的使。好离好散的，倒不好？"宝玉听了这些话，气的浑身乱战，因说道："你不用忙，将来有散的日子！"（第三十一回）

"要踢要打凭爷去！"这简直是宣言书、挑战书。一个身为奴隶的女子有这样的气概、这样的话语，真是石破天惊。宝玉虽一时气得浑身乱战，但他毕竟是个真人，最终能理解另一个真人的真性情。身为下贱，心比天高，这高，不是野心，不是奢望，而是这种高于奴隶也高于贵族主人当然也高于一切世俗逻辑的高气概、高精神。

晴雯不像黛玉、宝钗、湘云、探春等贵族少女，没有从小学文化的机会，因此，她不是诗人，但是，她却用自己不同凡响的行为语言呈现出诗意的性格，这是至真的性格。她在很短暂的青春人生中，有三首最精彩的行为诗篇：一是刚刚说过的撕扇子，二是在抄检大观园时，她面对王夫人的粗悍奴才时的抗争。当王善保家的到怡红院叫着要搜箱，而袭人刚要替晴雯打开时，"只见晴雯挽着头发闯进来，豁啷一声，将箱子掀开，两手提着底子朝上，往地下尽情一倒，将所有之物尽都倒出"。在此怒气、正气之前，王善保家的也自觉没趣，紫涨了脸（第七十四回）。上一回是"撕"（扇子），这一回是"倒"（箱子），还有一回是临终之前，对着宝玉用剪刀"铰"下二寸长的指甲，然后嘱咐激励宝玉："回去他们看见了要问，不必撒谎，就说是我的。既担了虚名，越性如此，也不过这样了。"（第七十七回）一"撕"，一"倒"，之后还有这一"铰"，全是真情真性的诗篇绝唱。晴雯是一个脾气很大、言辞锋利且有许多缺点的少女，但她却让宝玉倾心也让后世读者格外喜爱，就因为她浑身都有刚直的真气，这正是虚伪黑暗王国里的一线光明。

　　《红楼梦》女子，除了黛玉、晴雯外，还有一个真人可能会被遗忘，这就是鸳鸯。鸳鸯可列入"正人"榜，也可列入"真人"榜，何况两者本就相通。好走旁门左道的歪人哪有真情可言？没有崇高真诚的品格，又何能谈得上"正"？鸳鸯最后的自尽，把她不屈的刚直之性表现得明明白白，无须多论。而最值得我们注意的是她的一次行为语言，那就是她无意中在府内撞见司棋和潘又安的偷情幽会，下人做出这种事可了不得。事发之后，潘又安逃亡，司棋也吓得抱病不起。按照常规，鸳鸯是一定要去"回"主子的，但是，她不仅替司棋瞒下此事，而且在得知司棋犯病的消息后又去看望与安慰司棋。此事完整地托出鸳鸯的真情真性、真人真品。在奴隶没有情爱自由的时代，鸳鸯的行为很了不起。不妨再读一下鸳鸯看望司棋的那一段文字：

> 鸳鸯闻知那边无故走了一个小厮，园内司棋又病重，要往外挪，心下料定是二人惧罪之故，"生怕我说出来，方吓到这样"。因此自己反过意不去，指着来望候司棋，支出人去，反自己立身发誓，与司棋说："我告诉一个人，立刻现死现报！你只管放心养病，别白糟蹋了小命儿。"司棋一把拉住，哭道："我的姐姐，咱们从小儿耳鬓厮磨，你不曾拿我当外人待，我也不敢待慢了你。如今我虽一着走错，你若果然不告诉一个人，你就是我的亲娘一样。从此后我活一日是你给我一日，我的病好之后，把你立个长生牌位，我天天焚香礼拜，保佑你一生福寿双全。我若死了时，变驴变狗报答你。再俗语说，'千里搭长棚，没有不散的筵席'。再过三二年，咱们都是要离这里的。俗语又说，'浮萍尚有相逢日，人岂全无见面时'。倘或日后咱们遇见了，那时我又怎么报你的德行。"一面说，一面哭。这一席话反把鸳鸯说的心酸，也哭起来了。因点头道："正

是这话。我又不是管事的人，何苦我坏你的声名，我白去献勤。况且这事我自己也不便开口向人说。你只放心。从此养好了，可要安分守己，再不许胡行乱作了。"司棋在枕上点首不绝。（第七十二回）

这又是黑暗王国里的一线光明。在司棋处于惊恐无助的时候，恰恰是这个掌握她私情"罪证"的目击者来安慰她，来与她一起落泪和承受苦难，人世间的真人真品是何等温馨、何等美好啊。

可惜，真人并不容易让人理解，让人喜欢，像黛玉、晴雯就让许多人讨嫌。那位王夫人，简直对晴雯恨之入骨。其实，晴雯的命运恰恰暗示真人的命运。这一点，连从甄家来到贾家的仆人包勇都有所意识。初进贾府的那一天，他与贾政有一席话。贾政道："你们老爷不该有这事情，弄到这样的田地。"包勇道："小的本不敢说，我们老爷只是太好了，一味的真心待人，反倒招出事来。"贾政道："真心是最好的了。"包勇道："因为太真了，人人都不喜欢，讨人厌烦是有的。"贾政笑了一笑道："既这样，皇天自然不负他的。"（第九十三回）

"因为太真了，人人都不喜欢，讨人厌烦是有的。"这是贾府中一个奴隶说出的真理。在一个充满面具、权势与谎言的贵族府第里，太真的真人是对众人的一种威胁，其存在就让人讨厌。晴雯正是犯了这种可厌罪。她死于自己的美，也死于自己的真，这是极为深刻的人生悲剧。

# 乖人解读（兼说"妥当人"）

袁人、探春等

"乖人"出现在第六十二回。那是探春暂掌家务并做了几件兴利除弊之事之后，难得有宝玉和黛玉一起臧否人物，这几乎是唯一的一次。小说写道：

> 黛玉和宝玉二人站在花下，遥遥知意。黛玉便说道："你家三丫头倒是个乖人。虽然叫他管些事，倒也一步儿不肯多走。差不多的人就早作起威福来了。"宝玉道："你不知道呢。你病着时，他干了好几件事。这园子也分了人管，如今多掐一草也不能了。又蠲了几件事，单拿我和凤姐姐作筏子禁别人。最是心里有算计的人，岂只乖而已。"黛玉道："要这样才好，

咱们家里也太花费了。我虽不管事，心里每常闲了，替你们一算计，出的多进的少，如今若不省俭，必致后手不接。"宝玉笑道："凭他怎么后手不接，也短不了咱们两个人的。"黛玉听了，转身就往厅上寻宝钗说笑去了。

黛玉称探春是个乖人，似乎无褒无贬。"乖人"一词，本有三义：一是"离人"，如刘桢诗云："乖人易感动，涕下与衿连"（《赠徐干》）；二是机灵、乖巧之人，如《初刻拍案惊奇》卷一中的话：文若虚是个乖人，趁口答应道："只要有好价钱，为甚不卖？"；三是奸猾之人，如李渔在《奈何天·闹封》中所写："幸痴人，福分与天齐；笑乖人，枉自用心机。"

这三义中，第三义显然不适合用于探春，黛玉也不会把探春视为奸猾之人。探春虽与王熙凤一样，都是很有能力的干才，也很用心，但不像王熙凤那样"机关算尽"、专横跋扈、为所欲为。她的所作所为，还是有分寸、有原则，并非耍弄心机、心术，因此绝不能用"奸猾"来形容她。但前两义，却与她相符。首先，她的结局是个"离人"，离家远走，远嫁给海疆统制周琼之子，夫家家境虽好，可惜远离故园，远离父母兄弟。不知道林黛玉说探春是乖人时有没有包含这一层。如果没有，那她指的就是探春乃是个机灵乖巧之人。

　　说探春机灵乖巧，有褒有贬。褒扬之处是说她聪明能干，做人做事细心周到，有为有守。第五十七回宝钗见到弟媳岫烟带着碧玉佩问她是谁给的，岫烟答是探春，宝钗便点头称赞说："他见人人皆有，独你一个没有，怕人笑话，故此送你一个。这是他聪明细致处。"不仅主持家务周到细致，组织诗社也是如此。第四十九回写宝琴、李纹、李绮等亲戚美人入园，宝玉正感叹自己在这些"钟灵毓秀"之前不过是"井底之蛙"，想见她们又没有办法。而探春却想到等过几天通过诗社活动可把这些才女都纳进来。她对宝玉说："越性等几天，他们新来的混熟了，咱们邀上他们岂不好？这会子大嫂子宝姐姐心里自然没有诗兴的，况且湘云没来，颦儿刚好了，人人不合式。不如等着云丫头来了，这几个新的也熟了，颦儿也大好了，大嫂子和宝姐姐心也闲了，香菱诗也长进了，如此邀一满社岂不好？咱们两个如今且往老太太那里去听听，除宝姐姐的妹妹不算外，他一定是在咱们家住定了的。倘或那三个要不在咱们这里住，咱们央告着老太太留下他们在园子里住下，咱们岂不多添几个人，越发有趣了。"宝玉听了，喜的眉开眼笑，忙说道："倒是你明白。我终久是个糊涂心肠，空喜欢一会子，却想不到这上头来。"

　　探春的乖巧不是心机，而是心细，巧中有理。所以她主持家务兴利除弊时算计得特别周密，认为"一个破荷叶，一根枯草根子，都是值钱的"。（第五十六回）把大观园中本作观赏之用的花草也要拿出去卖。这种乖巧，虽是"兴利"，但终究只是算计之巧。贾宝玉是个审美者，毫无算计性思维，自然受不了探春这种精打细算，所以才对黛玉发出"岂只乖而已"（第六十二回）的微词。其实，宝玉、黛玉的性情也沾上"乖"字，只是离乖巧很远，属于曹雪芹所鉴定的"乖张""乖僻"。宝玉是"行为偏僻性乖张，那管世人诽谤"。（第三回）而黛玉呢？连贾母在决定宝玉的婚姻时也这么评价她："林丫头的乖僻，虽也是他的好处，我的心里不把林丫头配他，也是为这点子。"（第九十回）贾母是很了解宝玉与黛玉的，她对乖僻的性格也不否定其"好处"。只是什么好处贾母未说明，如果让我们说，这应是不知算计、不知务实、率性而爱、率性而为的本真性情。

对于"乖滑"，我们可做"近恶"的价值判断，但对"乖巧""乖张""乖僻"则难以做好坏、善恶的判断。贾母说黛玉乖僻时是有分析的，只是觉得这种性情不适合于当孙媳妇。宝玉的乖张，在黛玉和丫鬟们眼里是种真性情，在贾政眼里则是"于国于家无望"。探春精打细算的乖巧，在宝玉看来是图小利，可是他不管家，不知生计之难。一旦管家，谁能不做点算计。林黛玉称探春为乖人，也不过是乖僻之性对乖巧之性的微词，并不是一种道德判决。因为有各种人等，社会才成为社会，我们理解宝玉，也应理解探春。

不过，一个明白人，或者说一个具有清明意识的人，还是应当把乖巧而不失正气的人和乖巧而落入奸猾邪门的人分开。前者会算计却没有心术心机，不搞阴谋诡计，后者则不然。王熙凤说探春是"咱家的正人"，虽是指探春乃贾家嫡系子孙，但也暗示自己承认探春是正派人、正经人。而王熙凤身上则缺少一个"正"字。在贾母面前，她可算乖巧至极，帮闲帮得让贾母开怀大笑而又没有奉承拍马之嫌，可是她的机灵注入太多人性毒液，变成奸雄，其乖巧变成奸猾，以致对贾瑞、尤二姐下了毒手，毫无不忍之心。因此，以"乖人"称王熙凤便显得太轻，恐怕用"能人加忍人"称之，更贴切一些。

林黛玉称探春为乖人，可能更侧重于从处世的态度与技巧着眼，这也是乖人最确切的意义。所谓乖人，其实就是处世能手。从这一意义上说，薛宝钗、袭人都是乖人。而林黛玉、晴雯则离乖人最远，最缺乏生存技巧和处世能力。她们永远都没有"学乖"，因此也永远远离世故。

同样是善于处世，仍有很多差别。例如探春与《金瓶梅》中的孟玉楼都可称为"乖人"，但两者又有大气与小气之分、优雅与庸俗之分。

小说评点家张竹坡在其《金瓶梅读法》中就把孟玉楼界定为乖人。他说：

> 西门庆是混账恶人，吴月娘是奸险好人，玉楼是乖人，金莲不是人，瓶儿是痴人，春梅是狂人，敬济是浮浪小人，娇儿是死人，雪娥是蠢人……若王六儿与林太太等，直与李桂姐辈一流，总是不得叫做人。而伯爵、希大辈，皆是没有良心之人。兼之蔡太师、蔡状元、宋御史，皆是枉为人也。

张竹坡是继毛宗岗之后的一个有见地的文学批评家。他的这段评语，道德气太重，但说孟玉楼是个乖人则大致不差。她原来是个布匹商人的妻子，丈夫死后，继承了一大笔财富，家底殷实富足。但她生得风流俊俏，百伶百俐，绝不辜负自己的二十五六岁年华，决心再嫁。她的这一选择，本身就属机灵，不在乎社会伦理加给寡妇的羁绊。她决定嫁给西门庆时，其亡夫的四舅竭力劝阻，说西门庆"那厮积年把持官府，刁徒泼皮。他家见有正头娘子，乃是吴千户家女儿。你过去做大是做小，却不难为你了！况他房里，又有三四个老婆，并没上头的丫头。到他家人歹口多，你惹气也"。夫舅说的全是实话，但孟玉楼深信自己的处世本领，不在乎世道人心的险恶。她回答说："自古船多不碍路。若他家有大娘子，我情愿让他做姐姐，奴做妹子。虽然房里人多，汉子欢喜，那时难道你阻他？汉子若不欢喜，那时难道你去扯他？不怕一百人单撺着。休说他富贵人家，那家没四五个。着紧街上乞食的，携男抱女，也挈扯着三四个妻小。你老人家忒多虑了！奴过去，自有个道理，不妨事。"（《金瓶梅》第七回）仅仅这一席话，我们就可明白孟玉楼是怎样的乖人，她对世道世情看得多透！而对即将来临的复杂家庭处境，她心中多么有数，三四个、四五个冤家对手又如何？船多不碍路，不妨事。果然，她进了西门家之后，和西门庆的成群妻妾，个个相处得很好，连最难相处的潘金莲也成了她的知己。她不仅不生事端，而且还会充当妻妾中的"和事佬"，在严酷的充满嫉妒、仇恨的关系中，她竟然能游刃有余、善始善终。西门庆死后，其妻妾树倒猢狲散，下场不是悲凉就是悲惨，唯有她却又带上红罗销金盖袄，抱着金宝瓶，满头珠翠，坐着大轿，再嫁给李衙内做了正室。两次再嫁，竟然两次皆风风光光，冠冕堂皇，这不能不说她在为人处世上有很大的本事。所以张竹坡称她为乖人，实在是非常贴切。

与孟玉楼相比，探春虽也是个善于处世的乖人，但是她出身豪门贵族，所以处世中处处都显示出刚正之气，没有孟玉楼的圆滑，也没有孟玉楼的俗气与生存技巧。她给王善保家的狠狠一巴掌，呈现的是正气，这是孟玉楼所没有的。孟玉楼的乖巧，用的是包藏着心计的柔术，改嫁李衙内后，用计打击陈敬济，也绝不用王熙凤杀人的表面功夫，而用阴柔之术。

如果以孟玉楼为参照，把乖人界定为乖巧之人，即善于运用生存技巧的处世能手，那么，黛玉把"乖人"这顶帽子送给探春似乎欠妥。她应当把这顶帽子送给另外两个人，这就是薛宝钗与花袭人。在《红楼梦》女子群中，最缺乏生存技巧和处世能力的是林黛玉、晴雯，而最有这种本事的则是宝钗与袭人。不过没有人说她们是乖人，在王夫人眼中，她们是"妥当人"。乖乖巧巧，妥妥当当，八面玲珑，滴水不漏，这才是王夫人的理想儿媳妇。下边我们不妨解说一下相当于乖人的另一共名，在《红楼梦》中多次出现的"妥当人"，以证宝钗与袭人。

妥当人，也可称作妥人。秦钟病危时，宝玉回明贾母。贾母吩咐："好生派妥当人跟去，到那里尽一尽同窗之情就回来，不许多耽搁了。"（第十六回）在同一回的上半节，贾蔷要下姑苏聘请教习，采买女孩子，这之前来"请示"王熙凤。凤姐对贾蔷说："既这样，我有两个在行妥当人，你就带他们去办，这个便宜了你呢。"

妥当人，词面上并无深意。但在贵族豪门里，"妥当"二字却是他们选人用人的标准。不仅是办事需要妥当人，选择媳妇更需要选出妥当人，像林黛玉、妙玉、晴雯等当然不能入妥当人之列。《红楼梦》塑造了两个在贵族家庭里十分标准的妥当人，即在王夫人这种贵族主妇眼里的理想女子，这就是薛宝钗与袭人。对于王夫人来说，这两位女子最让她称心如意，因此，最后她要排除林黛玉，选择宝钗与袭人做自己的正副媳妇。

妥当人除却第十六回贾母、凤姐所指的"会办事之人"这一意义之外，最关键的意义是会做人。宝钗是个著名的会做人的女性，赢得贾府上下普遍的夸奖。仅以史氏一老一少所言，就知道她是如何得人心。湘云说："我天天在家里想着，这些姐姐们再没一个比宝姐姐好的。"（第三十二回）贾母也做如此评价："提起姊妹，不是我当着姨太太的面奉承，千真万真，从我们家四个女孩儿算起，全不如宝丫头。"（第三十五回）宝钗所以会得到这么高的评价，在于她会做人，而会做人在正统的理念里，就是要知礼，要在复杂的人际关系中摆平各种位置，面面俱到，处处小心，稳重平和，说得体的话，做得体的事。哪怕做一件小事，都得想到方方面面，正是如此，她做人做到连赵姨娘这种粗夯人都无话可说。薛蟠从外边带来一些土特产，宝钗拿来送人，该怎么送，送什么人，她想得真是周到。不仅送宝玉、黛玉，而且也想到应送人人讨厌的贾环。这一送，可乐坏了赵姨娘，让这个姨娘把她大大夸奖一番。

第六十七回写道：

　　且说赵姨娘因见宝钗送了贾环些东西，心中甚是喜欢，想道："怨不得别人都说那宝丫头好，会做人，很大方，如今看起来果然不错。他哥哥能带了多少东西来，他挨门儿送到，并不遗漏一处，也不露出谁薄谁厚，连我们这样没时运的，他都想到了。若是那林丫头，他把我们娘儿们正眼也不瞧，那里还肯送我们东西？"一面想，一面把那些东西翻来覆去的摆弄瞧看一回。忽然想到宝钗系王夫人的亲戚，为何不到王夫人跟前卖个好儿呢。自己便蝎蝎螫螫的拿着东西，走至王夫人房中，站在旁边，赔笑说道："这是宝姑娘才刚给环哥儿的。难为宝姑娘这么年轻的人，想的这么周到，真是大户人家的姑娘，又展样，又大方，怎么叫人不敬服呢。怪不得老太太和太太成日家都夸他疼他。我也不敢自专就收起来，特拿来给太太瞧瞧，太太也喜欢喜欢。"

宝钗何尝喜欢贾环母子，内心怎能没有数。但她知道做人既要取媚君子，又不可得罪小人，更知道一点小恩小惠就可征服小人的浅薄之心。像宝钗做的这件事，是林黛玉绝对做不到的，她是率性任性之人，绝对不可能掩盖自己的真情去俯就小人，连敷衍一下都不可能，别以为"妥当"二字容易，黛玉就永远妥当不了。这就是钗黛的差异。

还有一件很能表现宝钗"妥当人"功夫的事，是她听到金钏儿投井自尽的消息之后，立即想到应当去慰藉王夫人。见面后：

> 王夫人点头哭道："你可知道一桩奇事？金钏儿忽然投井死了！"宝钗见说，道："怎么好好的投井？这也奇了。"王夫人道："原是前儿他把我一件东西弄坏了，我一时生气，打了他几下，撵了他下去。我只说气他两天，还叫他上来，谁知他这么气性大，就投井死了。岂不是我的罪过。"宝钗叹道："姨娘是慈善人，固然这么想。据我看来，他并不是赌气投井。多半他下去住着，或是在井跟前憨顽，失了脚掉下去的。他在上头拘束惯了，这一出去，自然要到各处去顽顽逛逛，岂有这样大气的理！纵然有这样大气，也不过是个糊涂人，也不为可惜。"王夫人点头叹道："这话虽然如此说，到底我心不安。"宝钗叹道："姨娘也不

必念念于兹，十分过不去，不过多赏他几两银子发送他，也就尽主仆之情了。"王夫人道："刚才我赏了他娘五十两银子，原要还把你妹妹们的新衣服拿两套给他妆裹。谁知凤丫头说可巧都没什么新做的衣服，只有你林妹妹作生日的两套。我想你林妹妹那个孩子素日是个有心的，况且他也三灾八难的，既说了给他过生日，这会子又给人妆裹去，岂不忌讳。因为这么样，我现叫裁缝赶两套给他。要是别的丫头，赏他几两银子也就完了，只是金钏儿虽然是个丫头，素日在我跟前比我的女儿也差不多。"口里说着，不觉泪下。宝钗忙道："姨娘这会子又何用叫裁缝赶去，我前儿倒做了两套，拿来给他岂不省事。况且他活着的时候也穿过我的旧衣服，身量又相对。"王夫人道："虽然这样，难道你不忌讳？"宝钗笑道："姨娘放心，我从来不计较这些。"一面说，一面起身就走。王夫人忙叫了两个人来跟宝姑娘去。（第三十二回）

这件事是宝钗作为妥当人表现的极致，既有妥言，又有妥行，还有妥心。而且无论是对肇事者还是受害者她都表现得很妥当，达到"双妥"。她送给王夫人一顶"慈善人"的高帽，这是一妥，二是送给金钏儿一顶"糊涂人"的小帽，两个命名就足以安慰王夫人。金钏儿哪能生那么大的气，肯定是贪玩失足，即使是真生大气而投井，那也是糊涂，既是糊涂人，便不足以痛惜。但王夫人毕竟还有恻隐之心，要做两套妆裹新衣以慰内心，在为难时她立即说明自己不怕忌讳的理由，成全了王夫人的心愿，这又是一举两得，既可慰藉生者的心灵，又可慰藉死者的亡灵，处处都照顾到，妥当得贴贴切切，这不能不说宝钗很有做人的功夫和技巧。但是，恰恰在这件事上暴露出妥当人的致命不妥处：掩盖基本事实，一味讨好迎合，缺乏正直、正义之心和真情真性，欺骗自己也欺骗他人。从这件事也可说明：妥当人走到底便是圆滑的世故人，说话做事不是从本心出发，而是从关系、从讨好（利益）出发。

宝钗做"妥当人"已经做得够出色了，但还有另一人可与她比美，这就是袭人。王夫人说："若说沉重知大礼，莫若袭人第一。"（第七十八回）她把袭人视为第一贤人，一路夸奖过来。在此下"第一"断语之前她就称赞说："你们那里知道袭人那孩子的好处？比我的宝玉还强十倍呢！"（第三十六回）连宝玉也调侃地说她："你是头一个出了名的至善至贤之人。"（第七十七回）袭人所以能够得贤人、善人的好名声，就在她的"知礼"，说白了，就是知道如何妥当地处理各种人际关系，而关键是善于用各种办法稳住宝玉，控制住宝玉。她不仅是宝玉的首席丫鬟，而且与宝玉又有初试云雨之情的非常关系，也将是宝玉的未来之妾。正是这样，她一方面用心地护爱着宝玉，另一方面也用心地为自己的命运设想。为此她不仅要在贾府的主子们面前表现自己的妥当，也要在宝玉面前有分有寸地"软硬兼施"，掌握好关系的分寸，甚至还得为宝玉操心如何做人如何拥有前途，也就是不仅自己要做妥当人，也要引导宝玉做妥当人。于是，便发生了她与宝玉约法三章的重要故事。这是她深知宝玉也爱她的心理，然后编造她家不久就要把她赎回去的谎话，在宝玉焦急之后，她就向宝玉提出三点要求：第一点是要宝玉改掉动不动就说灰飞烟灭的话，这一点明为恳求，实则表示至真至爱。有此前提，下边两点要求自然就更为妥当。"你真喜读书也罢，假喜也罢，只是在老爷跟前或在别人跟前，你别只管批驳诮谤，只作出个喜读书的样子来，也教老爷少生些气，在人前也好说嘴。他心里想着，我家代代读书，只从有了你，不承望你不喜读书，已经他心里又气又愧了。而且背前背后乱说那些混话，凡读书上进的人，你就起个名字叫作'禄蠹'；又说只除'明明德'外无书，都是前人自己不能解圣人之书，便另出己意，混编纂出来的。这些话，怎么怨得老爷不气，不时时打你。叫别人怎么想你？"袭人讲的这些话，可谓句句在理，句句妥当，既为宝玉着想，也为老爷着想，也为自己着想。她深知宝玉性情，所以在要求他改弦更张时，并不苛求宝玉"脱胎换骨"，但至少得做出喜欢读书的表面功夫，虽做做样子，也有讨得老爷喜欢避免老爷生气的意义。想得真是又妥又深，几乎无隙可击。所以我们可把袭人称作宝钗之后的另一个相当乖巧的妥当人。但是，在无隙可击中，我们却发现妥当人的又一致命问题，就是会装，会作假。袭人的导引竟要宝玉装着喜读书，这等于要天真的宝玉戴上面具。不管袭人的动机如何又贤又善，但是让一个真人充当假人，无论如何是有伤心灵与品性的。这等于教宝玉会做人的技巧，要懂得心术与心计。袭人的要求暴露了妥当人的一点真实面目，即她们的妥当往往是世故，是策略，是面具。这就难怪袭人要担心宝玉会与黛玉终成眷属，倘若真的如此，妥当人的面具与策略一定会遭到率性之人的撕毁。

# 怯人解读

迎春、秦钟等

《红楼梦》第三十九回写刘姥姥拜见贾母时有一作者叙述："那板儿仍是怯人，不知问候。"板儿乃是刘姥姥的外孙，称之为怯人，是说他是个懦弱、胆子很小的人。晋代葛洪的《抱朴子·行品》曾定义过"怯人"："被抑枉而自诬，事无苦而振摄者，怯人也。"讲了怯人两个特征：一怕惹事，二怕困难。归根结底便是胆怯之人。

板儿只是一笔带过的小人物，不足多说。但《红楼梦》却书写了另外两个怯人，一是秦钟，一是贾迎春。两个美秀而懦弱的人，偏偏一个遇到狼虎之父，一个遇到狼虎之夫。

秦钟第一次到贾府，由秦可卿、王熙凤引见给宝玉，那就完全是一个怯人模样：

果然出去带进一个小后生来，较宝玉略瘦些，眉清目秀，粉面朱唇，身材俊俏，举止风流，似在宝玉之上，只是怯怯羞羞，有女儿之态，腼腆含糊，慢向凤姐作揖问好。凤姐喜的先推宝玉，笑道："比下去了！"便探身一把携了这孩子的手，就命他身傍坐了，慢慢的问他：几岁了，读什么书，弟兄几个，学名唤什么。秦钟一一答应了。

　　秦钟虽羞羞怯怯，一副女儿之态，却秀丽非凡，让宝玉一见钟情，几乎目瞪口呆，而且，怯人并非一个模式，有的一怯到底，怯得连人间性情都没有，而这一个秦钟却是弱中有强，追求情爱时还有些胆量。他姐姐秦可卿刚刚亡故，在铁槛寺做佛事，他竟抓紧这个机会，与颇有风情的小尼姑智能儿在后屋里幽会。

　　可惜秦钟毕竟是怯人，正如小说所写："偏那秦钟秉赋最弱，因在郊外受了些风霜，又与智能儿偷期缱绻，未免失于调养，回来时便咳嗽伤风，懒进饮食，大有不胜之态。"（第十六回）更糟的是，智能儿私逃进城来看视秦钟时，被秦父秦邦业发现。这老父便将秦钟痛打一顿，自己也气得老病发作而死。"秦钟本自怯弱，又带病未愈，受了笞杖，今见老父气死，此时悔痛无及，更又添了许多症候。"（第十六回）待到宝玉得知消息来看望时，他已奄奄一息，仅剩一口悠悠余气在胸。宝玉见此情状不禁失声，李贵立即制止，并说了句话："不可不可，秦相公是弱症，未免炕上挺扛的骨头不受用……"此语恰恰道破怯人的致命处：犯的是弱症，挺扛的骨头不受用，秦钟不仅躯体弱，信念也弱。临终前夕他向判官请求返阳间片刻以会宝玉，竟是忠告宝玉要浪子回头："以前你我见识自为高过世人，我今日才知自误了。以后还该立志功名，以荣耀显达为是。"（第十六回）秦钟在最后一息时灵魂跪下了，从身到心全都屈服于功名之念。不像宝玉那样，真的外柔内刚，至死不以荣耀显达为人生目标，一卤到底，从不知卑怯二字。

另一位怯人是贾迎春。从小说叙事艺术上说，她是探春的对应物，一强一弱，强的强至强悍，弱的弱至卑怯。第五十七回作者在叙述中竟说"迎春是个有气的死人"，即弱到死人一般，没有人的活力。第七十三回以她为主角，回目是"懦小姐不问累金凤"，突出的也是一个"懦"字。《红楼梦》回目，常用一个字概括一个人的性格，在众女子中，迎春得到的不是敏（敏探春），不是慧（慧紫鹃），不是憨（憨湘云），不是俏（俏平儿），不是呆（呆香菱），不是贤（贤袭人），不是勇（勇晴雯），不是酸（酸凤姐），不是美（美优伶），不是痴（痴女儿），不是苦（苦尤娘），通通都不是，唯有"懦"字属于她。她的乳母将她的攒珠累丝金凤偷去典当做赌本，她竟不问一声。丫鬟绣桔要去王熙凤那里回明，她怕惹事，连忙阻止道："罢，罢，罢，省些事罢。宁可没有了，又何必生事。"如此退让，连丫头绣桔都受不了："姑娘怎么这样软弱。都要省起事来，将来连姑娘还骗了去呢。"后来乳母的子媳王住儿媳妇又向迎春威逼讨情，而且认准了迎春的懦弱，反而捏造假账说白填了月钱。这明明是欺负人，迎春却又是退让，不仅不让绣桔去告状，而且又是"罢，罢，罢"，只说："我也不要那凤了，便是太太们问时，我只说丢了。"把绣桔气得痛哭。司棋听不过，帮着绣桔问那媳妇，迎春毫无办法，只能拿起《太上感应篇》来读，难怪黛玉要取笑她："真是'虎狼屯于阶陛尚谈因果'。"也正是这种懦弱的悲剧性格最后导致她的悲剧命运：没有任何力量反抗荒唐父母的安排，嫁给"中山狼"孙绍祖。"金闺花柳质，一载赴黄粱。"

有意思的是，迎春身边的丫鬟司棋却是一个不知"怯"为何物的"烈女"。首先称司棋为烈女的是王昆仑先生，他在《红楼梦人物论》中赞颂鸳鸯、司棋、尤三姐为"三烈女"。这三个人都是为自己的生命尊严而断然自杀。

司棋是王善保家的外孙女儿，从小就和表弟潘又安在一处厮混玩笑，并产生了感情。王熙凤奉命抄检大观园时，在她的箱子里抄出了一个同心如意和一个字帖儿（情书），但她"并无畏惧惭愧之意"。被逐出大观园后，她的母亲想拆散她与潘又安的恋情，她却断然不肯，声明道："一个女人配一个男人。我一时失脚上了他的当，我就是他的人了，决不肯再失身给别人的。""他一辈子不来了，我也一辈子不嫁人的。妈要给我配人，我愿拼着一死的。"说到做到，当她妈继续哭骂时，她"便一头撞在墙上，把脑袋撞破，鲜血直流，竟死了"。而被误解为畏罪潜逃的潘又安，盛殓了司棋后，也"把带的小刀子往脖子里一抹，也就抹死了"。他用自己的行为证明自己不是畏罪而逃的怯人，而是无愧于恋人的"烈性孩子"（第九十二回）。主子迎春那么"怯"，奴隶司棋却如此"刚"，如此烈。世上不怕死的、勇敢的生命，多数是单纯的没有财富与名声负累的少男少女，司棋就是这样的人，她与鸳鸯、尤三姐一起唱出了悲惨而壮烈的悲歌。

不过，对于"怯人"并不可一味指责。关于迎春，以往的读者和评论者只注意到她被中山狼无情兽作践的悲剧，忘记了这个弱者潜生命里也有自己凄清的憧憬，并非真死人。关于这一点，刘心武在《刘心武揭秘红楼梦》第二部里有段精彩的描述，他充分地注意到迎春的一个诗意细节——花针穿茉莉：

　　想到迎春，我就总忘记不了第三十八回，

曹雪芹写她的那一个句子：迎春又独在花阴下拿着花针穿茉莉花。历来的《红楼梦》仕女画，似乎都没有来画迎春这个行为的，如今画家们画迎春，多是画一只恶狼扑她。但是，曹雪芹那样认真地写了这一句，你闭眼想想，该是怎样的一个娇弱的生命，在那个时空的那个瞬间，显现出了她全部的尊严，而宇宙因她的这个瞬间行为，不也显现出其存在的深刻理由了吗？最好的文学作品，总是饱含哲思，并且总是把读者的精神境界朝宗教的高度提升。迎春在《红楼梦》里，绝不是一个大龙套。曹雪芹通过她的悲剧，依然是重重地叩击着我们的心扉。他让我们深思，该怎样一点一滴地，从尊重弱势生命做起，来使大地上人们的生活更合理，更具有诗意。那些喜爱《红楼梦》的现代年轻女性们啊，你们当中有谁，会为悼怀那些像迎春一样的，历代的美丽而脆弱的生命，像执行宗教仪式那样，虔诚地，在柔慢的音乐声中，用花针，穿起一串茉莉花来呢？

无论是秦钟还是迎春，他们虽懦弱，但又都是极单纯的人。他们从不伤害他人、骚扰他人，仅有的只是一点性情上的追求（秦钟）和性情上的憧憬（迎春）。但是，社会最终还是没有他们的位置，他们的幸福与生命还是被毁灭了。怯人的懦弱确实会导致是非不明，纵恶纵邪，但是怯人的天性本无善无恶，社会总该给他（她）们应有的尊严吧。

无论是秦钟还是迎春，其"怯"都是天生的怯，即性格意义上的怯人。但是，还有另一种"怯人"是险恶生存环境造成的"怯人"，这种怯人是大量的、无处不在的。曹雪芹说女子一嫁出去就会变成"死珠"，其深刻处是说中国一个青春女子，在婚后就进入严酷的伦理系统，就要被严酷的丈夫或婆婆折磨成一个心惊胆战的"小媳妇"，这种小媳妇便是怯人。在中国金碧辉煌的宫廷里，除了皇帝一人之外，其他人均"伴君如伴虎"，从大臣到宦官到嫔妃，多数都是自称"奴才""臣妾""罪臣"的怯人，所以一旦出现敢于直谏、死谏的非怯人，便被视为大丈夫，受人崇敬。鲁迅说，专制使人变成死相，也就是说，专制使活人变成怯人。一部专制的机器，尤其是极权的机器，一定是产生大群怯人的机器，当然，也一定是产生大群长人、巧人、伶俐人的机器。当然，这种怯人并不是一直怯着，也如鲁迅所说，他们在狼面前是羊，而在羊面前则是狼，如阿Q一见到公堂上那个光头，膝盖骨就自动发软，本能地跪了下去，真"怯"到家了。但在小D、小尼姑面前，则要弄点威风和伎俩，无端地欺负他们一番。宫廷内的怯人，走出宫廷门外则会吃人，这也是常见的现象。

《红楼梦》的深刻之处是揭示人是会变的。怯人与强人并非永远不变。上文所说的潘又安，在被抄出情书之后，开始可能也有点"怯"，"畏罪逃跑"也许是真，可是最后他在恋人的鲜血与尸首面前以死相报，则是感天动地的强者行为。反之，由强者变成"怯人"的也有。王熙凤是公认的强者，"有名的烈货"，可是做了一些坏事之后，到了生命的最后关头，胆子变得很小。林黛玉死后，有人说起潇湘馆内有啼哭之声，宝玉便想进去逛逛，而王熙凤则吓得"寒毛倒竖"，并说："宝兄弟胆子忒大了。"湘云则纠正说："不是胆大，倒是心实。"（第一百零八回）宝玉从不做亏心事，心实而不怯，而王熙凤做了许多亏心事，便心虚而胆怯，一个原先叱咤风云的女强人、女英雄，倒是变成魂不附体的"怯人"了。

# 愚人解读

夏金桂、贾瑞等

　　《红楼梦》多次出现"愚人"概念，此一共名用不着多做注释，但在小说中，愚人却有三种类型：一是大智若愚的愚人，如贾宝玉；二是大愚若智的人，如贾瑞、惜春；三是全愚无智的人，如傻大姐。

　　先说第一种人。第九十八回出现的"愚人"概念，指涉的是贾宝玉。那是黛玉死后，宝玉伤心至极，"病神瑛泪洒相思地"，有时甚至放声大哭。病中常做噩梦奇梦，有回竟梦见走到阴司道上求见黛玉，而所遇的"那人"就直指宝玉是愚人。小说写道：

　　　　忽然眼前漆黑，辨不出方向，心中正自恍惚，只见眼前好像有人走来，宝玉茫然问道：

"借问此是何处？"那人道："此阴司泉路。你寿未终，何故至此？"宝玉道："适闻有一故人已死，遂寻访至此，不觉迷途。"那人道："故人是谁？"宝玉道："姑苏林黛玉。"那人冷笑道："林黛玉生不同人，死不同鬼，无魂无魄，何处寻访！凡人魂魄，聚而成形，散而为气，生前聚之，死则散焉。常人尚无可寻访，何况林黛玉呢。汝快回去罢。"宝玉听了，呆了半晌道："既云死者散也，又如何有这个阴司呢？"那人冷笑道："那阴司说有便有，说无就无。皆为世俗溺于生死之说，设言以警世，便道上天深怒愚人，或不守分安常，或生禄未终自行夭折，或嗜淫欲尚气逞凶无故自陨者，特设此地狱，囚其魂魄，受无边的苦，以偿生前之罪。汝寻黛玉，是无故自陷也。且黛玉已归太虚幻境，汝若有心寻访，潜心修养，自然有时相见。如不安生，即以自行夭折之罪囚禁阴司，除父母外，欲图一见黛玉，终不能矣。"那人说毕，袖中取出一石，向宝玉心口掷来。宝玉听了这话，又被这石子打着心窝，吓的即欲回家，只恨迷了道路。

此处文本中的"那人"，是宝玉的"梦中人"，可解释为阴司的知情者，也可解释为就是林黛玉。那人说"上天深怒愚人"，并警告宝玉，"汝寻黛玉，是无故自陷也"，也是愚人。"那人"告诉宝玉：地狱是为愚人开设的。他定义的愚人共三种：一是不守分安常者，二是生禄未终自行夭折者，三是嗜淫欲尚气逞凶无故自隕者。这三种愚人，宝玉属第一种，可享受荣华富贵偏不安分，导致离家出走；尤三姐、鸳鸯、司棋、潘又安等自杀者，在那人眼中也是愚，但这是愚忠，或忠于恋人，或忠于自己的心性人格；贾瑞、薛蟠等则属第三种，薛蟠属愚顽，终成废人，贾瑞属愚妄，终于自我毁灭。那人警告宝玉不要自行夭折，应继续活下去，以期待有一日在太虚幻境中与黛玉相会。那人并不把宝玉视为必定要进入地狱的愚人。

　　在《红楼梦》中，宝玉被世人视为呆子、傻子、愚人，黛玉焚稿断痴情后，宝玉更是陷入呆傻状态。王熙凤看着他的模样，猜不透他是明白还是糊涂，因又问道："老爷说你好了才给你娶林妹妹呢，若还是这么傻，便不给你娶了。"宝玉忽然正色道："我不傻，你才傻呢。"这是宝玉第一次严肃地否定自己是傻子，是愚人。实际上，他正是一个大智若愚的人。他能看透那些功名、权力、财富乃是幻相，他能拒绝那种扼杀真情真性的仕途经济之路，他能那么尊重天地精英灵秀凝结成的诗意生命，他能承担别人的过错与罪恶，他能打破贵族官僚社会上下尊卑的等级偏见，他能感悟人生的根本并守持人生的本真状态，等等。哪一点不是大智慧？但是，因为他没有世人的小聪明、小伎俩，没有各种伶俐人的心计、心术、心机，一派天真，反而让人误以为愚人。就王熙凤与宝玉两人而言，一个机关算尽，呼风唤雨，一个不知算计，有灵有慧，到底哪一个才傻，哪一个才是真愚人？确实是个问题，难怪宝玉要驳凤姐。倘若地狱真有公正，真有警世功能，该把哪一个送入地狱？这也确实需要掌管阴司的判官们明断。

像宝玉这种大智若愚的人不多，但像傻大姐那样连春意儿是什么也不懂的真愚人也不多，人间世界多的是大愚若智或者只有小聪明却自以为很有能耐的愚蠢人。贾府中的贾赦是这样的人，夏金桂是这样的人，邢夫人、赵姨娘等都是这样的人。以夏金桂为例，此人便是典型的大愚若智者。她总是自以为是，自作聪明，最后搬起石头砸自己的脚。宝玉梦中立于阴司泉路的"那人"所定义的三种愚人特性，她全都具备。首先是不守分安常。她作为薛蟠的正房妻室，有名目、有地位、有金钱，衣是绫罗锦缎，食是山珍海味，住是金屋银阁，行是舆车丝轿，加上婆婆慈和，丫鬟在侧，过的是神仙般的日子，但她偏偏要兴风作浪，把身边的亲者一个一个树为敌人，连一片天真天籁、与世无争、衷心欢迎她来薛家的香菱也容不得，连最能做人、最好相处的薛宝钗也要欺负损伤，更有甚者还下毒手企图杀害香菱，结果自取其咎，"逞凶无故自陨"，这是怎么回事？这就是耍小聪明的大愚蠢，玩小伎俩的大拙劣。世上愚人很多，但夏金桂之愚带有疯狂性与侵略性，属于愚妄、愚狂。这种愚人对社会的破坏性极大，常常会搅得一个家、一个村镇鸡犬不宁，倘若执政，则会带给国家无穷尽的灾难。

属于愚妄者，除了夏金桂，那就是贾瑞，此人也是极为愚蠢又自作聪明。他属于贾氏败落一支的落魄子弟，没有靠山，自己又不努力，一无所依，二无所能，只能在私塾里打杂，本也该安分守己，偏偏又想入非非，大做白日梦。其非分之想，想别的也罢，偏偏想王熙凤，偏偏打这只碰不得、摸不得的母老虎的主意，这就叫作妄心妄想妄念。别的且不说，就聪明才智而言，他连王熙凤的万分之一都不及，但又偏偏妄想她，结果不仅自取其辱，而且自取灭亡。此人之愚，是完全不自知、不自明、不自量力的妄愚，既愚且妄。可悲的是至死不悟，面对"风月宝鉴"，他还心存侥幸，不顾道人的警告，一妄到底，结果只能一死了之。贾瑞正是"那人"所定义的第三种愚人——"嗜淫欲尚气逞凶无故自陨者"，嗜淫嗜到家了，愚妄也愚到家了。

# 能干人解读

王熙凤、探春等

    "能干人"一词出现在第二十五回，那是赵姨娘与马道婆在策划谋害王熙凤时说的："怎么暗里算计？我倒有这个意思，只是没这样的能干人。"赵姨娘大约也知道必须"以毒攻毒"，对付王熙凤这样的能干人还须能干人才行。王熙凤是个能者、能人、能干人，恐怕谁都不会有疑义。《红楼梦》文本中虽没有让其他人物直接指说王熙凤是能干人，但在"弄权铁槛寺"的策划中，老尼说的奉承话中也称王熙凤为能者："……只是俗语说的，'能者多劳'，太太因大小事见奶奶妥帖，越性都推给奶奶了，奶奶也要保重金体才是。"毫无疑问，王熙凤是贾府里的第一号能干人，虽然还有探春这样的能干人，但首席干才绝对属于王熙凤。

王熙凤这个人极为丰富，不是一个本质化的概念可以描述的，也不是"能干人"可以涵盖的。笔者与朋友谈论此人时，总是用"鬼才"一词来形容她。她有才，但属鬼才。所谓鬼才，就是善变之才。翻手为云，覆手为雨，变幻莫测，谋事谋人杀伐入化，不留痕迹，阴谋暗算功夫更是高强，即使施行凶残诡计，也在逗乐笑谈之中。

她让你恨，让你爱，让你笑，让你哭，让你躲，让你追，让你琢磨不定。她在贾府里倒海翻江，叱咤风云，有她在，贾府就热闹，没她在，贾府就寂寥，她是大英雄，又是大坏蛋。你说她"能"，是对的，你说她"毒"，也是对的，你说她"假"，是对的，你说她"真"，也是对的。你说她"好"是对的，你说她"坏"也是对的。你说她是铁娘子，是对的，你说她是"玻璃人"，也是对的。

这个"能干人"，说到底是个"能变人"、善变人。在贾母面前一副面孔，在王夫人面前一副面孔，在铁槛寺老尼面前一副面孔，在贾珍面前一副面孔，在贾蓉面前一副面孔，在贾瑞面前一副面孔，在贾琏面前一副面孔，在贾宝玉面前一副面孔……至少有一百副面孔、一万个心思。

此文从"能干人"的视角即从才干的角度来界定她，也需要做些解说。因为她不是一般的能干人，而是"机关算尽"的能干人，是"明是一盆火，暗是一把刀"的能干人，是让人快乐又让人胆寒的能干人，是"乱局奸雄、治局能臣"的能干人，是具有狼虎之威又有猴子机灵的能干人。第二十九回贾母问她："猴儿猴儿，你不怕下割舌地狱？"关于这个问题，她心中早有答案，这就是不怕阴司报应。王熙凤不仅有干的胆魄，而且有干的能力，这一点她更出色，堪称兼得"帮闲、帮忙、帮凶（包括自己行凶）"三才的能干人（参见笔者的《王熙凤兼得三才》一文，收入《红楼梦悟》中）。仅以最后这一点而言，王熙凤的三才均不是一般的干才，而是才绝，三者全是才绝。就帮闲来说，她可以把贾母这个很有本事的大闲人玩得身心俱乐从而把自己变成贾府老权威的宠物，直钻入贾母的心坎，以至于达到"阿凤一至，贾母方笑"的境界（脂评语）。她帮闲帮得好，是她有一套帮闲技巧与帮闲策略，这些技巧的要义是在玩笑中极尽奉承之能事，时时不忘放低自己而抬高被帮者的权威地位。例如贾母开玩笑地说她太伶俐不是好事，她却反应说：

> 这话老祖宗说差了。世人都说太伶俐聪明，怕活不长，世人都说得，人人都信，独老祖宗不当说，不当信。老祖宗只有伶俐聪明过我十倍的，怎么如今这样福寿双全的？只怕我明儿还胜老祖宗一倍呢！我活一千岁后，等老祖宗归了西，我才死呢。（第五十二回）

表面上是在反驳贾母，无奉承之嫌，实际上则句句在奉承贾母，从福捧到寿，从生捧到死。又有幽默，又有玩笑，又有拍马，其帮闲功夫真无人可比。不仅是杀人不见血，而且是杀人还落得软心人的美名，这才算是"能干"。中国有个成语"心狠手辣"，这个被贾母称为"凤辣子"的人手辣源于心狠。她从小"顽笑着就有杀伐决断"之气（第十三回），成人之后又"从来不信什么是阴司地狱报应"（第十五回），怀抱着的又是"宁我负人，毋人负我"的极端利己哲学，所以才有一种敢为善为的超人狠毒功夫。王熙凤这个能干人，正是这样一个残酷的奇才。

英国著名思想家阿克顿（Acton）说过两句著名的话：一句是"绝对权力产生绝对腐败"；一句是"大人物多半是大坏蛋"。王熙凤是贾府里的大人物，但也是大坏蛋。然而，她又是贾府的大英雄，所以我宁愿说她是大英雄与大坏蛋的二重组合。《三国志·魏志·武帝纪》"莫能审其生出本末"句，裴松之注引晋孙盛《异同杂语》曰："（曹操）尝问许子将：'我何如人？'子将不答。固问之，子将曰：'子治世之能臣，乱世之奸雄。'太祖大笑。"王熙凤在协理宁国府时表现的能干，是能臣的才干，而在杀尤二姐的谋略上，则是奸雄的才干。她的帮忙之才在"协理宁国府"中表现到极致。什么是法家气概？看王熙凤便知。她权、法、术并用，只信霸道，绝不信什么王道。头一天处置那个"睡迷"而迟到的管迎送之人，不仅声威俱下，而且立即打二十板，严立法规，赏罚分明，分工有度，一下子就让宁国府的仆人们知道凤姐有多厉害。如果说她帮闲的能干是靠猴儿似的灵活技巧，那么她帮忙的才能则是凭借自己的狼虎之威和韩非式的无情法令。至于帮凶与行凶，那就全靠心机、心术与恶毒的阴谋诡计了。她杀贾瑞，杀尤二姐，接受三千银子之贿赂间接害死金哥一对情侣等，都极为狠毒。杀人行凶者，有些是极为粗鲁之人，无谋无术。但王熙凤的杀人却也表现出能干人的才能。她杀尤二姐，是用借刀杀人法，唆使秋桐去打先锋，自己坐山观虎斗，等到尤二姐吞金自杀后，她还煞有介事地悲伤痛哭，结果贾母痛骂秋桐是"贱骨头"，而她却得贾母的好感。杀人不用一刀一剑，也不用一爪一牙，杀得干净利落，神不知鬼不觉。综上所述，便可知道王熙凤的能干是超乎寻常的能干，即帮凶时不露血迹，帮忙时不露汗迹，帮闲时不露媚迹。所谓杀人不见狠，害人不见毒，媚人不见俗。做正事时热火朝天，干坏事时也紧锣密鼓。王熙凤这种人，是无师自通的法家，也是无师自通的马基雅维利主义者。后者的《君主论》教导君主帝王们的统治术，就是王熙凤式的不讲情面与良心的霸术与权术。认为治国只讲绝对的政治原则，绝不讲道德原则。他破天荒地第一次把政治学从伦理学中抽离出来，独立出来。马基雅维利启迪所有的大人物，你若要成功，就必须具备两样东西：一样是狮子般的凶心，一样是狐狸般的狡猾。看王熙凤谋杀贾瑞和尤二姐，便可断定此人二者皆备，既有足够的凶狠，又有足够的机谋。贾瑞与尤二姐被她置于死地，可是恐怕到死都不知道怎么回事，生为糊涂人，死时还当不上一个明白鬼。质言之，当能干人是有危险性的，如果一味只知干，为了干好，不仅使尽霸道，而且兼用兽道，能干人便会变成善于吃人的怪物。

王熙凤固然有可怕的一面，但其人性深处还有另一面，那是人性光明的亮点，例如她对老庄稼人刘姥姥就没有势利眼，在对待刘姥姥这个村妇人上，她表现得比妙玉更有人情味。她不信阴司报应，但她对刘姥姥的这点常人之情却使自己的女儿（巧姐儿）找到一个安宁之乡。

分析王熙凤的文字已经很多，仅王朝闻先生的《论凤姐》一书，就有数百页之重。本文只能道其这位"能干人"很小的一角，但言下之意是想说，王熙凤之所以道不尽而且有其认识的意义是在于她包含着人类世界所有政治家和权术家的全部密码，远不只中国法家而已。政治家、大人物都是非常丰富的，他们的人生是多种层面的，以至于我们不知道该把他们放在人榜上的哪一个位置。

# 玻璃人解读

王熙凤等

　　"玻璃人"出现在第四十五回"金兰契互剖金兰语　风雨夕闷制风雨词"。当时李纨、探春正在筹办诗社，缺少资金，想请王熙凤帮忙，就给她一个头衔，让她做个"监社御史"。正式提出后，王熙凤笑道："你们别哄我，我猜着了，那里是请我作监社御史！分明是叫我作个进钱的铜商。你们弄什么社，必是要轮流作东道的。你们的月钱不够花了，想出这个法子来拗了我去，好和我要钱。可是这个主意？"一席话说得众人都笑起来了。李纨笑道："真真你是个水晶心肝玻璃人。"

　　此处的"玻璃人"容易发现，还有一处实际上也在暗示玻璃人则容易被忽略。这是芳官和赵姨娘打了一仗之后，结束了玫瑰露、茯苓霜事件，并因此而名动贾府上下。在事件中，芳官表现出一种不可欺的野性，让宝玉十分欣赏，便在玩笑时把她改名为带有北方野性味的"耶律雄奴"。此名不易叫，被人唤作"野驴子"，于是，又引来了一个"玻璃"名字。第六十三回写尤氏等到荣国府玩耍：

> ……一时到了怡红院，忽听宝玉叫"耶律雄奴"，把佩凤、偕鸳、香菱三个人笑在一处，问是什么话，大家也学着叫这名字，又叫错了音韵，或忘了字眼，甚至于叫出"野驴子"来，引的合园中人凡听见无不笑倒。宝玉又见人人取笑，恐作践了他，忙又说："海西福朗思牙（即法兰西——引者注），闻有金星玻璃宝石，他本国番语以金星玻璃名为'温都里纳'，如今将你比作他，就改名唤叫'温都里纳'可好？"芳官听了更喜，说："就是这样罢。"因此又唤了这名。众人嫌拗口，仍翻汉名，就唤"玻璃"。

这里又暗示芳官虽露出野性，却并非真的有力量，她到底是一个柔弱的歌女，如同玻璃，身心透明而脆弱，外野内温，属另一类的玻璃人。

芳官单纯，给予玻璃的比喻，内涵也单纯，通过玻璃意象，说芳官是个明丽而在命运的一击之下就破碎的青春少女，意思大抵不会相去太远。而王熙凤则很复杂，我们不妨对李纨的评说做点悟证。

李纨用"水晶心肝玻璃人"形容王熙凤，既独到，又准确，七个字中包含着两个相关的意象，一是"水晶心肝"，一是"玻璃人"。虽没有明显的善恶判断，却也击中王熙凤性情紧要处。

从字面上读，"玻璃人"应是"透明人"，但李纨恐怕不是指这一特点。王熙凤表面上泼辣爽快，但肚里却不简单，耍起阴谋，能置人于死地。她对待贾瑞、尤二姐，在铁槛寺里与老尼筹划退婚事，一点儿也不透明。她心里想些什么，不那么容易猜着，李纨说她是"水晶心肝"，这里的"晶"字，可读作谐音的"精"字。王熙凤无透明心肝，却有精明心肝。《红楼梦》给她的判词是"机关算尽太聪明，反算了卿卿性命"。太聪明即太精明，"水晶"不妨解作"鬼精"。王熙凤这个女人，玩起阴谋诡计，真有魔鬼般的精明。谋杀尤二姐时，借刀杀人，了无痕迹，不仅无过，还得贾母的同情。一方面表现出"精"，另一方面又有水晶般的冷酷，这种心被曹雪芹准确地界定为"心肝"，与动物较近，不可称作心灵。不过，王熙凤这个人太复杂丰富，除了"水晶心肝"的一面，也有"水样心灵"的一面，她对待刘姥姥，没有势利，为此还得到好报。水晶心肝不彻底，反倒是好事。

水晶心肝玻璃人还有一个根本特点，就是易碎。《红楼梦》给她"机关算尽太聪明，反算了卿卿性命"的判词之后，紧连着的是"生前心已碎，死后性空灵"。水晶心肝是易碎的，玻璃人是脆弱的。何止玻璃人脆弱，其实人性本身就是脆弱的，既经不起富贵，也经不起贫贱，更经不起威武的压迫，所以才有孟子"不能淫""不能移""不能屈"的呼唤。一般人的人性脆弱，玻璃人的人性更脆弱。玻璃人与一般人相比，具有更亮堂、更灿烂的外表，但内里却格外脆弱。很像当代人所说的"纸老虎""泥足巨人"，外强中干，并非真英雄、真好汉。王熙凤就是这种纸老虎。她在贾府里掌握财政，叱咤风云，协理宁国府时"军令如山"，谁都知道她脸酸心硬，是个烈货与泼辣货。但她的威风全是来自后台贾母的宠信和撑腰，并有尚未败落的贾府做她的活动平台。而她自己，作为一个生命个体，则既无人生信念，也毫无文化底蕴，既不读圣贤书，也不读杂书，更不懂得诗词，压根儿是个文盲。她的聪明，归根结底是小聪明，她的本事，归根结底是生存小技巧。缺少文化底蕴与灵魂底蕴的人，其内心也注定没有力量。因此李纨说她是空有其表的玻璃人就很准确了。

以往谈论王熙凤的文章很多，但多数注意到精明能干和善用心机、心术的一面，似乎未充分注意她的"纸老虎"

即脆弱的一面。倒是哲学家牟宗三先生注意到这一面，他在《红楼梦悲剧之演成》的文章中说，王熙凤连"奸雄"的资格都够不上：

> 最足以表示出她不够奸雄的资格的，便是一听查抄的消息立刻晕倒在地。后来竟因心痛而得大病，所以贾母说她小器。这哪里是奸雄？再贾母死时，家道衰微，她也是两手扑空，没有办法。比起当年秦氏死，协理宁国府的时候差得多了。经不起大波折，逆境一到，便露本相。这算不得是奸雄。所以王熙凤只是一个泩上水的人，在有依有靠、无忧无虑的时候，她可以炫赫一气。一旦"树倒猢狲散"，她也就完了。至于宝黛的悲剧，更不干她事，她不过是一个工具而已。

《红楼梦悲剧之演成》，载《红楼梦艺术论》，

台北里仁书局，1984年，第281页

牟宗三先生说她"逆境一到，便露本相"，确乎如此。平素飞扬跋扈、不可一世的王熙凤，一旦遇到权力的"威武"——"锦衣军查抄宁国府"（第一百零五回回目名），

便土崩瓦解。不是威武不能屈，而是屈得魂飞魄散，"气厥"（第一百零七回）过去。锦衣军来抄家，害怕是人之常情，而王熙凤则吓得比别人更多一层，连双脚也撑不住身体。当平儿拉着巧姐儿报告"查抄"消息后，"王邢二夫人等听着，俱魂飞天外，不知怎样才好。独见凤姐先前圆睁两眼听着，后来便一仰身栽到地下死了。"……贾琏见凤姐死在地下，哭着乱叫，又怕老太太吓坏了，急得死去活来。还亏平儿将凤姐叫醒，令人扶着（第一百零五回）。在危难临头之际，王熙凤一下子从气最足变成"气厥"，从威风第一变成倒数第一。她不仅不能去安慰贾母和其他长辈，反而是贾母带着王夫人、宝玉、宝钗来看望她。见到贾母亲自来瞧，她才"心里一宽，觉那拥塞的气略松动些"。这一次王熙凤从趾高气扬到晕倒气厥，便把她的"玻璃人"本质暴露无遗，原来，这只"母老虎"不过是只纸老虎，一个拳头下来，就一头栽到地上晕倒了。玻璃最脆弱，未有动静，倒是光彩四射，耀眼夺目，可惜最经不起打击，一击即碎。

王熙凤如此外强中干，除了其人性深层本就脆弱之外，还有一个原因，就是她做了许多坏事而心虚。心虚自然就胆小。在第一百零八回里，宝玉听到潇湘馆里有哭声，不仅不怕，而且还想到那里去走走，而王熙凤一听到那里就"寒毛倒竖"，又是吓得浑身抖颤。她说："宝兄弟胆子忒大了。"史湘云纠正说："不是胆大，倒是心实。不知是会芙蓉神去了，还是寻什么仙去了。"史湘云一语中的，王熙凤所以会变成一只纸老虎和死猫子，除了内里性弱之外，还有一个就是心虚即欠了许多良心债和人命债。欠下一身债的玻璃人，势必更没有力量。

书写至此，想起聂绀弩老人赠予笔者的诗中有"彩云易散琉璃碎，唯有文章最久坚"的提示。"文章"二字在此也可以解释为文化底蕴，像王熙凤这种没有灵魂底蕴的人，注定如彩云易散、玻璃易碎。玻璃人，说到底是只有水晶心肝、没有真实心灵的人。

# 明白人解读

平儿

　　"明白人"一词在《红楼梦》里屡次出现，有的只是一般地说明"你不糊涂"；有的则是认真一些地认定"你清楚事理"；还有一种是很郑重地对一个人进行总体评价。第二十回，林黛玉见到宝玉一听说史湘云来立即和宝钗赶到贾母房里，又吃醋又生气，贾宝玉连忙悄悄向她说："你这么个明白人，难道连'亲不间疏，先不僭后'也不知道？我虽糊涂，却明白这两句话……"这里的"明白人"是属于前两种含义，不是确切意义上的明白人，而宝钗两次对平儿的评价，却是郑重的评价，也是对平儿为人处世最贴切的界定。第一次在第四十四回中。贾琏在自己的房里私通仆人之妻鲍二家的，而且一起"声讨"王熙凤，鲍二家的咒"阎王老婆"早死，贾琏则诉阎王婆的苦："如今连平儿他也不叫我沾一沾了。"王熙凤听到之后气得浑身乱战，便疑心平儿素日背地里也有愤怨之语。怒气更上一层，立即不分青红皂白回身先把平儿打了两下，然后一脚踢开门去抓住鲍二家的厮打。接着便是打得天翻地覆，混闹中王熙凤、贾琏又拿平儿出气。平儿蒙受大委屈几乎寻死之后，除了贾母、宝玉的慰藉之外，宝钗正正经经劝说平儿："你是个明白人，素日凤丫头何等待你，今儿不过他多吃一口酒。他可不拿你出气，难道倒拿别人出气不成？别人又笑话他吃醉了。你只管这会子委屈，素日你的好处，岂不都是假的了？"先不论宝钗这种"打人有理"的世故逻辑是否正确，但她说平儿是"明白人"可不是一般说说。所以在另一年庆贺平儿生日时，宝钗又对宝玉说："平儿是个明白人，我前儿也告诉了他，皆因他奶奶不在外头，所以使他明白了……"（第六十二回）且不详说这段的语境和语义，只注意一下宝钗在宝玉面前再次说平儿是个"明白人"就够了。

平儿在《红楼梦》的人榜上，可界定为丽人，因她是"俏平儿"（第二十一回）即俏丽之人；可界定为"可人"，因为她是众口皆碑的可爱之人；也可界定为"佳人"，因为她是有貌有才有德也风流的人。有的"评红"者甚至认为应当用"全人"来形容她，因为找不出她的缺点。不管从哪个角度上看，都很难挑出她的"不是"。在繁多的评说平儿的文章中，舒芜先生的《平儿与凤姐》（收入《说梦录》，上海古籍出版社，1982年）可说是最为精彩的一篇。此文的开头就引征涂瀛的"全人"之说：

> 读花人（涂瀛）《平儿赞》云："求全人于《石头记》，其惟平儿乎！平儿者，有色有才而又有德者也。然以色与才德，而处于凤姐下，岂不危哉！乃人见其美，凤姐忘其美；人见其能，凤姐忘其能；人见其恩且惠，凤姐忘其恩且惠。夫凤姐，固以色市，以才市，而不欲人以德市者也；而相忘若是。凤姐之忘平儿与？抑平儿之能使凤姐忘也？呜呼！可以处忌主矣。"

舒芜先生的文章并不是对"全人"这一概念的阐释，也只是以"全人"之说作为引子而已。用"完人""全人"界定人物，总有可击之隙。因为如果把"全人"放到一个更高的参照系里，总要发现他的不全，例如把平儿放在"玉人"的参照系里，我们就会发现平儿缺乏三玉（宝玉、黛玉、妙玉）的深邃，更缺少他们超凡的才华，只有在世俗社会的层面上，我们才会觉得她是中国男人所期待的那种贤惠的理想人格。即使我们姑且用"全人""完人"来描述平儿，也只能说明她为人长处的种种表现，却很难进入平儿的生命质点。但是，宝钗所界定的"明白人"，倒是我们解开平儿的钥匙。

所谓明白人，应有两义：一是通常所指的洞明事理之人，另一义是到了禅宗才更为明确的明心知性之人。慧能讲明心见性，实际上是讲人的心灵原是一尘不染的洁白纯净主体，那是佛性的藏存之所，明了这个"白"，开掘这个"白"，放下"白"之外的一切"执"、一切妄念而见其真性，便是"觉"，便是"悟"，便是佛。平儿这个明白人，两义兼有，前者是她的意识，后者是她的潜意识——无师自通地明了一种禅性大道理，从而形成一种奇异的人性与神性。

平儿原是王熙凤的四个陪嫁丫头之一，其他三个最终消失，唯有她留下并从"屋里人"提升为贾琏的小妾。她的人生处境本是很险恶的，这不仅因为她出身低微，是从下人堆里走出来的姨娘，而且与她同处一室的除了俗不可耐的丈夫之外，便是一个具有狼虎之威、机关算尽的王熙凤。也就是说，她天天都必须"与狼共舞"，其人生的难点也就在与这个如狼似虎的女强人同舟共济、和平相处。然而，在此险境中，平儿居然亦真得一角家园，既能讨得贾琏的喜爱，又能得到王熙凤的容纳和信任，以至于王熙凤连钥匙都交给她。人同此心，心同此理，王熙凤再严厉，内心也知道平儿的性情品德无可挑剔。不能接受她，还能接受谁？难怪李纨要说："我成日家和人说笑，有个唐僧取经，就有个白马来驮他；刘智远打天下，就有个瓜精来送盔甲；有了凤丫头，就有个你！你就是你奶奶的一把总钥匙，还要这钥匙作什么？"

用李纨这段语言为引子，我们要说，平儿作为一个明白人，就是她明白在这个大贵族府中，她归根结底是个"丫头"，即使成为小妾了，在人们的眼里还是"丫头"，明白这一点，了解自己的真实处境和角色，才能把自己放低，也就是放在最恰当的位置，免得落入宝蟾、秋桐那样的命运，也避免提出和王熙凤争宠的任何虚妄要求。而且，她又明白，与她共室的是一个霸王，她是在霸王的权威下生活，她没有力量争霸，也不想争霸，但她又完全明白这个霸王的心理以及霸王种种行为的意图，于是，在人前她会替王熙凤的行为辩解，不说一句王熙凤的坏话，在人后即在王熙凤面前也有分有寸，既会开开玩笑又严守妻妾次序，不越过界线。就前边说的挨打一事，过后怎么处理，也非易事。一开始，平儿被李纨拉入大观园哭泣，到了怡红院，听宝玉的劝："姐姐还该擦上些脂粉，不然倒像是和凤姐姐赌气了似的。"何况这天又是凤姐的生日，平儿一听就明白，接受了宝玉的好意，梳妆打扮起来。这一打扮，既给王熙凤面子，又给贾母、贾琏面子，化解了一场家庭的风波（第四十四回）。就在大闹的第二天，贾母逼着贾琏向王熙凤赔礼，又命贾琏和王熙凤安慰平儿，可是，平儿在这个重要时刻却明白让王熙凤给自己赔礼将会产生什么后果，于是，她在王熙凤开口之前先走上一步给王熙凤磕头，并说："奶奶的千秋，我惹的奶奶生气，是我该死。"又说："我伏侍了奶奶这么几年，也没弹我一指甲，就是昨儿打我，我也不怨奶奶，都是那娼妇治的，怨不得奶奶生气。"说完这一席明明白白、妥妥帖帖的话，又要跪下，这怎能不使王熙凤感动？于是，王熙凤"又是惭愧，又是心酸，忙一把拉起来，落下泪来"。王熙凤是个立体的极为丰富复杂的人，虽有虎狼之威，也有人之常情，她不能不怜爱身边这个通情达理的贤人了。

与王熙凤相处难，与贾琏相处也非易事。贾琏是个色鬼，但又是贵族公子。平儿比谁都明白朝三暮四的贾琏是个什么人，但她也接受生活，接受命运，接受丈夫是个滥情的花花公子。她仍然真诚地对待他，当他色欲发作时，她献出无限的风情，当他困难时，她变卖自己的家私援助他，当他在外头偷香窃玉时，她没有醋意也没有怂恿，只有劝导与担心。当贾琏娶过尤二姐之后，王熙凤仇恨在心，更施计谋，借秋桐百般折磨她。其他奴才均看王熙凤脸色，墙倒众人推，唯有平儿还对尤二姐一片痴心，以姐妹相待。临终的那个晚上，趁贾琏在秋桐房中歇了，王熙凤已睡，平儿赶紧过来照看尤二姐，两人说了推心置腹的最后一席话。先是平儿劝尤二姐不要理会秋桐："好生养病，不要理那畜生。"尤二姐拉着她哭道："姐姐，我从到了这里，多亏姐姐照应。为我，姐姐也不知受了多少闲气。我若逃的出命来，我必答报姐姐的恩德；只怕我逃不出命来，也只好等来生罢。"平儿也不禁滴泪说道："想来都是我坑了你。我原是一片痴心，从没瞒他的话。既听见你在外头，岂有不告诉他的。谁知生出这些个事来。"尤二姐忙道："姐姐这话错了。若姐姐便不告诉他，他岂有打听不出来的，不过是姐姐说的在先。况且我也要一心进来，方成个体统，与姐姐何干。"二人哭了一回，平儿又嘱咐了几句，夜已深了，方去安息。

尤二姐进贾府，是平儿的建议，她一片真心，既为贾琏好，也为尤二姐好，也可保护贾家的体统脸面，没想到造成悲剧。尤二姐一来，王熙凤用"借刀杀人"之法，坐山观虎斗，欲先借秋桐杀了尤二姐，自己再杀秋桐，于是便挑动秋桐，这秋桐果然犯贱充当打手。同样是"妾"，一个那么善良（平儿），一个那么恶毒（秋桐）；一个以平常心、慈悲心对待尤二姐，一个以嫉妒心、虎狼心对待尤二姐。与秋桐对比一下，就知道平儿内心完全没有世俗的那种争风吃醋的劣根性，一片洁白纯净。如果说，平儿在和王熙凤相处即与狼共舞时的表现是意识层面上的"明白人",那么,她在对待无助的尤二姐时的表现,则完全没有经过头脑的意识考虑,纯粹是天性使然,此时,她是潜意识层面上的"明白人",即天然地抵达洁白纯净本心的人,直接与自身的佛性相融相契的自然人。平儿与所有的人都相处得很好,一切与她接触的人都无须防范她。欲是收入,情是付出,她是一个只懂付出、不懂收入的无可争议的好人,一个人人爱人人都敬服的人。"众口皆碑"这四个字用在平儿身上再合适不过了。她不仅在贾府里众口皆碑,在《红楼梦》的后世知音里也众口皆碑。

剩下最后的问题是:平儿为什么能众口皆碑?为什么能在险恶的环境中不用生存技巧而用正当方式活下来并活得有品有格?这似乎是个谜。这一谜底,也许可用嵇康的另外四个字来回答,这就是"明白四达"。嵇康在《答向子期难养生论》中说:"若比之于内视反听,爱气啬精,明白四达,而无执无为,遗世坐忘,以保性全真,吾所不能同也。"而这之前,《庄子·刻意》写道:"精神四达并流,无所不极,上际于天,下蟠于地。"总之是说,明白便能通达四方。平儿正是用明白的心灵打开通往四方的道路。用绝对诚、绝对善应对复杂的人际世界,终于也创出一种让人钦佩的平凡而有诗意的人格。

从嵇康的话语中可以了解两点:一,平儿所以被后世读者称为"全人",乃是因为她保持性情的"全真",不管对待什么人，都以真对待，包括对贾琏、王熙凤这种不真之人也以真对待，绝无二心与机心。虽"色色想得周到"（第四十四回），却样样均非计谋。这一点极难。如果说，贾宝玉"情不情"（把情推及不情人与不情物）是大爱大慈悲，那么，平儿这种"真不真"（把真情推及无真情真性之人），则是对人的大宽容与绝对信赖。两人的生日相同（第六十二回），都是人性奇迹，是举世难以寻觅的人性孤本。二，除此之外，嵇康还提示我们，能明白四达，与"无执"相关。无所执，破一切执，特别是破我执，超越常人常有的嫉妒、猜忌、妄想、仇怨、贪婪和工于算计、精于比较等执着，放下一切遮蔽本真自性中的障碍与阴影，才能自明与明他，也才能解牛游刃有余，与狼共舞如履平地。人性异常复杂，也异常丰富，每一生命个体都有独特的稿本，平儿这种明白看似平和平淡，实则极为精彩而他人难以模仿和重复。

# 颖悟人解读

宝玉、柳湘莲、紫鹃、贾雨村等

"颖悟人"一词出现在第一百零三回"施毒计金桂自焚身　昧真禅雨村空遇旧"。作者在叙述中说："雨村原是个颖悟人，初听见'葫芦'两字，后闻'玉钗'一对，忽然想起甄士隐的事来……"

这里说贾雨村原来是一个聪颖有悟性的人，说的是"原是"，并非今日。他后来在功名场、势利场里陷得太深，几度浮沉后，似悟非悟，最后还是迷了。

《红楼梦》作为一部悟书，其笔下人物有无颖悟之性，是一个很重要的观照角度。曹雪芹集中国文化之大成，对中国各家文化均真知真通。他吸收各文化的精华，但又调侃其旁门左道。即使对他最为敬重的禅宗文化，也在回目中明白地写出"真禅"与"妄禅"之分，真了不起。《红楼梦》对庄子、对道也敬重，其跛足道人也是启迪宝玉、启迪人间的"真人"。但是，对于贾敬那种走火入魔的炼丹吞砂求道，他是不以为然的。贾敬虽求道但未悟道，只有求道的表面粗俗功夫，不知道的深层意蕴，实际上是属于不觉不悟之列，绝非颖悟人。

以"颖悟"为尺度，可以看到《红楼梦》的人物可分为四类：一，先知先觉先悟者，如甄士隐、林黛玉；二，后知后觉后悟者，如贾宝玉、尤三姐、鸳鸯、紫鹃等；三，似知似觉似悟者，如刚刚所说的贾雨村、惜春等；四，不知不觉不悟者，如贾瑞、薛蟠、贾赦、贾环等一大群俗人、常人。在做如此划分之后，还有一些人虽然最后未止于大彻大悟，但始终也有颖悟之性，也可算是颖悟人，如贾母和大观园里的一群诗人。不是颖悟人是写不出诗的。诗人理所当然应是颖悟人，只是颖悟程度不同，最后真有大彻大悟的只有贾宝玉与林黛玉。

甄士隐是个特例。他经历了火灾与丢失心爱女儿的劫难之后，经"真人"指引，很快就大彻大悟，成为《红楼梦》第一个觉悟者，属于颖悟奇才。跛足道人唱出《好了歌》，他一下子就抓住歌心歌眼，并做了精彩的解注，直让道人拍掌叫好。曹雪芹在叙述中评价说："士隐本是有宿慧的，一闻此言（指《好了歌》），心中早已彻悟。"（第一回）所谓宿慧，便是佛家所说的前世带来的即天生的超人智慧。

因为有这种智慧，一经点破，就一步抵达彻悟境界。

　　与甄士隐相比，林黛玉的彻悟还须一个"还泪"过程。如果说甄士隐属于一次性的顿悟，那么，林黛玉与贾宝玉则是一生性的"渐悟"。虽然都是渐悟，但比起宝玉，林黛玉又是先知先觉先悟。她在智慧的层面总是高出宝玉一筹，对于人生的高境界，她总是提前抵达一步，因此，写作呈现颖悟之性的诗歌时，宝玉和其他诗人总是无法与黛玉相比。我们称黛玉为大观园的首席诗人，她是当之无愧的。要知道林黛玉的颖悟之性有多高多深，只要读读她的《葬花词》就可以了。她的悟性抵达到"天尽头"，抵达到智慧的极处、诗的极处。黛玉的先知先觉先悟，宝玉早已明白。第二十二回写宝玉与黛玉、宝钗参禅，黛玉提出"宝玉，我问你：至贵者是'宝'，至坚者是'玉'。尔有何贵？尔有何坚？"等问题，宝玉竟不能答。黛玉便笑他："连我们两个所知所能的，你还不知不能呢，还去参禅呢。"此时宝玉想了一想，倒是想明白了："原来他们比我的知觉在先，尚未解悟，我如今何必自寻苦恼。"宝玉是承认黛玉为先觉者的。至于宝钗，她虽也是个颖悟人，可惜最终未能大彻大悟。尽管她往往表现得比宝玉聪明，但她绝对不可能像黛玉那样，在宝玉的"你证我证……是立足境"之后画龙点睛，给宝玉一个震撼心灵的启悟：无立足境，是方干净。凭这八个字，就足以说明林黛玉是个天才的颖悟人。与黛玉相比，宝玉只能算是后知后觉后悟，但最后他却大彻大悟：走求名利无双地，打出樊笼第一关。

与宝玉相似，像尤三姐，也属后知后觉，但毕竟一觉而了。她举剑自刎后，灵魂与柳湘莲相会作别并说："来自情天，去由情地。前生误被情惑，今既耻情而觉，与君两无干涉。"（第六十六回）尤三姐最终止于情觉，虽是刚烈之人，却也是颖悟之人。在她的情觉启悟下，柳湘莲也毅然掣出雄剑，斩断尘缘，应当说，他也是一个颖悟人。

柳湘莲出家是顿悟，惜春的出家却不能算是觉悟。她自始至终心冷意冷，到最后要铰去青丝、立志为尼，其理由也是一些"父母早死""嫂子嫌我""孤苦伶仃"的世俗理由，完全是被迫出家，并非有所彻悟。惜春与妙玉有交往，想走妙玉的路，但悟性不及妙玉。妙玉有仙人气质，也聪慧到极点，自然是个颖悟人，可惜她始终没有达到大慈大悲的境界，打不破世俗的尊卑界限，因此，也未能大彻大悟。妙玉的例子说明，颖悟人并非注定可达最高境界，云空未必空，要走上空境、空空境，大觉大悟，还要经历许多修炼。

贾雨村原来也是一个颖悟人，可是，他与甄士隐那种迅速彻悟正相反，总是把功名利禄、荣华富贵看得很重。尽管有过穷困潦倒和被革职的体验，仍然不能看破"权势"等幻相。他的恩人两次开导他：头一次在破庙里，他看见一个老道，很像甄士隐，但因功名妄念的牵制，终于未能悟出玄机妙化，依然在仕途经济的路上奔波挣扎；第二次，在急流津觉迷渡口再次相遇，两人在草庵里做了一次推心置腹的长谈。但是，无论甄士隐如何开导他，他总是无法彻悟。乃至甄士隐把贾宝玉已经觉醒的大事告诉他，他还是昏昏然，不知自己的终身该如何着落。《红楼梦》最后一回写道：

> 食毕，雨村还要问自己的终身，士隐便道："老先生草庵暂歇，我还有一段俗缘未了，正当今日完结。"雨村惊讶道："仙长纯修若此，不知尚有何俗缘？"士隐道："也不过是儿女私情罢了。"雨村听了益发惊异："请问仙长，何出此言？"士隐道："老先生有所不知，小女英莲幼遭尘劫，老先生初任之时曾经判断。今归薛姓，产难完劫，遗一子于薛家以承宗祧。此时正是缘尘脱尽之时，只好接引接引。"士隐说着拂袖而起。雨村心中恍恍惚惚，就在这急流津觉迷渡口草庵中睡着了。

贾宝玉"觉"了，他却"睡着了"。甄士隐无法使他开悟，接着空空道人又来到"急流津觉迷渡口"贾雨村身边。在"觉"与"迷"的江津渡口，对于贾雨村可是要紧重大的瞬间。按照禅的佛理，此刻觉则佛，迷则众，须做一次决定性的抉择，可是，贾雨村做了怎样的抉择呢？小说写道：

> （空空道人）直寻到急流津觉迷渡口，草庵中睡着一个人，因想他必是闲人，便要将这抄录的《石头记》给他看看。那知那人再叫不醒。空空道人复又使劲拉他，才慢慢的开眼坐起，便接来草草一看，仍旧掷下道："这事我已亲见尽知。你这抄录的尚无舛错，我只指与你一个人，托他传去，便可归结这一新鲜公案了。"空空道人忙问何人，那人道："你须待某年某月某日某时到一个悼红轩中，有个曹雪芹先生，只说贾雨村言托他如此如此。"说毕，仍旧睡下了。

空空道人先是"叫不醒"，复又"使劲拉他"，这贾雨村才慢慢张开眼睛，可是，最后"仍旧睡下了"。小说最后以贾宝玉的"觉"与贾雨村的"迷"作为结局，一个止于觉，一个止于迷，在觉迷津渡口分晓，前者为佛，后者为众，这个蕴含佛教大道理的终结，是续书的成功之笔。

如同《卡拉马佐夫兄弟》中最后基督与宗教大法官的结构性寓言，《红楼梦》结局这个"觉"（贾宝玉）与"悟"的结构性寓言，也将是一个永恒的启示性情节。前者是东正教背景下的启示性真理，后者是佛教背景下的启示性真理。《红楼梦》启示后人：悟与觉并非易事，尤其是大觉大悟，正如老子之《道德经》所呼唤的"回归"（复归于婴儿、复归于礼等）并非易事。有许多大小人物，走到荣华富贵之地后，再也回归不了，开悟不了了。

贾雨村原是颖悟人。"原是"二字用得很准确——原来是，现在不是。贾雨村本可以成佛，最后却变成一个大俗人，神仙来点化也觉不了。《红楼梦》中有两个人物暗示一条重要道理：人是会变的，人的真性悟性也会变的。这两个人物，一个是王夫人，一个是贾雨村。第七十四回写王夫人打击晴雯的故事，作者穿插了小议论说："王夫人原是天真烂漫之人，喜怒出于心臆，不比那些饰词掩意之人……"原也是一个天真烂漫的少女，现在面对晴雯，却是一个城府极深的敢下毒手的贵妇人。几十年的岁月就把一个天真女子变得面目全非。贾雨村原先也有真性，他和娇杏的故事是《红楼梦》中唯一的"才子佳人"故事，当时的娇杏只是个丫鬟，贾雨村一见钟情后还一往情深，算是难得。他补授了应天府之职，上任时就遇到薛家仗势杀人之案。一听案情，他大怒道："岂有这样放屁的事！

打死人命就白白的走了，再拿不来的！"（第四回）此一态度也有一分正气在。可是一见门子使眼色，知道凶手是自己恩人贾政的亲戚，便改正走邪，做起另一种人了。他在仕途上愈走愈远，离生命的本真和书生的正气也愈来愈远，走到最后，只剩下迷迷糊糊，任凭点拨，也睡着了——觉悟不来。他和王夫人一样，只是几十年的岁月就变得面目全非，一点颖悟性也全被官场的护官符剥夺得干干净净。从王夫人与贾雨村的质变中，我们更可感到贾宝玉不简单，他生在贵族豪门之家，在财富、权力、功名的威逼和诱惑之下，其本真天性却一直未变，与黛玉一样，质本洁来还洁去，来是赤子，往也是赤子。在天是神瑛侍者，在地也是神瑛侍者。最后仍然守持生存的本真状态，很了不起。

贾雨村未能走向悟而走向迷，寓意很深。东方的宗教皆是无神论宗教——没有上帝与人格神。禅宗更是以悟代替佛，以觉代替神，完全靠自看、自明、自度、自救，贾雨村在功名利禄的泥浊世界中陷入太深，终于无力回归本真状态，人生止于一顶冠盖遮羞的国贼禄鬼，让人感慨。

# 知音人解读

贾宝玉、林黛玉等

　　《红楼梦》里不仅有"知音"这一概念，而且还有"知音人"这一概念。第八十九回，黛玉与宝玉两人说琴，作者做如此描述：

　　宝玉因问道："妹妹这两日弹琴来着没有？"黛玉道："两日没弹了。因为写字已经觉得手冷，那里还去弹琴。"宝玉道："不弹也罢了。我想琴虽是清高之品，却不是好东西，从没有弹琴里弹出富贵寿考来的，只有弹出忧思怨乱来的。再者弹琴也得心里记谱，未免费心。依我说，妹妹身子又单弱，不操这心也罢了。"黛玉抿着嘴儿笑。宝玉指着壁上道："这张琴可就是么？怎么这么短？"黛玉笑道："这张琴不是短，因我小时学抚的时候别的琴都够不着，因此特地做起来的。虽不是焦尾枯桐，这鹤山凤尾还配得齐整，龙池雁足高下还相宜。你看这断纹不是牛旄似的么，所以音韵也还清越。"宝玉道："妹妹这几天来做诗没有？"黛玉道："自结社以后没大做。"宝玉笑道："你别瞒我，我听见你吟的什么'不可惙，素心如何天上月'，你搁在琴里觉得音响分外的响亮。有的没有？"黛玉道："你怎么听见了？"宝玉道："我那一天从蓼风轩来听见的，又恐怕打断你的清韵，所以静听了一会就走了。我正要问你：前路是平韵，到末了儿忽转了仄韵，是个什么意思？"黛玉道："这是人心自然之音，做到那里就到那里，原没有一定的。"宝玉道："原来如此。可惜我不知音，枉听了一会子。"黛玉道："古来知音人能有几个？"宝玉听了，又觉得出言冒失了，又怕寒了黛玉的心，坐了一坐，心里像有许多话，却再无可讲的。

宝玉说"可惜我不知音"，是说他不懂得抚琴，不懂得音乐，并不是说他不是黛玉的知音人。黛玉说"古来知音人能有几个"则是语义双关，她知道宝玉不懂音乐，却是她唯一的知音人。妙玉倒是懂得音乐，和宝玉一起偷听黛玉弹奏"素心如何天上月"时便预感到琴弦太急的后果，但她却不是黛玉的知音人。脂砚斋说《红楼梦》最后的"情榜"给林黛玉的断语是"情情"，如果这是真实的话，那么，林黛玉全部情感所投入的便是唯一的知音人。对于宝玉，他虽然属"情不情"，是个兼爱博爱者，不仅爱黛玉，也爱晴雯，甚至也爱宝钗、袭人、秦可卿等，但是，他也只有一个知音人，这就是林黛玉。黛玉也是宝玉唯一的知音人。他们互为知音，把爱从"情"推向"灵"，身心全都相恋相惜，所以爱得特别深，特别痴，成了一对痴绝。

正是如此，一提到"知音"二字，黛玉就会想到宝玉，就有恋情泛起的羞涩之感。第八十六回就写了一个这样的诗意细节。那时宝玉走进潇湘馆，看到黛玉正在读一本古怪的书，上头有数字，也有像"芍""茫"等样的字，宝玉一个也不认得，就说："妹妹近日愈发进了，看起天书来了。"黛玉嗤的一声笑道："好个念书的人，连个琴谱都没有见过。"直到此时，宝玉才知道黛玉读琴谱、知音乐。说开之后，黛玉引述一部曲书所言："师旷鼓琴，能来风雷龙凤，孔圣人尚学琴于师襄，一操便知其为文王，高山流水，得遇知音。"接着小说写道："说到这里，眼皮儿微微一动，慢慢的低下头去。"为什么说起"高山流水，得遇知音"就感到羞涩而低下头去？只因知音人就在眼前。

黛玉说"古来知音人能有几个"，这是很深的感慨，宝玉一定也会共鸣。知音与知己还有很大的区别。知音人当然是知己，但知己者则未必是知音人。宝玉的知己不少，身边的袭人、晴雯、芳官以及秦钟等，都可算是知己。对知己可以说私房话、贴心话，可以有情感的交流甚至有性的交流，但是不一定能在灵魂层面的最深处相通。宝玉的知己有好几个，知音却只有一个。黛玉的知己有宝玉、紫鹃，知音人也只有宝玉一人。宝玉和黛玉在谈到深处时，无论是谈诗谈禅还是谈《西厢记》，都能产生灵魂的共振。宝玉与晴雯、芳官虽然情感相投，但灵魂却不可能深深相吸。所谓知音，应是知其内心，即知灵魂深处之音。这种声音可直接从口中流出，也可化为文、化为诗、化为歌。宝玉虽听不懂黛玉的琴声，却能充分读懂黛玉的诗。黛玉是贾府中的首席诗人，她的心声主要是注入诗而不是注入琴，而宝玉则是黛玉诗的第一激赏者，在内心产生最深共鸣的知音。姐姐元春省亲时，他作诗三首，黛玉"作弊"为他作了一首，他一读，立即觉得黛玉之作比自己的三首"强十倍"。在大观园诗社里比诗，他每次都落在黛玉之后，但他都为黛玉鼓掌，赞扬李纨的评判极公平。他听完黛玉的《葬花词》，几乎倾倒昏厥过去，可见他是黛玉真正的知音人。而黛玉也是宝玉的知音人。宝玉那么多怪论，对八股文章、圣贤之书那么反感，对仕途经济之路那么拒绝，唯有她最了解他。人们都笑宝玉又呆又傻，她也知道宝玉的灵性悟性未必能与她相及，但她深深爱他，因为她知道宝玉是个成道中的释迦牟尼，是个具有大爱、大慈悲、大善根的知音人。唯有他们两人之间，才知道彼此的内心是怎样的一片天地，彼此的向往与世人的追求有多远的距离。他们或谈禅，或谈诗，或相思，或流泪，或吵架，或沉默，都发出一种可以引起灵魂共振的声音，彼此都知道这些声音包含着怎样的诉说、怎样的深情、怎样的生命信息。对于宝玉来说，才貌双全的薛宝钗也是可爱的，但她的心灵和自己的心灵总是有一段长长的距离，因为她不是他的知音，她听不懂他从灵魂深渊里发出的那些信息，包括赤子之心的那些信息。宝玉与宝钗可以结为夫妇，但未能成为知音，即可以成为屋里人，但不可能成为知音人。那种永恒的隔膜，正是他们永恒的苦痛。《红楼梦》的悲剧内涵之一，是知音人难成其眷属，或者说，知音人的诗意之恋终于被世俗的合力所毁灭。

关于宝玉与钗黛二者关系的区别，牟宗三先生早已做了中肯的说明，他虽未能把"知己"与"知音"加以区别，但说只有黛玉才是宝玉的知己，因为"宝玉宝钗之间的关系是单一的，一元的，表面的，感觉的；宝玉黛玉之间的关系是复杂的，多元的，内部的，性灵的"。《红楼梦》第二十八回写道：

> 此刻忽见宝玉笑道："宝姐姐，我瞧瞧你的那香串子呢？"可巧宝钗左腕上笼着一串，见宝玉问他，少不得褪了下来。
>
> 宝钗原生的肌肤丰泽，一时褪不下来。宝玉在旁边看着雪白的胳膊，不觉动了羡慕之心，暗暗想道："这个膀子，若长在林姑娘身上，或者还得摸一摸，偏长在他身上，正是恨我没福！"忽然想起"金玉"一事来，再看看宝钗形容，只见脸若银盆，眼同水杏；唇不点而含丹，眉不画而横翠，比黛玉另具一种妩媚风流，不觉又呆了。宝钗褪下串子来给他，他也忘了接。宝钗见他呆呆的，自己倒不好意思的。

牟先生以此段为证说："宝玉是多情善感的人，见一个爱一个，凡是女孩儿，他无不对之钟情爱惜。他的感情最易于移入对象，他的直觉特别大，所以他的渗透性也特别强。时常发呆，时常哭泣，都是这个感情移入发出来的。现在一见宝钗之妩媚风流，又不觉忘了形，只管爱惜起来。

然这种爱之引起，却是感觉的，表面的，因而也就是一条线的……这种表情又打动了他的心，不觉忘了形。任凭铁石人也不能无动于衷，何况善感的宝玉。然这种打动，也只是感觉的，一条线的。对象离了眼，也可以逐渐消散，虽然也可以留下一种感激之情。因为这个缘故，所以其爱宝钗之心远不如爱黛玉。他虽然和黛玉时常吵嘴，和宝钗从未翻过脸，然而也不能减低了他们的永久的爱，其原因就是：于妩媚风流的仙姿而外，又加上了一个思想问题，性格问题。由于这个成分的掺入，遂使感觉的一条线的爱，一变而为既感觉又超感觉的复杂的爱。既是复杂的，那爱慕之外，又添上了敬重高看的意味，于是，在这方面，黛玉便胜利了，宝钗失败了。黛玉既是爱人，又是知己。一有了'知己'这个成分，那爱便是内部的性灵的，便是不容易消散的，忘怀的。虽然黛玉说他是'见了姐姐，忘了妹妹'，虽然宝玉见一个爱一个，然从未有能超过黛玉者，也从未有忘过黛玉。因为他俩之间的爱实是更高一级的。"（牟宗三：《红楼梦悲剧之演成》，载《红楼梦艺术论》，台北里仁书局，1984年）

牟宗三先生说知己应是内部的、性灵的，而"知音人"更是如此，这是至深的内心、至深的灵魂层面上的知己，最为难求。

知音人的难求，还有一个原因倒是在曹雪芹之前的一千多年就由刘勰做了说明。刘勰在《文心雕龙·知音》里说，知音之难关键还是人性的原因，其次才是鉴赏能力上的原因。即首先是人性的弱点阻碍欣赏者去对同代天才与卓越者的确认。他讲三种原因，有两种是人性原因："故鉴照洞明，而贵古贱今者，二主是也；才实鸿懿，而崇己抑人者，班、曹是也；学不逮文，而信伪迷真者，楼护是也。"而在此之前，《淮南子·修务训》中就说过："世俗之人，多贵古而贱今，故为道家，皆托之于神农、黄帝，而后能入说。"刘勰知道人性弱点，总结历史经验，发觉无论是识深、才鸿者还是学疏者都有"贵远贱今""崇己抑人"的弱点。贱今与抑人，表现形式不同，实质上是一回事：害怕赞美同一代杰出者会冲淡自己的光辉，影响自己的文坛地位。因此，即使懂其音，也不愿证其音、服其音、颂其音，这是主要原因。至于那些根本就听不懂、读不懂的才疏学浅者（学不逮文），就更是害怕一旦肯定同代的大音真声就要丢掉饭碗，因此也更难正视其不同凡响之处了。

贵古贱今，贵远贱近，贵耳贱目，这种人性弱点不仅中国有，其他国家（包括西方国家）也有，是人类的一种普遍精神缺陷。黑格尔在《精神现象学》中所指出的"侍仆眼中无英雄"的现象，也正是这种人性弱点。他说：

谚语说，"侍仆眼中无英雄"；但这并不是因为侍仆所服侍的那个人不是英雄，而是因为服侍英雄的那个人只是侍仆，当英雄同他的侍仆打交道的时候，他不是作为一位英雄而是作为一个要吃饭、要喝水、要穿衣服的人，总而言之，英雄在他的侍仆面前所表现出来的乃是他的私人需要和私人表象的个别性。

《精神现象学》下卷，
商务印书馆，第172页

黑格尔揭示的这一道理是对的，同时代的身边的人所以不能认识同时代卓越人物，乃是被表象个别性所遮蔽。近表象愈多，遮蔽层愈厚。黑格尔讲的不是嫉妒这类人性原因，而是被表象遮蔽的原因。刘勰讲的是道德论，黑格尔讲的是认识论，两人加起来，便知要正视、理解一个卓越人物和一颗杰出心灵是需要克服重重障碍的，其中有认识对象的表象障碍，有认识主体的狭隘心胸的障碍，有大众舆论的俗气障碍等。黑格尔的论述给我的一点最宝贵的启迪是，看英雄不应当用俗眼去看，俗眼肉眼只能看到表皮。只有用慧眼（或佛家所说的天眼）去看，才能看到深层那些难知难得的一切。

林黛玉和贾宝玉相处于一个府第，一个大观园，彼此都知道各人的弱点，但贾宝玉完全忽略黛玉"任性"等弱点，而黛玉也不在乎宝玉的"情不情"和"傻头傻脑"。宝玉知道黛玉是拥有怎样的智慧与心性，黛玉也知道宝玉是拥有怎样的心性与心胸。他们彼此都看到心的深处、情的深处、灵的深处，这是极为难得难能的，因此，他们确实是一对最深刻意义上的知音人。

# 冷眼人解读

冷子兴、秦可卿、惜春等

　　《红楼梦》的"冷眼人"概念在第二回一开篇就出现："一局输赢料不真，香销茶尽尚逡巡。欲知目下兴衰兆，须问旁观冷眼人。"

　　这种冷眼旁观者有三类：一是完全站在故事情节框架的边缘，在小说中虽与某些人物相关，但其角色功能只是旁观者和叙述者，这类冷眼人主要是冷子兴；二是带有神性的旁观者，但他们是半人半神，属于虚化与神化的冷眼人，这是空空道人、跛足道人、癞头和尚等；三是小说中人物，甚至是相当重要的人物，如妙玉，她是当事人，又是旁观者，属于带有某种关切的冷眼人。

　　曹雪芹的主要叙述手法之一是谐音暗示。起名为冷子兴，以冷为姓，其姓名的意思便是冷眼旁观贾府诸子（男子、女子）的兴衰命运。另一暗示，冷子兴可读为"能止幸"。《红楼梦》哲学的重要内涵之一是起源于大乘佛教的观止哲学。观是慧，是看破；止是定，是放下。大观园是大慧园，《好了歌》也可以说是观止歌。佛教讲究要"知止"，能知止是幸运。冷子兴的名字意味着他是用观止哲学的眼睛看世界，看贾府兴衰浮沉，也就是用佛眼观察，冷静、真实地对待一切。小说在开端处设置这双佛眼，真是天才之笔。

冷子兴在小说中的身份只是一个古董商人，贾雨村的朋友。在后来的故事中，只说过他为了卖古董与人打官司，就叫妻子向贾府说情疏通。但在《红楼梦》的开篇，他却是一个重要叙述者。他在和贾雨村的一席谈话中把贾府的一些人物扼要地做了介绍，并稍加评说。在一部浩瀚的拥有数百人物的大作品中，这个叙述者的叙述相当于导言，冷子兴也就像是把读者引入红楼的向导。尤其难得的是，这位向导是个冷眼人，即只做旁观的边缘人、观察者，不做裁判者，他超越了政治判断，也超越了道德判断，只冷静地向朋友（贾雨村）实际上是向读者介绍他的所闻所知所识，款款道来，没有任何情绪性语言。这是《红楼梦》叙事艺术的一绝。

冷眼人的眼睛，并非"以我观物"，而是"以物观物"（王国维语），也就是说，他在观察社会观察历史观察人物时，是悬搁了个人的情绪性判断，即悬搁了诗人似的浪漫眼光，只以平常的心态、客观的心态、无褒无贬的心态去观看和叙述。冷子兴持守客观冷静的眼睛看贾府，所以无论是叙事还是议论，均无激愤之词，只有清明意识。如对贾府兴衰之象的评说，他就调整了贾雨村的看法。

雨村道："去岁我到金陵地界，因欲游览六朝遗迹，那日进了石头城，从他老宅门前经过。街东是宁国府，街西是荣国府，二宅相连，竟将大半条街占了。大门前虽冷落无人，隔着围墙一望，里面厅殿楼阁，也还都峥嵘轩峻；就是后一带花园子里面树木山石，也还都有蓊蔚洇润之气，那里像个衰败之家？"冷子兴笑道："亏你是进士出身，原来不通！古人有云：'百足之虫，死而不僵。'如今虽说不及先年那样兴盛，较之平常仕宦之家，到底气象不同。如今生齿日繁，事务日盛，主仆上下，安富尊荣者尽多，运筹谋画者无一；其日用排场费用，又不能将就省俭，如今外面的架子虽未甚倒，内囊却也尽上来了。这还是小事。更有一件大事：谁知这样钟鸣鼎食之家，翰墨诗书之族，如今的儿孙，竟一代不如一代了！"

贾雨村虽是进士，却很佩服古董商冷子兴，"雨村最赞这冷子兴是个有作为大本领的人"（第二回），冷子兴的大本领首先来自冷静的眼睛。其实，冷子兴的大本领正是曹雪芹的大本领。雪芹经历了家道中落，身受变故沧桑的折磨，也了解那个盛世下的政治黑暗，但他超越了政治纠葛，既超越了他不认同的那种政治，也超越了自己认同的政治，只关注个体生命的尊严和如何诗意地栖居于人间。因此，他扬弃了政治裁决与道德判断的心态，不做裁判者，只做冷静的现实观察者、历史见证者和艺术呈现者。他对"从来如此"的正统理念和典章制度确有很深的怀疑和挑战，但他既不是反皇帝的造反者，也不是保皇帝的卫道者，只是一个冷眼旁观人，一个大观思想者，一个款款道来的文学叙述者。由此，他才独创千古一绝，完全有别于"才子佳人"和"大贤大恶"的旧套。《红楼梦》是伟大的作品，又是低调的文学。它没有"圣人言""警世恒言""喻世明言"的高调，不想去教导读者和煽动读者，只有"假语村言""石头言""跛足道人言""冷子兴言""甄士隐言"等平平常常说话、唱歌、讲故事的漫谈细论，所有的大眼泪、大悲伤都寄寓在布满诗意的审美形式中。

冷子兴是现实中人，他做的是具体的现实的观察。

他之外还有另一种冷眼人是大彻大悟或已成道的真人、道人，他们也时时在冷眼旁观贾宝玉及其家族。跛足道人和甄士隐，一个唱《好了歌》，一个写诗作注，其思想的透彻可说是力透金刚。这都是冷眼观察人间的结果。但是，他们与冷子兴不同。冷子兴的以物观物，还是以色观色，而跛足道人和癞头和尚及茫茫大士等则是以空观色，即以大观的眼睛看世界。所以就看出世人被金银、娇妻、功名所困即为色所迷的大荒诞。他们是特殊的冷眼人，在天地间走动的冷眼人。其大冷眼下的世界图像——陋室空堂，当年笏满床；衰草枯杨，曾为歌舞场……"乱烘烘你方唱罢我登场"等等，这是另一人生景观，更别有一种意义。

第三类冷眼人是介乎前两类之间的人，这是妙玉。她尚未成道，不是跛足道人那种真人、至人，也不是冷子兴那种现实人，而是一种超凡俗超既定规则的"槛外人"。因此，她也用槛外的冷眼来看槛内的事情，包括看"木石之盟"与"金玉良缘"的曲曲折折。她隐居在栊翠庵中，身为尼姑，虽没有了断尘缘，常到贾府里下棋、走动，但毕竟和现实社会拉开了一段长长的距离，所以她自称"槛外人"也并非矫情。她与宝玉交往，并非槛内俗行，正如宝玉所言，是因为他"些微有知识"可与妙玉相通，即灵魂上可以相互印证。据刘心武所考《红楼梦》第五回警幻曲子中的命运预示："又何须，王孙公子叹无缘。"这"王孙公子"并非宝玉，而是陈也俊。倘若此说成立，妙玉就更是一个贾府浮沉的旁观冷眼人。倘若不信心武所考，妙玉与宝玉确有心灵之恋，这也无碍她为冷眼人。她和宝玉一起在潇湘馆偷听黛玉抚琴，听出琴音过激，乃是不祥预兆。佛教中的"观"，不仅是眼看，而且是耳听，更是以六根之根性对人事做整体把握。她静听黛玉之音，也是冷观黛玉命运，相当神秘。

贾府中还有另一个冷眼人，读者较容易遗忘，这就是宁国府中的秦可卿。她美丽绝伦而且聪慧绝顶，正如第五回中的叙述："……贾母素知秦氏是个极妥当的人，生的袅娜纤巧，行事又温柔和平，乃重孙媳中第一个得意之人。"以往的"评红"者较关注她的情际关系而忽略她的非凡才华，她是一个兼有形上哲学能力和形下管理才能的特别女性，可是藏而不露，直到弥留之际，才托梦给王熙凤，说了一番盛世危言。这番警世之言，一方面是"月满则亏""否极泰来""盛筵必散"等切中要害的哲学提示，这是中国哲学关于"物极必反""居安思危"的提示。简直可说"句句是真理"。另一方面则又是切中家族时弊、救援贾府的两项具体提醒：一是祖茔虽四时祭祀而无一定的钱粮；二是家塾虽立而无一定的供给。点破缺陷之后又道明补救措施。听完可卿一席遗言，不仅会惊讶地发现她原来是个"哲学家"和"管理家",而且会惊叹她的观察多么仔细,多么准确。这番遗言,说明她是一个十分冷静的观察者,一个被误解为"滥情人"的冷眼人。

有水平的旁观冷眼人,是需要生命的精神底蕴的(文化底蕴也是精神底蕴的内容)。《无量寿经》上讲极乐世界的人,眼明耳明心明,眼、耳、鼻、舌、身、意一体,同时感知世界。我在其他"评红"文字中曾说,秦钟和宝玉虽都长得清秀夺人,外貌都漂亮,但精神底蕴却差别很大,所以秦钟最后便撑不住原来的信念,弥留之际规劝宝玉改邪归正,被世俗的潮流所征服。而他的姐姐秦可卿则大不相同。秦可卿与王熙凤一样都极其聪明,平时也相处得好,但是两人的精神底蕴却大不相同。秦可卿那种"盛筵必散"的哲学思维是王熙凤绝对没有的。因此,王熙凤虽能干,却难以像秦可卿那样地把握贾府的命脉,也感受不了已经逼近的危机。她有治家之才,却无清明之识。得意之时,不知所止,结果下场极惨。

妙玉和秦可卿都很有文化素养,倘若活在今天,便属"文化人"。其实,文化人在社会上的角色,不宜是政治的直接参与者,超脱一些,做冷眼旁观者更为合适。曹雪芹本身也是选择了这种位置,所以才有《红楼梦》如此冷静的笔调。《红楼梦》中有大现实,也有大浪漫。所谓大浪漫是指天上人间相通的大境界,并非才子佳人的小悲欢,但是，这部伟大小说却不能界定为浪漫主义小说，作者也无浪漫情怀，这原因便是曹雪芹虽是眼泪汹涌的有情人，但又是一个冷静观察社会人生的冷眼人。

# 伶俐人解读

小红、贾芸等

　　《红楼梦》中出现过两个相近但内涵不太相同的概念：伶透人与伶俐人。"伶透人"在小说文本中一次出现是第六十八回："妹妹这样的伶透人，要肯真心帮我，我也得个膀臂。"还有一次在第八十三回：凤姐叫平儿称几两银子，递给周瑞家的，道："你先拿去交给紫鹃，只说我给他添补买东西的。若要官中的，只管要去，别提这月钱的话。他也是个伶透人，自然明白我的话。"

　　与伶透人相近同样也是聪明人的另一共名词是伶俐人，但王熙凤说紫鹃是伶透人而不说她是伶俐人是准确的。因为伶透人聪明，伶俐人却是精明。伶透人不一定很会说话，而伶俐人则一定善于言辞，甚至具有伶牙俐齿。和紫鹃一样，袭人也只能称作伶透人，不可称为伶俐人。所以

第一百二十回中，作者叙述时说："袭人本来老实，不是伶牙俐齿的人。"因此，我们可以把伶透人界定为中性词而偏于褒，而伶俐则虽中性而偏于贬。有时简直就是贬义词。

"伶俐人"出现在第五十二回，形容宝玉的小丫鬟坠儿。她因偷了"虾须镯"，被平儿发现。平儿告诉宝玉，特别叮咛不要让晴雯知道。"宝玉听了，又喜又气又叹。喜的是平儿竟能体贴自己；气的是坠儿小窃；叹的是坠儿那样一个伶俐人，作出这丑事来。"宝玉最终还是告诉了晴雯，晴雯果然把坠儿撵了出去。晴雯在曹雪芹笔下虽是理想人物，但并不完美，表现在对待坠儿的事上，也真是暴炭（平儿语）伤人，很不宽厚。

有意思的是被宝玉称作伶俐人的坠儿，是《红楼梦》中另一个伶俐人小红的朋友。小红和贾芸私授手帕的事，正是她从中拉线。小红与卜世仁之甥贾芸有一段浪漫故事，而这个贾芸更是一个十足的伶俐人。

伶俐人，本来是指机敏灵活的人。说一个人聪明伶俐，并非嘲讽。朱熹甚至把伶俐和"知"视为相关条件，也就是说，知识人可能正是伶俐人。他说："仁，只似而今重厚底人；知，似今伶俐底人。"（《朱子语类》卷二三）重仁者，是道德家，比较厚重，重知者即知识人，则脑子比较灵活，容易转弯，容易见风使舵，所以历史变动中，机会主义者都不是工人、农民或道德家，而是知识分子。朱熹的说法是很有道理的。

不过，《红楼梦》中典型的伶俐人贾芸却不是有"学问"的知识人，只是一个有心术的聪明人。他因为长得斯文清秀，有一副好身材、好脸蛋，所以宝玉初次见到他时，便说了一句"倒像我的儿子"的笑话。贾芸比宝玉大几岁，听到这句话，竟认真地称起宝玉为父亲。正如文本中所描述：原来这贾芸最伶俐乖觉，听宝玉这样说，便笑道："俗语说的，'摇车里的爷爷，拄拐的孙孙'。虽然岁数大，山高高不过太阳。只从我父亲没了，这几年也无人照管教导。如若宝叔不嫌侄儿蠢笨，认作儿子，就是我的造化了。"（第二十四回）这个伶俐人在贾府里的地位很低，靠孝敬一大包香料、走了王熙凤的后门才找到一个在贾府里买办花草和种植树木的好差使，他一心想往上爬，好容易遇上宝玉，还能不抓住机会以致把自己缩小成"儿子"好钻入宝玉的门缝？宝玉是个宽厚之人，也不会像当今知识人那样来个刻意"蔑视"和鄙薄，只不当一回事。可是这个贾芸，过了些时候，又在贺帖上（贺贾政报升郎中）把"父亲大人"改为"叔父大人"。袭人收到帖以后，和宝玉有段关于贾芸的评说。小说原文如下：

晚间宝玉回房，袭人便回道："今日廊下

小芸二爷来了。"宝玉道:"作什么?"袭人道:"他还有个帖儿呢。"宝玉道:"在那里?拿来我看看。"麝月便走去在里间屋里书橱子上头拿了来。宝玉接过看时,上面皮儿上写着"叔父大人安禀"。宝玉道:"这孩子怎么又不认我作父亲了?"袭人道:"怎么?"宝玉道:"前年他送我白海棠时称我作'父亲大人',今日这帖子封皮上写着'叔父',可不是又不认了么。"袭人道:"他也不害臊,你也不害臊。他那么大了,倒认你这么大儿的作父亲,可不是他不害臊?你正经连个——"刚说到这里,脸一红,微微的一笑。宝玉也觉得了,便道:"这倒难讲。俗语说:'和尚无儿,孝子多着呢。'只是我看着他还伶俐得人心儿,才这么着;他不愿意,我还不希罕呢。"说着,一面拆那帖儿。袭人也笑道:"那小芸二爷也有些鬼鬼头头的。什么时候又要看人,什么时候又躲躲藏藏的,可知也是个心术不正的货。"宝玉只顾拆开看那字儿,也不理会袭人这些话。袭人见他看那帖儿,皱一回眉,又笑一笑儿,又摇摇头儿,后来光景竟大不耐烦起来。袭人等他看完了,问道:"是什么事情?"

宝玉也不答言，把那帖子已经撕作几段。（第八十五回）

　　袭人评价贾芸所用的几个词：鬼鬼头头、躲躲藏藏、心术不正的货。可谓"真知灼见"。凡伶俐人，一旦太伶俐，就心术不正。就《红楼梦》文本而言（不以考证家和《红楼梦》电影所说的为据），贾芸着实不让人喜欢，这就因为他太伶俐了。袭人完全不能接受，很有道理。贾芸在这之前看上了宝玉的丫鬟小红，可算是伶俐爱伶俐，这个小红也是个聪明绝顶的伶俐人。她是贾府大管家林之孝之女，本名红玉，因"玉"字犯了宝玉的名，便改唤作小红。本来是宝玉的丫鬟，后来偶尔给王熙凤传话，这个大伶俐人便发现传话的小伶俐人："林之孝两口子都是锥子扎不出一声儿来的。我成日家说，他们倒是配就了的一对夫妻，一个天聋，一个地哑。那里承望养出这么个伶俐丫头来！"因为喜欢她的伶俐，就向宝玉要来当了自己的丫鬟。这真是伶俐识伶俐，大伶俐人爱小伶俐人。

　　这个小红可真不是一个简单人物。小说中那句著名的"千里搭长棚，没有不散的筵席"就是出自她的口。她的来历、出身，她父亲林之孝原是什么人，是考证学派关注的重要题目。而且据脂砚斋透露，贾家败落之后，她并不投机，倒是守持一份为原主子的忠诚。但就目前我们能看到的文本，小红只是一路伶俐，机灵得让人不喜欢，尤其是薛宝钗，她甚至用"眼空心大"四个字评价小红，第二十七回，宝钗于芒种节这天在园内玩耍扑蝶，到了池中滴翠亭，听到了小红与坠儿的私语谈的正是与贾芸的秘密情事。小说写道：宝钗在外面听见这话，心中吃惊，想道："怪道从古至今那些奸淫狗盗的人，心机都不错。这一开了，见我在这里，他们岂不臊了。况才说话的语音，大似宝玉房里的红儿的言语。他素昔眼空心大，是个头等刁钻古怪东西。今儿我听了他的短儿，一时人急造反，狗急跳墙，不但生事，而且我还没趣。如今便赶着躲了，料也躲不及，少不得要使个'金蝉脱壳'的法子。"

宝钗竟然把小红看成"是个头等刁钻古怪东西"，恶感相当深。不过，这也不奇怪，除贾政之外，宝钗算是贾府中的另一孔夫子，至少算是女贤人。孔夫子喜欢"刚毅木讷"者，不喜欢巧言令色之徒。伶俐人正是巧言令色之人，往往聪明有余，诚实不足。在混乱的泥浊世界里，混得比较好的往往是两种人：一种像鳄鱼，长满犀利的牙齿，这是猛人、恶人、浊人等；另一种像泥鳅，一身油滑，善于穿梭钻营，这便是伶俐人。环境太艰难，逼得人长出一身油、一身生存技巧。宝钗对小红的恶评中有一点让人振聋发聩的是说伶俐人会"人急造反，狗急跳墙"，一旦"生事"，躲都躲不及。宝钗这一见解，可视为曹雪芹对伶俐造反派的真见解。这种造反派往往"眼空心大"，志大才疏，无真才实学，有一番抱负，急于出人头地，于是便靠伶俐，靠刁钻，靠激烈，靠急跳，靠造反。这种人在社会变动时总是挺红火，但挺可怕，难怪宝钗要逃离他们。

宝钗、袭人属于正统的女性，因此对贾芸、小红这种伶俐人特别反感。但是，平心论来，伶俐本身无善无恶，不可做价值判断。说到底，伶俐只是聪明的一种类型。对于伶俐，贾母的一种见解倒是公平。她不否定伶俐，只是说不可太伶俐。第五十二回，她对薛姨妈、李婶、尤氏评说王熙凤："我虽疼他，我又怕他太伶俐也不是好事。"凤姐听了忙说笑话："这话老祖宗说差了。世人都说太伶俐聪明，怕活不长。世人都说得，人人都信，独老祖宗不当说，不当信。老祖宗只有伶俐聪明过我十倍的，怎么如今这样福寿双全的？只怕我明儿还胜老祖宗一倍呢！我活一千岁后，等老祖宗归了西，我才死呢。"贾母笑道："众人都死了，单剩下咱们两个老妖精，有什么意思。"王熙凤一心想讨好贾母，未深思贾母"太伶俐也不是好事"的至理名言，最后自己终于因为太伶俐而落入惨境——"机关算尽太聪明，反算了卿卿性命"。其实，贾母认为伶俐不可过分，是极为重要的人生经验。它的言外之意可做许多种阐释，而其中还有一种可做如下解读：太伶俐者必定把自己的聪明才智投入生存技巧，让自己的身心长出太多心机、心术，最后丧失内心的质朴和整个生命的本真状态，以致变成贾母所说的"妖精"。人之伶俐，既然可以发展成智慧，也可以堕落为妖精，因此，伶俐者最好还是不要一味发展伶俐，倒是应当保持一点"混沌"，否则，一直开窍下去，真的要如庄子所预示的七日而亡，活不长了。

# 糊涂人解读

史湘云、贾宝玉等

"真真你是糊涂人。"（第三十一回）这是林黛玉对史湘云开玩笑时说的，虽然无心，却准确地说了史湘云的一项性格特征。《红楼梦》回目上有"憨湘云醉眠芍药裀"（第六十二回）也视史湘云为憨人，是一个快人快语、豁达豪爽、聪明颖悟却随随便便、糊里糊涂的人。

糊涂人这一共名无须多加解释。但被称为糊涂人的，却有真有假，被黛玉指为"真真糊涂"的，也不是真糊涂。日常生活中，说一个人糊涂，往往无褒无贬，倒是一种含有爱意的辩护。但也应当确认，人世间确有真糊涂、真真糊涂的人，糊涂得让人生气，让人惋惜，让人叹惜，《红楼梦》中的迎春就是一个。在本书中，笔者对迎春充满同情，但也不得不把她放入"怯人"之列，以描述她软弱怕事的心性；而现在以"糊涂人"界定她，则是说明她的"脑子"及其所派生的处世哲学，真是除了"糊涂"二字，不知道该用什么别的字眼来解说。她的乳母因聚赌偷去她的攒珠累丝金凤，此事累及丫头绣桔，绣桔要去回王熙凤，迎春却连忙阻止道："罢，罢，罢，省些事罢。宁可没有了，又何必生事。"待到平儿来问，她才说出自己的处世态度，放下《太上感应篇》，说道："问我，我也没什么法子。他们的不是，自作自受，我也不能讨情，我也不去苛责就是了。至于私自拿去的东西，送来我收下，不送来我也不要了。太太们要问，我可以隐瞒遮饰过去，是他的造化，要瞒不住，我也没法……你们若说我好性儿，没个决断，竟有好主意可以八面周全，不使太太们生气，任凭你们处治，我总不知道。"（第七十三回）对于这段话，七十年前有一评论（作者陆冲岚）评得很中肯："善善而不能行，恶恶而不能去，无可无不可；是'好性儿'，也就是糊涂虫。"（上海《大公报》，1947年8月17日）迎春最终嫁给"中山狼"，并郁郁而死，这固然有家庭责任，但她自己的糊里糊涂、任凭摆布，也有责任。

讲真糊涂人比较简单，而讲起林黛玉、史湘云这些非常聪明、非常有智慧的"糊涂人"，则别有另一番意义。还是回到黛玉说史湘云"真真糊涂"而湘云反说黛玉糊涂的故事。那是湘云来做客，还给袭人等带来礼物。礼物包在手帕里，宝玉就说："什么好的？你倒不如把前儿送来的那种绛纹石的戒指儿带两个给他。"湘云把手帕打开，果然是上次她让仆人送来给黛玉、宝钗等的那种戒指，一共四个，于是：

　　林黛玉笑道："你们瞧瞧他这主意。前儿一般的打发人给我们送了来，你就把他的带来岂不省事？今儿巴巴的自己带了来，我当又是什么新奇东西，原来还是他。真真你是糊涂人。"史湘云笑道："你才糊涂呢！我把这理说出来，大家评一评谁糊涂。给你们送东西，就是使来的不用说话，拿进来一看，自然就知是送姑娘们的了；若带他们的东西，这得我先告诉来人，这是那一个丫头的，那是那一个丫头的，那使来的人明白还好，再糊涂些，丫头的名字他也不记得，混闹胡说的，反连你们的东西都搅糊涂了。若是打发个女人素日知道的还罢了，偏生前儿又打发小子来，可怎么说丫头们的名字呢？横竖我来给他们带来，岂不清白。"说着，把四个戒指放下，说道："袭人姐姐一个，鸳鸯姐姐一个，金钏儿姐姐一个，平儿姐姐一个：这倒是四个人的，难道小子们也记得这们清白？"众人听了都笑道："果然明白。"宝玉笑道："还是这么会说话，不让人。"

黛玉说湘云是糊涂人，湘云不服，回敬一个"你才糊涂"，而且要大家来评评谁糊涂，谁明白。其实，黛玉说得对，湘云回应得也对。黛玉、湘云、宝玉这三个人，有时是大明白人，有时确实都是大糊涂人。没有心机，没有心眼，没有那么多俗世之事的记性和算计，不懂得社会的规范与规矩，自然就糊涂。宝玉和湘云两人的最大共同点是常常傻头傻脑。"因麒麟伏白首双星"，如果真的是命运预告，最后两个傻子能结成伴侣，倒是一种生命本真的相融相契。

史湘云的诗才之高，仅次于林黛玉，却可与宝钗和其他姐妹比美。她们两人在中秋节联句比诗，较量了一番，都属才华横溢，但在世俗社会里，她们都是糊涂人，尤其是史湘云。不过，史湘云的糊涂，即郑板桥式的糊涂，即郑板桥所说的"难得糊涂"的那种糊涂，即名士风度的糊涂。史湘云是贾府里的名士，她随和大度，宽厚待人，但就是不懂得那些规矩，尤其是女子的规矩，所以才有憨吃鹿肉、醉卧石凳的浪漫。因为没有心眼，对世事缺少深刻的思虑，直来直去，于是总是随人俯仰地说出一些大糊涂话来。她劝宝玉要走仕途经济之路，就是这种糊涂的一次最典型的表露（第三十二回）。那时贾雨村来做客，贾政让宝玉也去会会。宝玉不耐烦，说"不愿同这些人往来"，湘云听到这话就教训起宝玉了：

宝玉道："罢，罢，我也不敢称雅，俗中又俗的一个俗人，并不愿同这些人往来。"湘云笑道："还是这个情性不改。如今大了，你就不愿读书去考举人进士的，也该常常的会会这些为官做宰的人们，谈谈讲讲些仕途经济的学问，也好将来应酬世务，日后也有个朋友。没见你成年家只在我们队里搅些什么！"宝玉听了道："姑娘请别的姊妹屋里坐坐，我这里仔细污了你知经济学问的。"袭人道："云姑娘快别说这话。上回也是宝姑娘也说过一回，他也不管人脸上过的去过不去，他就咳了一声，拿起脚来走了。这里宝姑娘的话也没说完，见他走了，登时羞的脸通红，说又不是，不说又不是。幸而是宝姑娘，那要是林姑娘，不知又闹到怎么样，哭的怎么样呢。提起这个话来，真真的宝姑娘叫人敬重，自己讪了一会子去了。我倒过不去，只当他恼了。谁知过后还是照旧一样，真真有涵养，心地宽大。谁知这一个反倒同他生分了。那林姑娘见你赌气不理他，你得赔多少不是呢。"宝玉道："林姑娘从来说过这些混账话不曾？若他也说过这些混账话，我早和他生分了。"袭人和湘云都点头笑道："这原是混账话。"

湘云在这里竟劝宝玉要去经营仕途经济的学问，真是太糊涂了。这可激怒了宝玉，给湘云一个"混账话"的回应。其实，宝玉太认真，湘云的劝诫只是说说而已，并没有宝钗想得那么深。可见到底是谁糊涂，谁说混账话，这可是仁者见仁、智者见智了。在第三十一回，不光是黛玉、湘云在指对方为糊涂人，在这之前，袭人与晴雯也在争说糊涂人。那是宝玉好意地劝正在生气的晴雯出去走走，说："好妹妹，你出去逛逛，原是我们的不是。"晴雯一听"我们"二字，自然是把袭人"们"进去的，于是更生气。宝玉再解释时袭人忙拉了宝玉的手道："他一个糊涂人，你和他分证什么？……"晴雯冷笑道："我原是糊涂人，那里配和我说话呢！"这里也是糊涂与明白之辩。可见，糊涂与否，并无标准。

其实，真正的智者、慧者是小事糊涂大事不糊涂。例如宝玉、黛玉，在大事上，即在人生道路的选择上、人的存在方式抉择上，是不糊涂的。因为不糊涂，才拒绝走仕途经济之路，避免落入泥浊世界的深渊之中。他们能明白什么是生命尊严与诗意生活，能明白人生的根本是什么，这是大聪明大智慧，怎可以说是糊涂呢？但是，在小事上，他们又确实是糊涂人，不懂得关系学问、经济学问、生存技巧等，糊里糊涂，连婚姻被调包了也不知道，这不是糊涂到极点吗？湘云说黛玉："你才糊涂呢！"一点也没有错。

至于湘云，那更是一个道道地地的糊涂人。她劝宝玉注意经济学问，与宝钗的劝导不同。宝钗是深思熟虑的，老道老成的，她的劝解是一种理念、一种决策、一种设计、一种筹划。而湘云则是快人爽语，是一时的人云亦云，仿佛连脑子都不动。湘云是个不拘形骸、不拘一格的名士风流，从来就不把功名放在心上，也不可能看中经济学问。她在袭人面前随心所欲地说出那些劝解话，完全是有口无心。因此，同样是劝说仕途经济，两者却大有区别，一者是大明白、大精明，一者则是随大流、大糊涂。因此，说湘云是具有诗才的颖悟人是对的，说她是一个说话不知深浅的糊涂人也是对的。诗人与憨人，颖悟人与糊涂人，二者兼而有之，这就是史湘云。在政治意识形态覆盖《红楼梦》评论的时期，有论者说史湘云是机会主义者，完全站在卫道者宝钗的一边，和宝钗一起疏远、打击林黛玉，这种说法，与其说是冤枉，还不如说是抬高、拔高。史湘云确实崇拜宝钗，但她偶尔说出"仕途经济"的"混账话"，完全不是自觉的人生见解，只是糊涂人的一次糊涂表现而已。她哪有什么主义，不过是个天真快乐的傻丫头。那种把湘云视为机会主义者的论者，倒是真糊涂。

讲到糊涂，中国人总会想到"扬州八怪"之一、当过十二年县令的郑板桥，这位爱竹如命的著名作家、画家就以"难得糊涂"四个字传天下，传后人。这四个字是题给一个自称糊涂老人的气清志洁的退隐官员的，题字之后，他又补写一段文字："聪明难，糊涂尤难，由聪明而转入糊涂更难。"郑板桥如此肯定糊涂，早已成为艺术史、心灵史上的一段佳话。如果阅读郑板桥的整个人生和全部诗文，就会知道他的"糊涂"乃是缺少随机应变的机能，生命中始终保持一种真纯、耿介与气节。这是一种拒绝投机、拒绝灵活的坚守，其实，这又是一种与天地万物相连的最清醒、最清明的意识。郑板桥以爱竹闻名于世，也不过是以竹寄托自己的耿直胸襟与清高气节。他的吟竹诗云："不过数片叶，满纸俱是节；万物要见根，非徒观半截。""浓淡有时无变节，岁寒松柏是知心。""心虚节直耐清寒，阅尽炎凉始觉难，唯有此君医得俗，不分贫富一般看。"……字字句句都在表明他的脱俗的高风亮节。可惜世上的聪明人缺的正是"节"，一点儿也没有耐力与定力。史湘云表面上糊涂，其实内心也有郑板桥式的耿介与高傲。尤其是林黛玉，更有一种天生的内在的骄傲、绝对不容污泥臭气玷污的诗人之"节"。郑板桥吟的是竹,林黛玉、史湘云吟的是"菊",讴歌的对象不同,却有一种共同点,吟的都是精神上孤标傲世的人生格调。第三十八回林黛玉的《问菊》吟道:"欲讯秋情众莫知,喃喃负手叩东篱:孤标傲世偕谁隐?一样开花为底迟?圃露庭霜何寂寞?雁归蛩病可相思?莫言举世无谈者,解语何妨话片时?"史湘云的两首,也全是"傲世"气节:

### 对 菊

别圃移来贵比金,一丛浅淡一丛深。

萧疏篱畔科头坐,清冷香中抱膝吟。

数去更无君傲世,看来唯有我知音。

秋光荏苒休辜负,相对原宜惜寸阴。

### 供 菊

弹琴酌酒喜堪俦,几案婷婷点缀幽。

隔座香分三径露,抛书人对一枝秋。

霜清纸帐来新梦,圃冷斜阳忆旧游。

傲世也因同气味,春风桃李未淹留。

读了林黛玉、史湘云的诗后,我们会觉得这是两个清醒观世、清明傲世的"同气味"的真诗人,她们所争辩的"谁糊涂"的问题既是真问题也是假问题。最糊涂的最明白，最明白的也最糊涂。《红楼梦》中的贾宝玉、林黛玉、史湘云等都属于郑板桥所说的"由聪明而转入糊涂更难"的人。人世间的大智者，其实都是大聪明之后又修炼得有点糊涂，即不知算计、不知转弯、不知成败、不知投机取巧，只知听从自己内心绝对命令而傻傻做事、傻傻行走的人。

# 读书人解读

贾政、贾宝玉等

　　"读书人"本不需要多加解说，但在《红楼梦》中，"读书人"非同一般。一是曹雪芹借人物之口，对读书人有所要求和期待；二是如何界定读书人，理念上有尖锐冲突。

　　关于第一点，得先说贾雨村。他曾是寄居于葫芦庙的穷儒，后得到甄士隐的帮助，赴京赶考。两人相见那天晚上一起吃酒谈笑，第二天甄士隐想给他写封介绍信，没想到贾雨村当夜就动了身，还留下一句重要的话："读书人不在黄道黑道，总以事理为要，不及面辞了。"（第一回）这是贾雨村尚未变成善于钻营的官僚之前，也就是还满身是书生意气时的读书人理念。这一理念也可视为曹雪芹的理念：读书人应当超越黄道黑道，即超越吉凶利益判断，而站立于维护事理、真理的立场。这真正是说到读书人的关键处。无论是过去、现在还是未来的读书人，如果还想守持自己的本色，是应当牢牢记住这句话的。但守持这一立场并非易事，贾雨村自己就背叛了这一立场，在一己利益面前，摆在第一位的还是"护官符"，而不是事理与真理。只要有利于自己往上爬，什么道他都可以走。

再看看薛宝钗如何说读书人。第四十二回中，宝钗因黛玉说错了酒令，劝过她之后，做了一次推心置腹的谈话，除了讲身世之外，还讲了读书的目的："男人们读书不明理，尚且不如不读书的好，何况你我。就连作诗写字等事，这不是你我分内之事，究竟也不是男人分内之事。男人们读书明理，辅国治民，这便好了；只是如今并不听见有这样的人，读了书倒更坏了。这是书误了他，可惜他也把书糟蹋了，所以竟不如耕种买卖，倒没有什么大害处。至于你我，只该做些针线纺绩的事才是，偏偏又认得几个字。既认得了字，不过拣那正经书看也罢了，最怕见些杂书，移了性情，就不可救了。"这番讲话，简直可以视为正统的、保守主义的读书宣言，也是中国传统的"女子无才便是德"理念的最精确的阐释。这篇讲话，不仅是她的看法，也是贾政这些儒者的读书理念。宝玉和宝钗在心灵层面的隔阂，也从这里发生。宝玉最喜见的那些杂书，她却说"最怕见些杂书"；宝玉最怕读"辅国治民"的圣贤之书，宝钗却说只有读这种书才是好。两种理念针锋相对，难以妥协。薛宝钗在贾府中，得到普遍的喜爱与敬重，就因为她能坚守这种信念而保持性情的古典美。林黛玉听了她的肺腑之言后，也十分敬佩，从此两人再也未曾有过误解与冲突。听了宝钗这一席话，我们也可以"批判"一番，甚至可借用宝玉的语言嘲笑这是"酸话"，但不能不承认，中国传统注重读"正经书"，对于保持美好性情是至关重要的。读书是为了使人更好，不是使人更坏，书应有益于世道人心，不应败坏世道人心，中国这种传统读书观，无可非议。薛宝钗这些道理即使对于21世纪的读书人恐怕也有警示作用。理解宝钗，才能理解贾政，也才能明白贾政与宝玉父子为什么会有那么尖锐的冲突。

细读《红楼梦》文本，就会发现一件很有意思的事：贾政不认为贾宝玉是"读书人"。第七十八回"老学士闲征姽婳词　痴公子杜撰芙蓉诔"中，这位"老学究"命子弟作《姽婳词》（礼赞女子娴静美好的诗词），此时宝玉、贾环、贾兰均在场，贾政命他们看了题目之后，自己则观照三人并做了心理评价：

> 他两个虽能诗，较腹中之虚实虽也去宝玉不远，但第一件他两个终是别路，若论举业一道，似高过宝玉，若论杂学，则远不能及；第二件他二人才思滞钝，不及宝玉空灵娟逸，

每作诗亦如八股之法，未免拘板庸涩。那宝玉虽不算是个读书人，然亏他天性聪敏，且素喜好些杂书，他自为古人中也有杜撰的，也有误失之处，拘较不得许多；若只管怕前怕后起来，纵堆砌成一篇，也觉得甚无趣味。因心里怀着这个念头，每见一题，不拘难易，他便毫无费力之处，就如世上的流嘴滑舌之人，无风作有，信着伶口俐舌，长篇大论，胡扳乱扯，敷演出一篇话来。虽无稽考，却都说得四座春风。虽有正言厉语之人，亦不得压倒这一种风流去。近日贾政年迈，名利大灰，然起初天性也是个诗酒放诞之人，因在子侄辈中，少不得规以正路。近见宝玉虽不读书，竟颇能解此，细评起来，也还不算十分玷辱了祖宗。

此时贾政已经年迈，对宝玉比先前宽容多了，但是根深蒂固的偏见仍然存在：宝玉"不算是个读书人"，看杂书不算读书。在这之前，他对宝玉的评价可没有这么温和，当着众人的面，不断地骂宝玉是"无知的蠢物"，是辱没祖宗的"孽障"，就因为他不读书，只有一些吟诗作词的"歪才情"（第十七至十八回）。他那一回把宝玉往死里打时先骂道："该死的奴才！你在家不读书也罢了，怎么又做出这些无法无天的事来!"(第三十三回)"不读书"是宝玉一切"罪"的前提。而儿子不读书,是他痛彻肺腑的心结。有这些心结垫底,再有别的事,那就必然要火上浇油,爆发出来。

在我们今天看来,贾政硬说宝玉"不读书",简直是强加的莫须有罪名,而说宝玉不是读书人更是荒谬。从宝玉一出现,即初次见到林黛玉时所问的第一个问题便是:"妹妹可曾读书?"第二个问题则是:"妹妹尊名是那两个字?"当黛玉说"无字"之后他立即送给"颦颦"二字,并解释道:"《古今人物通考》上说:'西方有石名黛,可代画眉之墨。'况这林妹妹眉尖若蹙,用取这两个字,岂不两妙!"当探春说是"杜撰"时,他笑道:"除'四书'外,杜撰的太多,偏只我是杜撰不成?"此时的宝玉还是乳臭未干的少年,就已读《古今人物通考》,并知道"四书"之外的书籍太多杜撰,如果不是广泛阅读,怎能敏捷地给黛玉命名,怎能知"四书"与其他书籍之区别?至于在"大观园试才题对额"中,他压倒众清客,命名新颖妥帖,各种命名都需引经据典,说明来历,倘若不读书,这些知识这些学问是从何而来?

说宝玉不算读书人,那么,贾府里谁是读书人?在贾政看来,至少他自己是读书人,别人也认为他是读书人。《红楼梦》第二回冷子兴在介绍府中人物时说到贾政,也是"自幼酷喜读书，祖父最疼"，而他也确实是一个勤奋用功、兢兢业业而且知书识理的人，而且对于诗词题咏又很有见识，在"大观园试才题对额"中，宝玉和众清客各拟题咏，由他从优而择。此时他的身份既是主人，又是一个文学批评家。在评选中，他只面对"作品"，不因人废言（即不因平常对宝玉有偏见而影响抉择），结果是全选中了宝玉的方案。他虽然不给宝玉一句赞扬话，但都婉转认可，甚至"点头微笑"过，显然认识到宝玉所拟比众清客高明。在蘅芜院，宝玉拟题对联为：吟成豆蔻诗犹艳，睡足荼蘼梦亦香。贾政笑道："这是套的'书成蕉叶文犹绿'，不足为奇。"贾政一下子道出来历，并在否定中肯定，没有诗识学识是不行的。在第七十八回，他令作词后，宝玉一泻无余，直让众客"大赞不止"，从这一节表现，只要平心而论，都会觉得贾氏这对父子并非等闲之辈，一个有诗才，一个有诗识，两个对长篇歌行都有真知。贾政注意到长诗不可靠辞藻堆砌，这是对的，宝玉说理虽如此但也要些辞藻点缀，这一见解也是对的。贾政点到"连转带煞"，即注意到长歌转快且要煞得住的难点，而宝玉立即付诸"实践"，转得干脆利落，难怪众清客要"拍案叫绝"。

父与子分明都是读书人，但父偏偏否定子是读书人。这原因就是贾政作为清代一个以功名为本的正统士大夫，只认"四书"等儒家经典为书，只认以科举为目的的八股文章为书。只有读"四书"读有关八股文章的人才算读书人，至于诗、词、诔、赋等都属歪门邪道、雕虫小技，全然不可提到"书"面上来。连《诗经》古文也一概不能提到书面上来。他骂宝玉："你如果再提'上学'两个字，连我也羞死了。依我的话，你竟顽你的去是正理。""……什么《诗经》古文，一概不用虚应故事，只是先把'四书'一气讲明背熟，是最要紧的。"（第九回）在此绝对标准之下，贾政便武断地认定宝玉"不喜读书"，背叛其家族的读书传统，所以袭人如此转述他谴责宝玉的心思："我家代代读书，只从有了你，不承望你不喜读书……凡读书上进的人，你就起个名字叫作'禄蠹'，又说只除'明明德'外无书，都是前人自己不能解圣人之书，便另出己意，混编纂出来的。"（第十九回脂评：宝玉目中犹有"明明德"三字，心中犹有"圣人"二字。）在贾政的理念下，即使宝玉读遍《诗经》、楚辞、唐诗、宋词、元曲，也难逃"不喜读书""不习文""不好务正"等浪子罪名。贾政尽管为人清正，但思想却极为刻板，人生只以荣宗耀祖、齐家治国为目标，书本也只是达此目即敲开功名之门的敲门砖。他深恨宝玉不争气，就在于宝玉竟然丢开敲门砖，竟然嘲弄这一打开龙门的法宝，竟然不知书之大道大义大利。此逆子之逆，就逆在一个"书"字：不喜书、不敬书，甚至把立身立家立国之本的经书扔在脑后而沉迷于诗色词色花色之中。真是"潦倒不通世务，愚顽怕读文章""于国于家无望"。而宝玉怕读八股文章，怕读孔孟经书，怕走仕途经济之路，归根结底，是怕这些书扼杀自己的真性情、真性灵，是怕这些文章毁掉自己的赤子般的生活。他来人间一回，是为了自由自在地生活，不是为圣贤、为功名而活。那些没有读过"四书"没有读过八股文章的少女，如晴雯、鸳鸯、芳官等，多么纯，多么美，天地的精英毓秀就在她们的身上。他喜爱的是这些活生生的生命，而不是起、承、转、合的八股文章，与之相应，他喜爱的是呈现生命尊严与生命诗意的诗词歌赋，哪怕是《西厢记》《牡丹亭》，偏就不喜欢之乎者也。这个永远孩子样的贵族公子无法与常人、世人同一思维和走同一道路，读书也不可能听从世俗世界的编排。他和父亲的冲突不是对封建秩序、封建制度预设的、自觉的反抗，只是在读什么书、走什么路上的分歧。唐朝也是封建制度、封建秩序，但是，如果他与父亲生活在那个时代，其冲突就不会这么尖锐，甚至不会有分歧，因为那时候科举考试的主要科目就是诗赋（也还有策论）。诗文作得好，就可以中进士，即使不走科举之路，杰出的诗人也备受敬重，也是"读书人"，谁敢说"读书破万卷"的杜甫不算读书人。所以，宝玉的"不喜读书"乃是不喜以经书圣贤的名义把书本变成饵名钓禄的工具，更怕自己在八股时文的浸泡中成为失去灵性悟性的书虫笨伯，甚至成为国贼禄鬼。第七十三回中的一句话足以说明这一点："……更有时文八股一道，因平素深恶此道，原非圣贤之制撰，焉能阐发圣贤之微奥，不过作后人饵名钓禄之阶。"这段话说明，贾宝玉确实有反叛性，但不是对圣贤的造反即不是预设的意识形态的叛逆性，更不是针对政治制度的叛逆性。总之，他不是反封建的战士，而是在封建制度下反抗窒息人性的科举方式与读书方式，也就是从根本上反抗当时知识分子的思维方式和人生道路。

宝玉与黛玉灵魂所以相通而与宝钗的心灵终隔一层，其重要的原因之一也与读书有关。宝钗的读书观与贾政相似。上文引述的她对黛玉所讲的那一篇书论，倒没有像贾政那样认定宝玉不是读书人，但认定宝玉的读书方向是错误的，不读正书，而读杂书，结果是移了性情，愈读愈坏。宝玉正是个杂学家，喜读诗词曲赋小说等杂书，"每日家杂学旁收的"（第八回），"若论举业一道，似高过宝玉，若论杂学，则远不能及"（第七十八回）。在宝钗看来，对于宝玉，严重的问题就在于读杂书，是杂书误了他，害了他，以至于把他推向不可救药的地步。总之，宝钗不认定宝玉是"不读书"，而是"错读书""读错书"，此说虽没有贾政那么独断，但骨子里也觉得宝玉不是正经读书人。

"早知日后争闲气，岂肯今朝错读书。"（第八回）读书的方向决定命运。尽管对宝玉是否算一个读书人，或是否算一个错读书人，贾府内外永远会有不同评价，但宝玉的命运与书的选择紧密相关，则是无可争议的。

读什么书？什么才是读书人？这个问题在贾政与贾宝玉父子之间变得如此尖锐，这是有原因的。唐代科举制度冲击门第贵族制度之后，经过宋明直至清，社会风气已有很大的变化。清朝虽然还保持部落贵族制度，但是科举仍然积极进行，在社会上，人们已看重才干，不那么看重血统，即使是在贾府这种贵族之家，也不是个个贵族子弟均可以继承爵位，也需要靠读书获得功名，才能荣宗耀祖，仅靠祖宗吃饭只会让人瞧不起。贾宝玉不喜欢读圣贤书，把心放到诗词、杂书之上，这等于断了读书做官的希望，也意味着贾政的子辈断了豪门雄风，这对贾政便是致命的打击。整个贾府，虽然秦可卿、王熙凤也感受到后继无人的危机，但感受最深、焦虑最深的是贾政。唯有他，明白贾府断后的严重性。《红楼梦》第二回，那位冷眼观照贾府兴衰的冷子兴讲了一段话："古人有云：'百足之虫，死而不僵'，如今虽说不及先年那样兴盛，较之平常仕宦之家，到底气象不同。如今生齿日繁，事务日盛，主仆上下，安富尊荣者尽多，运筹谋画者无一；其日用排场费用，又不能将就省俭，如今外面的架子虽未甚倒，内囊却也尽上来了。这还是小事。更有一件大事：谁知这样钟鸣鼎食之家，翰墨诗书之族，如今的儿孙，竟一代不如一代了！"
贾府内外，最痛切地感到"一代不如一代"的是贾政。因
为忧患意识最深，也就把子弟能否通过读书进取一事看作
第一等大事。第三十三回中，贾政怒不可遏，把宝玉往
死里打，直接的原因是忠顺王府长史官来查宝玉藏匿琪官
（蒋玉菡）和贾环进谗宝玉对金钏儿"强奸不遂"两件事，
但贾政对宝玉的"恨"却是累积已久，其中最要紧的一条
便是他竟不做正经的读书人。好诗词也如私藏戏子和调戏
丫鬟一样，属于好色行径，与读书立功之德完全是两码事。
一个只会咏花颂月的好色浪子孽障，怎可称作读书人。他
痛打贾宝玉，其深层原因，就在一个"书"字。

# 滥情人解读

贾琏、薛蟠等

"滥情人情误思游艺　慕雅女雅集苦吟诗"，这是第四十八回回目。

滥情人在此回中指的是薛蟠。但《红楼梦》中的人物，可称作滥情人的还有贾琏、贾蓉等。这些人用现代语言说，便是色鬼、色狼，曹雪芹用滥情人来定义他们，算是很客气了。

薛蟠的滥情是从小滥到大，从内滥到外，从女性滥到男性。最后这句话也许应当倒过来说，是从男性滥到女性。他从小就喜欢男色，第九回写他到王夫人家住下后，便知有一家学，学中广有青年子弟，便动了龙阳之兴。于是，便假来上学读书，名为上学，实际只图结交些契友（男色朋友）。而学堂内有几个小学生，图他的银钱吃穿，竟也被他哄上手，其中有两个妩媚风流外号叫"香怜"与"玉爱"的，也属他所有。但他本是浮萍心性，今天爱东，明天爱西，有了香、玉，就弃了原契友金荣，过些时，有了新契友，又丢开香、玉。那时还是童年时代，他就已是滥情的前卫人物了。因此，他后来恋上柳湘莲，然后被柳湘莲设局痛打了一顿（还被迫喝了泥塘里的脏水）就不是偶然的了。对于女性，薛蟠也是贪得无厌，打死了冯渊，把香菱收入房内之后，又娶了夏金桂，没过多少时间，又迷上金桂带来的丫鬟宝蟾。家里有妻有妾，在外还要逛妓院，锦香院的妓女云儿也是他的相好。

　　贾府里另一个滥情人是贾琏。他与鲍二家的偷情被抓住之后，贾母说他："那凤丫头和平儿还不是个美人胎子？你还不足！成日家偷鸡摸狗，脏的臭的，都拉了你屋里去。"（第四十四回）贾琏确乎如此，有一对娇妻美妾在屋里，还要和鲍二家的、多姑娘（多浑虫的老婆）闹出风流韵事。尤其荒唐的是贾赦把秋桐赐给他作妾后他还在外头偷娶尤二姐，最后又导致尤二姐吞金而亡。贾琏嗜色如命，平常离了王熙凤就要另外寻欢。女儿出痘时，他独宿两夜就熬不住，竟将院里漂亮清俊的小仆人叫来"出火"。所以一再闹出滥情的丑剧和惨剧。

　　除了薛蟠、贾琏，宁国府那边也另有滥情人在。焦大大骂"爬灰的爬灰"，指的就是贾珍。此人身边除了妻子尤氏之外，还有佩凤、偕鸾、文花等小妾。凡是到宁国府中的漂亮女子，他一个也不放过。儿媳妇秦可卿的悲剧是他造成的，尤二姐、尤三姐也是他的捕猎对象。不过，比起那个色迷迷的"肉人"贾蓉，他还是一个有些本事的人，把他归入滥情人，似太简单化了。第七十五回写中秋节前夕他和妻妾赏月行乐，忽闻墙下传来叹息之声，便忙问道："谁在那里？"连问几回，都不见回答，此时尤氏说："必是墙外家里人也未可知。"贾珍立刻斥为胡说。话还没有说完，一阵阴风吹来，弄得大家汗毛直竖，他自己酒也醒了一半。此一细节说明他不是完全的迷醉之人。作为一族之长，他还是有点清醒意识。至于他和秦可卿的关系，到底有几分真情，红学家们一直有争论，但在秦可卿死后他哭得像"泪人一般"，说自己的儿子比不上媳妇的万一，也还可以求证出贾珍对秦可卿是有情感的，至少比儿子贾蓉会欣赏卿之美。也就是说，贾珍虽也有滥情之处，但又不同于薛蟠、贾琏、贾蓉这种见色忘情的滥情人。

《红楼梦》中有两个重要概念，一是"情误"，二是"情弊"，这正是滥情的两个苦果。情误是滥情滥错了对象而自食其果，薛蟠错打了柳湘莲的主意，就属情误。结果是白白挨了三四十鞭子，还被迫喝了泥塘里的脏水，这是闹剧。而情弊则造成悲剧。"情弊"一词出自第六十回："探春听了，虽知情弊，亦料定他们皆是一党……"讲的不是滥情人之事，但这一概念正好可借用来说明滥情必定要造成情弊，即情感纠葛的弊案。这可能正是滥情人的宿命。薛蟠造成的情弊是打死了冯渊，是造成屋内妻妾你死我活的争斗以致夏金桂想用砒霜毒死香菱而在阴错阳差中反而毒死了自己。而贾琏的情弊则造成尤二姐吞金自杀，好端端的一个丽人就被埋葬在黑暗的争斗中。滥情人只有无休止的欲望，并没有真正的情感，当然也不会有责任感。因此，在情弊中，被伤害的自然是那些无助的女子。

薛蟠是滥情人的典型，他是一个欲望的化身。在世俗社会中，人有欲望是很自然的事，应当确认欲望的权利。"存天理，灭人欲""饿死事小，失节事大"的命题所以荒谬、虚假并且行不通，就在于它完全否定欲望的合理性。但是，处于社会之中，自己有欲望，又要尊重他人的欲望。而自己的欲望又要"适可而止，有分有寸"。滥情人的问题首先是没有真情，只有欲没有情，然后是欲不知止，放不下。贾瑞临死之前，道士给他"风月宝鉴"，并嘱他："……千万不可照正面，只照他的背面，要紧，要紧！三日后吾来收取，管叫你好了。"（第十二回）大乘佛教讲"观止"，曹雪芹说"好了"，常照为观，寂然为止，如果贾瑞知止知了，就会好，不知止不知了就不好。但他不听道士劝告，偏偏又看色相，放不下妄念欲念，结果只能一命呜呼，自己也变成骷髅。所以滥情人都是贾瑞式的这种只有欲望没有真情而且放不下欲望止不住妄念的人。薛蟠、贾琏等也是如此。

　　滥情人与痴情人不同。痴情人有真情，滥情人却没有真情。痴情人尚需知止，更不用说滥情人。《红楼梦》写了一大群痴情人，但也暗示应当"始于痴，止于悟"，不知止是"迷"，是"众"，知止则是"觉"，是"佛"。关于这一点，脂砚斋说得很分明，本书在此论与痴人论中都要引用：

　　　　宝玉至终一着全作如是想，所以始于情终于悟者，既能终于悟而止，则情不得滥漫而涉于淫佚之事矣。

　　滥情人便是"情滥漫而涉于淫佚"，而且不知止。我在很多年前所作的《人论二十五种》中，有一篇《肉人论》，说所谓肉人就是只有肉没有灵、只有欲望没有精神的人。今天就情而言，肉人也可以界定为只有欲没有情的人。如果说，美是自然（肉）的人化，那么，肉人则是人的退化，是美的反方向。滥情人最终便成肉人。在文中所排列的二十五种人序中，属于倒数第二名，比最后的一名"小人"略高一些。这大约是肉人虽贪欲，但没有小人的卑鄙。贾宝玉所以还能与薛蟠为友，便是薛蟠虽放荡，但不卑鄙。

曹雪芹称薛蟠为滥情人，但不会说贾宝玉是滥情人。读者也绝对不会以为宝玉滥情。宝玉是个兼爱主义者，他不像黛玉那样专情，他泛爱，钟情于许多女子，被警幻仙姑称作天下第一淫人。为什么人们不会觉得他是个滥情人？只要不着表相，而看内里，就会明白贾宝玉与薛蟠的天渊之别，而最大的区别有两点：一，宝玉有真情，薛蟠没有真情。换句话说，宝玉是用真心去对待每个女子，而薛蟠则是用妄心去玩弄女子。同样对香菱，宝玉和她是诗情关系，薛蟠则是欲情关系。香菱是宝玉的一个审美对象，一个情感寄寓对象，而对于薛蟠，则只是一个满足欲望的小妾。香菱沉醉于诗，这对宝玉有意义，对薛蟠则毫无意义。二，宝玉只有情，没有欲（童少时有，成熟时就没有），而薛蟠则相反。所谓"意淫"，就是放下肉欲的情感向往，或者说，是恋情、倾慕之情在想象中的实现，它近似精神之恋，又不仅是精神之恋。它是审美，又是情感的满足。贾宝玉确有痴情的泛化，但没有情欲的泛滥。换句话说，他止于意淫，而薛蟠则是滥淫。

　　现代社会是多元社会，与此相关，人类的情感也趋向多元，所以很少有愿意守寡守节的女子，这本来也无可指责。但是由于世界向物质倾斜，心灵原则退化，欲望也空前膨胀，于是，拥有权力与财富的人们，便无休止地追逐色相。这样，在私人生活领域，便产生一种大现象，这就是痴情人愈来愈少，滥情人愈来愈多。像林黛玉这种痴人，甚至像宝玉这种痴人，成了稀有生物，而像薛蟠、贾琏、贾蓉这类滥情人则大量繁衍，未来的世界，很可能是滥情人的世界。

# 嫌隙人解读

赵姨娘、邢夫人、夏金桂等

《红楼梦》第七十一回的回目上半句为"嫌隙人有心生嫌隙"。所谓嫌隙人乃是无事生非的人，刻意制造是非的人。中国人真是创造语言的天才。隙本是隙缝，牛角尖尖，但是有闲极无聊的人偏偏要去寻找隙缝，往死角里钻。在《金瓶梅》中，潘金莲、春梅等主角都是嫌隙人。但在《红楼梦》中，嫌隙人却是配角，多半是一些已婚的太太、婆婆、老妈子。贾宝玉担心女儿出嫁后会变成"死珠""鱼眼睛"，恐怕就是害怕好端端的纯真少女变成嫌隙人，这可是由美向丑的大转变。

第七十一回写贾母八十寿辰，宫廷内外的王公贵胄都来庆贺。这可是贾府头等盛事，仅筵席就摆了好几天。盛事中，不仅主人忙，奴才更忙，尤其是那些高等管家奴才，都要在这个时候表现一下自己的才干，连那个平常老实的费婆子（尤氏陪房，原是邢夫人陪房）也坐不住。她看到别的陪房包括邢夫人的陪房王善保家的、王夫人的陪房周瑞家的、王熙凤的陪房来旺家的等都风风火火，自己却冷冷清清，本就有失落感，再加上周瑞家的仗势捆了她的亲家，她更坐不住，便要钻到多事洞里折腾一番。小说写道：

> 　　这一个小丫头果然过来告诉了他姐姐，和费婆子说了。这费婆子原是邢夫人的陪房，起先也曾兴过时，只因贾母近来不大作兴邢夫人，所以连这边的人也减了威势。凡贾政这边有些体面的人，那边各各皆虎视眈眈。这费婆子常倚老卖老，仗着邢夫人，常吃些酒，嘴里胡骂乱怨的出气。如今贾母庆寿这样大事，干看着人家逞才卖技办事，呼幺喝六弄手脚，心中早已不自在，指鸡骂狗，闲言闲语的乱闹。这边的人也不和他较量。如今听了周瑞家的捆了他亲家，越发火上浇油，仗着酒兴，指着隔断的墙大骂了一阵……

除了费婆子，还有宁府里的赖升及荣府里的林之孝夫妇、赖大夫妇、周瑞夫妇和来旺夫妇等，都是贾府里的高等奴才，也是嫌隙的能手。夫妇一对，男的当管家，女的当陪房。当上陪房，为了争宠争地位，总喜欢逞才卖技，呼么喝六，费婆子的不满，也不过是没有表演的机会罢了。但这点不满，往往要酿成大骂，甚至恶斗。这些嫌隙人在主人面前自称"下人"，但在其他丫鬟和小奴隶面前则是如狼似虎的"伥人"。王熙凤曾说："这些管家奶奶们，那一位是好缠的？……'坐山看虎斗''借剑杀人''引风吹火''站干岸儿''推倒油瓶不扶'，都是全挂子的武艺。"（第十六回）嫌隙人的主要成分是这些喜欢引火吹火的管家奶奶。

作者在第七十一回的叙述中有句同情与理解的话："妇女家终不免生些嫌隙之心。"对他者有所猜忌，这是人性的弱点，所以不可见到猜忌心就给扣上"嫌隙人"的帽子。即使小说中最优秀的人物林黛玉也在所难免。但是，她追求的毕竟是诗意的生活，有些猜疑（例如她原以为宝钗"藏奸"），经过心灵的交往，最终还是消解了。第四十二回钗黛的一席心灵对话，留给读者的是永恒的人性光明。至于她俩灵魂路向的不同——一者重伦理，长于世故；一者重自然，长葆天真——这是人生不同的选择，难以强求归于一统。钗黛的分殊，与潘金莲那种非置李瓶儿于死地不同，也与夏金桂非置香菱于死地不同。"呆霸王"薛蟠之妻夏金桂才是一个道道地地的嫌隙人。

夏金桂本来也是有才有貌的佳人，不仅有几分姿色，而且颇识得几个字，若论心中的丘壑经纬，颇步王熙凤之后尘。"只吃亏了一件，从小时父亲去世的早，又无同胞弟兄，寡母独守此女，娇养溺爱，不啻珍宝，凡女儿一举一动，彼母皆百依百随，因此未免娇养太过，竟酿成个盗跖的性气。爱自己尊若菩萨，窥他人秽如粪土；外具花柳之姿，内秉风雷之性。"（第七十九回）嫁到薛家后，自以为要做当家的奶奶，比不得做女儿时的腼腆温柔，须要拿出一点威风来，才镇压得住他人。她的第一步是要"制伏"气质刚硬、举止骄奢的丈夫，后又发现丈夫有香菱这样一个才貌俱全的爱妾在室，便生猜忌之心。这个香菱便成了她嫌隙的主要对象。薛蟠是个喜新厌旧的家伙，在新婚新鲜的兴头上，不得不凡事尽让她些，但她却越发放肆，一步紧似一步，迫使薛蟠的气概渐次低矮下去。更可怜的是，她竟开始全力整治香菱。香菱是个极单纯的又美又呆的女子，金桂尚未入阁之前，她满心高兴薛蟠又有新人，宝玉预示来者麻烦时，她还生宝玉的气。这是一个天底下最好相处的人，但是，夏金桂就因为她才貌双全而生嫉妒，无端地产生"宋太祖灭南唐"之意和"卧榻之侧岂容他人酣睡"之心。但是，天真单纯的香菱实在无隙可击，无缝可钻，即便如此，姓夏的嫌隙人还是从她的名字入手，先做挑衅，硬是把宝钗起的"香菱"改为秋菱。"就依奶奶这样罢了"，香菱也没意见。金桂更感到无处生非。正好此时，滥情人薛蟠"得陇望蜀"，又看上了金桂的丫鬟宝蟾，金桂觉察其意，便想："正要摆布香菱，无处寻隙，如今他既看上了宝蟾，如今且舍出宝蟾去与他，他一定就和香菱疏远了，我且乘他疏远之时，便摆布了香菱。"（第八十回）主意拿定之后，便实施其计划，让薛蟠把宝蟾纳入房中。没想到宝蟾却渐渐跋扈起来，而且和薛蟠烈火干柴，便把金桂忘在脑后，并一冲一撞地与金桂拌嘴吵闹，急得金桂又骂又打，而宝蟾也拾头打滚，寻死觅活，弄得薛家鸡犬不宁，薛蟠也因此不得安生而躲出家门，之后却又犯了人命官司而坐了牢。夏金桂在家里耐不住寂寞，竟打薛蝌的主意，使尽各种丑陋伎俩勾引诱惑，但薛蝌总是逃躲回避，有一次正是金桂拉住薛蝌往死里拽时，偏又被香菱撞散，由此金桂更是对香菱恨入骨髓。最后，她竟然下了毒手，命宝蟾做了两碗汤，给她和香菱喝，她在香菱的汤里放下砒霜。想不到宝蟾因不服气，就在香菱的汤里放了一把盐，并调换了汤碗。刚端上汤，金桂又差使宝蟾出门雇车，鬼使神差之下她竟喝下了有毒的那一碗，死于自己的毒手。

夏金桂这类嫌隙人，有术无道，总是相信自己的一点小聪明，喜欢耍弄一点小心计、小伎俩。伎俩倘若得逞，行之有效，其效果也是有限；倘若不能得逞则自讨没趣，自食其果，严重时便自毁名誉，自戕身心，落得悲惨的下场。这种人经常发生的事便是搬起石头砸自己的脚。

曹雪芹真是大手笔，他既写贾宝玉、林黛玉、妙玉等无比高洁、气质非凡的玉人、可人形象，也写邢夫人、夏金桂及一些昏聩奴才等的嫌隙人形象，让人在比较之中惊叹人与人的差别如此之大，从而感到必须时时自救，千万不可落入无谓的猜忌与怨恨之中。

在大家庭里出一两个热衷于引火吹风的嫌隙人，这个家庭便不得安宁。如果在一个社会中嫌隙人多，甚至嫌隙成为一种社会风气，这个社会虽不至于崩裂瓦解，但也难以洁净。嫌隙人对社会的破坏虽是小打小闹无伤大局，但令人心烦气躁。中国的土匪、强盗虽会危及社会大秩序，但也派生出一些可让人神往的英雄、枭雄的故事，唯独嫌隙人只能让人恶心。鲁迅先生希望自己的敌手是狮子、老虎、鹰鸷，让人看了神旺。千万不要是一些癞皮狗，胡咬乱吠，没有任何审美价值。鲁迅先生还多次呼吁不要把"姑嫂勃豀"的计法搬到文坛，其意思正是说别把嫌隙功夫等生存小技巧搬到文坛。一个创造美、创造人间审美理想的文坛，怎可以整天叽叽喳喳、引风吹火？怎可以不面对作品、面对精神价值创造的大真大美而整天盯着写作者的私人隙缝？贾府里浑身俗气的管家婆子最高的乐趣是给主子打小报告，把晴雯、芳官这种至真至善的青春生命描绘成狐狸精，文坛怎可也如此充满低级趣味甚至也热衷于给诗人们送阴风施冷箭？鲁迅是中国现代文学史上的伟人灵魂，他是顶天立地的汉子，任何狮虎熊罴都无法把他征服，但对于以谣言和小道消息为武器的犬鼠般的嫌隙之辈，他实在无能为力，最后也只有远离他们一法了。用他的话说：千万别向他们靠近。然而，他也正告嫌隙家们，你们的本事归根结底是一种捣鬼之术，此术固然有效，但有限。捣鬼家没有一个能做出真事业的。

# 尴尬人解读

贾赦等

　　《红楼梦》第四十六回的回目是"尴尬人难免尴尬事　鸳鸯女誓绝鸳鸯偶"。所谓尴尬人，乃是思维与行为都不正常、都违反常理的人。中国语汇系统中有"荒唐"二字，尴尬人也就是荒唐人。贾赦和邢夫人这对贵族官僚夫妇，就是让人厌恶的尴尬人、荒唐人。

　　先说第四十六回所写的尴尬事：贾赦想娶他的老母亲的贴身丫鬟鸳鸯做妾。贾赦与前妻所生的儿子贾琏已经有了女儿巧姐儿，这个当了爷爷的袭荣国公世职的一等将军，现有邢氏做妻子外，还有周姨娘、嫣红做妾，但不满足，又打鸳鸯的主意。而这个鸳鸯是贾母须臾不可离开的丫鬟，就像她的手臂，连什么行牙牌令都要她在旁提调。贾赦竟然想挖老母亲的墙脚，娶一个少女做妾。老家伙娶少女，不能笼统说是反道德，但至少可说是反自然。这本就荒唐至极。可是，贾赦的妄念产生后，事情的过程是"更向荒唐演大荒"。贾赦这个尴尬人引出邢夫人这个更为尴尬的人，她更是违反常理常情地充当贾赦的说客，为丈夫娶妾四处奔走，又找贾琏，又找王熙凤，自己碰了一鼻子灰，还怪儿子媳妇不努力。更荒唐的是还直接找鸳鸯，"拉着鸳鸯的手笑道：'我特来给你道喜来了。'"明明是办歪事，走歪道，竟又说出一套歪理。贾赦和邢夫人这对活宝，不仅有荒唐事，而且还有一套杜撰的荒唐思维。曹雪芹精彩地写出这对尴尬夫妻极为荒唐的思维逻辑。按照邢夫人的逻辑：鸳鸯如果拒绝，那是鸳鸯的错。而贾赦的思维逻辑和邢夫人一样荒唐：如果鸳鸯拒绝，那一定是鸳鸯另有所爱。

邢夫人道："你知道你老爷跟前竟没有个可靠的人，心里再要买一个，又怕那些人牙子家出来的不干不净，也不知道毛病儿，买了来家，三日两日，又要奸鬼吊猴的。因满府里要挑一个家生女儿收了，又没个好的：不是模样儿不好，就是性子不好，有了这个好处，没了那个好处。因此冷眼选了半年，这些女孩子里头，就只你是个尖儿，模样儿，行事作人，温柔可靠，一概是齐全的。意思要和老太太讨了你去，收在屋里。你比不得外头新买的，你这一进去了，进门就开了脸，就封你姨娘，又体面，又尊贵。你又是个要强的人，俗语说的，'金子终得金子换'，谁知竟被老爷看中了你。如今这一来，你可遂了素日志大心高的愿了，也堵一堵那些嫌你的人的嘴。跟了我回老太太去！"说着拉了他的手就要走。鸳鸯红了脸，夺手不行。

邢夫人知他害臊，因又说道："这有什么臊处？你又不用说话，只跟着我就是了。"鸳鸯只低了头不动身。邢夫人见他这般，便又说道："难道你不愿意不成？若果然不愿意，可真是个傻丫头了。放着主子奶奶不作，倒愿意作丫头！三年二年，不过配上个小子，还是奴才。你跟了我们去，你知道我的性子又好，又不是那不容人的人。老爷待你们又好。过一年半载，生下个一男半女，你就和我并肩了。家里人你要使唤谁，谁还不动？现成主子不做去，错过这个机会，后悔就迟了。"

按照邢夫人的逻辑，自己的丈夫讨鸳鸯做妾简直是天大的好事、美事、盛事，而鸳鸯能被看中选中又是天赐的发达之机，荣耀之机，进入金门龙门之机，如果拒绝，那真是天大的傻事。在这个庸俗到极点的女人看来，这世界的价值就是她丈夫所拥有的爵位、权势、金钱，谁沾上她的丈夫，能和她丈夫分上一杯羹就是福气、运气、神气，简直幸运极了。这个女人没有灵魂，所以她不知道人间有"羞耻"二字，不知道无论什么人都需要有做人起码的尊严和廉耻。正因为她不知道，所以就从一个俗人变成歪人，又从歪人变成妄人，一生充满妄心、妄言、妄为、妄行，替丈夫当媒婆说客，只是其妄行的一次表现。她平常"只知承顺贾赦以自保，次则婪取财货为自得；家下一应大小事务，俱由贾赦摆布。凡出入银钱事务，一经她手，便克啬异常，以贾赦浪费为名，'须得我就中俭省，方可偿补'。儿女奴仆，一人不靠，一言不听的"。贾琏、迎春不是她的亲生儿女（亲生的只有贾琮），她便不依靠，而去依靠娘家下流的兄弟"邢大舅"和王善保家的这种仗势欺人的骄悍奴才。那种抄检大观园的丑剧便是她发动起来的。傻大姐捡到一个画有春意儿的绣春囊，竟使她吓黄了脸，然后以此为由，联合王夫人干起欺凌底层奴仆的勾当。结果还是探春狠狠给了王善保家的一巴掌，直接打在伥人身上，间接也打在邢夫人这样的歪人、妄人脸上。可是，人的品性难以改变，贾母死时，她以长媳主持丧事，却硬是不肯把治丧的银子发放出来。直到家被抄，丈夫被拘捕，大难降临于贾府，她还应允贾环把巧姐儿卖给藩王，一妄到底。这个妄心妄目的女人，最让人感到匪夷所思的是她竟充当丈夫纳妾丑行的先锋与打手，千方百计地逼迫鸳鸯就范。但更不可思议的是贾赦竟有一种比邢夫人还荒唐的思维逻辑。

　　鸳鸯只咬定牙不愿意。他哥哥无法，少不得去回覆了贾赦。贾赦怒起来，因说道："我这话告诉你，叫你女人向他说去，就说我的话'自古嫦娥爱少年'，他必定嫌我老了。大约他恋着少爷们，多半是看上了宝玉，只怕也有贾琏。果有此心，叫他早早歇了心。我要他不来，此后谁还敢收？此是一件。第二件，想着老太太疼他，将来自然往外聘作正头夫妻去。叫他细想，凭他嫁到谁家去，也难出我的手心。除非他死了，或是终身不嫁男人，我就服了他！若不然时，叫他趁早回心转意，有多少好处。"贾赦说一句，金文翔应一声"是"。贾赦道："你别哄我，我明儿还打发你太太过去问鸳鸯，你们说了，他不依，便没你们的不是。若问他，他再依了，仔细你的脑袋！"

贾赦此时除了一脸恶相、凶相、无赖相、泼皮相之外，竟想到"自古嫦娥爱少年"的大俗语，可是这句大俗话套在自己的事上，便成了鸳鸯不愿意就范是因为看上宝玉甚至看上自己的儿子贾琏了。心思一歪再歪，先是歪上鸳鸯，现又歪上宝玉、贾琏，接着又歪到鸳鸯的哥哥嫂嫂了。歪曲、威逼、恐吓、利诱、恫吓，亮出手心，使出铁腕，真是一肚子脏水、坏水、毒水。

　　在《红楼梦》的叙事艺术体系中，常运用"对子"性格互衬手法。在贾家老爷人物中，贾政与贾赦显然是一对：一个是正人，一个是歪人；一个是端方相，一个是尴尬相。虽说贾政也有儒冠面具，也有凶狠处（如狠打宝玉），但毕竟守着一定的道德边界，也有自己的心灵原则。不忍之心、恻隐之心、同情之心，总还是有的。而这个贾赦，却只有一张世袭的人皮，内里全是一团烂泥。《红楼梦》中的泥浊世界，其主体正是贾赦和其他一些同类浊物。此人身上除了权术、霸术之外，便是荒淫无耻之念。林黛玉对男性格外警惕。宝玉将北静王水溶赠的鹡鸰香串赠给她时，她竟拒绝说："什么臭男人拿过的！我不要他。"（第十六回）黛玉所骂的"臭男人"，用于贾赦之流，极为合适。贾赦正是贾氏两府中的头号臭男人。连最驯良的袭人都骂：这个大老爷，真真太下作了！略平头正脸的，他就不能放手。我们在这两位女子骂完之后能说的只是：要知道中国男子从身体到灵魂会丑陋恶心到什么地步，看看贾赦这位一等将军便可知道。

用尴尬人来界定贾赦之流，显得太轻。贾赦夫妇开始出发的尴尬处境本是一种荒诞困境。正常人在困境中挣扎，想走出困境，总得遵循一定的心灵原则，持守一定的道德边界。可是，这个贾赦偏偏无视维系人类社会的基本原则，只迷信权势的力量，以为凭借权势可以得到一切，也可以践踏一切道德准则和社会准则，于是，便从尴尬走向无耻，从贪婪走向穷凶极恶，以至于走向剥夺与杀伤无辜的生命，也从尴尬人变成狼人与罪人。贾赦这种权势浊物以为权势可以建造高等价值，没有想到权势使他变成最无价值的低等社会生物。

"尴尬"概念虽轻，却极为确切。曹雪芹显然在揭示一种世袭的尴尬：贵族的世袭制度愈袭愈尴尬。第一个被皇帝赐封爵位的多半应有一些功勋、一些本事，但继位的后人却不是凭才干而是凭血统而承袭祖辈的光荣，多半有其名无其实。像贾赦这个人，承袭的是荣国公一等将军的爵位，在清代王公爵位二十七个等级中，他的地位是很高的。但是，其才能、品格、作风没有一样能与"公爵"相称。此人既无武功，又无文功，既无学问，又无道德，接近于废物，但他却不仅身居高位，而且怀有一种无休止地占有一切的贪欲贪婪之心。这种本事很小、野心很大、心胸很窄、欲求很高的尴尬，是一种普遍性的尴尬，至少在世俗贵族、世俗官僚中，是一种普遍性的尴尬。中国很有智慧的先贤，用"志大才疏"四个字来形容这种尴尬。其所谓志，乃是一种不知满足的权力意志，即囊括天下财富、女色于一身的狂妄大志；可惜其所谓才，则等于零。《红楼梦》文本中所说的"国贼禄鬼"，他就是典型的一个了。

# 势利人解读

封肃、变童师父等

第九十五回写道，岫烟走到栊翠庵，见了妙玉，不及闲话，便求扶乩。妙玉冷笑几声，说道："我与姑娘来往，为的是姑娘不是势利场中的人。今日怎么听了那里的谣言，过来缠我。"势利场中的人，也就是势利人。这种人，在《红楼梦》中常被嘲讽，是心性丑陋的一种人。但在势利社会里，这种人很多。如果我们把康德的美即超功利这一经典定义缩小一点内涵，那么，美至少必须超势利。势利的眼睛是丑陋的眼睛，势利的心肠是丑陋的心肠，这是无可争论的。《红楼梦》中的痴人、可人、玉人等真正的美人，她们一定是与势利人、势利场保持距离的，所以妙玉说她素来不与势利人来往。

《红楼梦》第一回就写了一个势利人，这是甄士隐的岳父封肃。甄氏本来是当地的望族，禀性恬淡，不以功名为念，每日只以观花修竹、酌酒吟诗为乐，属于神仙一流人物。美中不足的是身至半百，膝下无儿，只有一个三岁小女，乳名叫英莲，这就是后来成为诗痴的香菱。在英莲走失之后的第二年，甄家又被葫芦庙所起的大火烧得一干二净，士隐只好带着妻子封氏来投奔岳父封肃。这封肃是殷实农家，"见女婿这等狼狈而来，心中便有些不乐。幸而士隐还有折变田地的银子未曾用完，拿出来托他随分就价薄置些须房地，为后日衣食之计。那封肃便半哄半赚，些须与他些薄田朽屋。士隐乃读书之人，不惯生理稼穑等事，勉强支持了一二年，越觉穷了下去。封肃每见面时，便说些现成话，且人前人后又怨他们不善过活，只一味好吃懒作等语"。甄士隐这样一个一流人品，就在这么一个嫌贫慕富的岳父家过着忍气吞声的生活。他与贾雨村是朋友，原先曾鼓励雨村应当"不负所学"，并赠五十两银子及两套冬衣，助雨村入都应试。贾雨村中了进士之后，回来任府太爷，并来探望有恩于自己的朋友。那时甄士隐已不顾妻子而随跛足道人飘然远走。在此次探望中，贾雨村向甄士隐的妻子求娶她的丫鬟娇杏作为二房（这是奇缘，只因当年雨村和士隐相见时，此丫鬟曾偶然一顾）。此事可喜坏了封肃。关于这桩故事小说写道：

至次日，早有雨村遣人送了两封银子、四疋锦缎，答谢甄家娘子；又寄一封密书与封肃，转托问甄家娘子要那娇杏作二房。封肃喜的屁滚尿流，巴不得去奉承，便在女儿前一力撺掇成了，乘夜只用一乘小轿，便把娇杏送进去了。雨村欢喜，自不必说，乃封百金赠封肃，外谢甄家娘子许多物事，令其好生养赡，以待寻访女儿下落。封肃回家无话。

凡势利人，都是以钱财多寡、地位高低的标准来看人和决定自己的态度。这个封肃看不起穷愁而有才的女婿，可是，被女婿帮助的朋友有了权势之后他却巴不得奉承，一说要娶女婿家的丫鬟为妾，他竟喜得"屁滚尿流"。曹雪芹用这四个字，真把势利人的丑态写得淋漓尽致。封肃这种势利蠢人，永远也分不清伟大与渺小、崇高与鄙俗，永远也不知道人与人生的根本，只知崇拜钱势与财势。他永远无法了解他的女婿甄士隐比他想巴结奉承的县太爷贾雨村高贵千倍万倍，精彩千倍万倍。可是封肃这种人到处都是。《红楼梦》的一大艺术手法是谐音隐喻，所谓封肃，便是"风俗"。社会风俗风气都嫌贫好利，欺穷慕富，封肃不过是风俗中人、风气中人罢了。

红学家吴恩裕先生曾对高鹗改掉"屁滚尿流"四个字

很不满意，并做如此批评：

### 曹、高写封肃之异趣

曹雪芹写红楼梦多用出人意外之笔，第二回写贾雨村"遣人送了两封银子，四匹锦缎，答谢甄家娘子，又寄一封密书与封肃，托他向甄家娘子，要那娇杏作二房。封肃喜的屁滚尿流，巴不得去奉承，便在女儿前一力撺掇成了"。此等处显系作者甚鄙封肃之为人，故作斯语，然高鹗续书，并此等处亦改之，乃作："那封肃喜得眉开眼笑"，则悖雪芹原意远甚矣。曹与高之高下，亦可于此觇之。

吴先生批评得好。但笔者还有一点没有弄清的是，高鹗在续书时是不是也对原书（至少前八十回）做了改动？我一直读人民文学出版社的一百二十回本（署名曹雪芹与高鹗），幸而还保留"屁滚尿流"，但读浙江人民出版社的线装本（也是署名曹、高的一百二十回本）却是"眉开眼笑"了。

《红楼梦》还写了许多如王善保家的这等势利奴才，她们的本事全在巴结主子、欺负下人，也属见到金银财宝便喜得屁滚尿流之辈。即使没有屁滚尿流，至少也眼睛发亮，心里发软，变换一种心思。例如司棋的母亲，因为嫌弃女儿所爱的穷表弟潘又安，有次竟然动手要打。最后气得司棋撞墙而死。此时，这位势利母亲便哭着要潘又安偿命。潘又安深知这位母亲的品性，对她说："你们不用着急。我在外头原发了财，因想着他才回来的，心也算是真了。"说完从怀里掏出一匣子金珠首饰来。司棋母亲一看到金子态度立即变化，"看见了便心软了"，只怪女婿怎么早不言语（第九十二回）。言下之意是，早知你有金银财富，我哪能不成全。可是，潘又安也是个痴人，接着便用小刀往脖子里一抹，自杀随司棋远走了。势利导致一对痴情儿女的惨死，这是曹雪芹给势利人的一次告诫。

《红楼梦》还有一段痛斥势利人的书写，十分精彩。开骂的是邢夫人的弟弟、"傻大舅"邢德全。那天他和薛蟠到贾珍府上聚赌，此次赌局规模甚大，光停在府前的大车就有四五辆，骑马来的还不知多少，再加宁国府中的老爷、少爷，真是热闹。招待赌客的是打扮得"粉妆玉琢"的两个娈童。薛蟠掷第二牌而成赢家后，贾珍叫暂停，摆酒席并陪着薛蟠吃。薛蟠在兴头上，便搂着一个娈童吃酒，又命将酒去敬邢傻舅。可是，邢德全此晚是输家，心里有火，便趁着醉意骂两个娈童只赶着赢家不理输家。接着便是小说的一段描述：

……傻舅输家，没心绪，吃了两碗，便有些醉意，嗔着两个娈童只赶着赢家不理输家了，因骂道："你们这起兔子，就是这样专沈上水。天天在一处，谁的恩你们不沾，只不过我这一会子输了几两银子，你们就三六九等了。难道从此以后再没有求着我们的事了！"众人见他带酒，忙说："很是，很是。果然他们风俗不好。"因喝命："快敬酒赔罪。"两个娈童都是演就的局套，忙都跪下奉酒，说："我们这行人，师父教的不论远近厚薄，只看一时有钱势就亲敬；便是活佛神仙，一时没了钱势了，也不许去理他。况且我们又年轻，又居这个行次，求舅太爷体恕些我们就过去了。"说着，便举着酒俯膝跪下。

邢大舅心内虽软了，只还故作怒意不理。……这邢大舅便酒勾往事，醉露真情起来，乃拍案对贾珍叹道："怨不的他们视钱如命。多少世宦大家出身的，若提起'钱势'二字，连骨肉都不认了。老贤甥，昨日我和你那边的令伯母赌气，你可知道否？"贾珍道："不曾听见。"邢大舅叹道："就为钱这件混账东西。利害，利害！"

邢德全的醉骂虽然首先指向他的势利姐姐邢夫人，但却说出一个重要信息：势利人提起"权势"二字，连骨肉都不认了，为了钱财而六亲不认是常事，即势利人心里只有权势，没有情义。上述这段描写，还让我们惊悉，人间社会还有一种从小开始的势利教育——娈童的老师如此教导徒弟：不论远近厚薄，只看一时有钱势就亲敬；便是活佛神仙，一时没了钱势了，也不许去理他。原来，小男妓的势利，并非无师自通，还是有师承传承关系的。他们的师父所传授的势利哲学看似简单，细想起来真让人惊心动魄，人性居然可以自私到这等地步。难怪孟子讲了人禽之辨后还要讲利义之辨。原来，人一旦见利忘义并且走到极端，就会变成只认钱势的家禽。势利不仅行之有"道"，而且传之有"法"，后继有人，难怪势利人总是生生不息，至今仍然布满崇拜权势的势利人，八九十年前鲁迅说，中国人一听到某绅士有田三百亩就佩服得不得了，现在则是听说某大款有数亿资产便佩服得五体投地。难怪当年的傻大舅要感慨：权势这件混账东西，利害，利害！

# 小人解读

赵姨娘等

　　《红楼梦》第七十一回写道："又值这一干小人在侧，他们心内嫉妒挟怨之事不敢施展，便背地里造谣生事，调拨主人。"小说文本中，"小人"一词多次出现。仅这句话，就可知道在曹雪芹心目中，小人至少有如下特征：善于嫉妒，善于挟怨（即善于怪罪他人），善于生事，善于造谣，善于挑拨。除了强烈的排他性之外，曹雪芹还特别准确地说明了小人的两种基本人生策略：一是"背地里"捣鬼，善于搞阴谋诡计，全然不知人间有"光明磊落"这一品格；二是"一干人"合作，即喜欢拉一派、打一派，好立山头，好搞小圈子，好结党营私。曹雪芹不说"一个人"，而说"一干人"。"一干人"即一伙、一团、一党。曹雪芹论小人的文字，把孔夫子关于小人的界定几乎全说到了。孔子说："君子群而不党，小人党而不群。"又说"君子坦荡荡，小人长戚戚"（《论语·述而》）；"君子周而不比，小人比而不周"（《论语·为政》）；"君子怀德，小人怀土"（即君子重品德，小人重财物，见《论语·里仁》）；"君子和而不同，小人同而不和"（《论语·子路》）；"君子泰而不骄，小人骄而不泰"（《论语·子路》）；"君子求诸己，小人求诸人"（《论语·卫灵公》）。最后这一特点，正是曹雪芹所说的"挟怨"，有责任不能自己承担，总是埋怨别人，把责任推给别人。

孔孟这两个儒家奠基者，各自都有独特的思想贡献。孟子的三辨（人禽之辨、义利之辨、王霸之辨）和孔子的君子、小人之辨，对中国的世道人心影响特别深远，人为什么要自救？要不断自我反省？在孟子看来，就是为了避免堕入禽兽之列，在孔子看来则是为了避免堕入小人之列。而一个国家、一个社会、一个团体，如果被小人所摆布，那就会灾难无穷。人可以有不同的政治立场、政治选择，但是，品格具有超越政治的独立价值，无论做何种政治选择，都不可做危害社会的卑鄙小人。这是孔孟留给中国人的道德遗训。关于《论语》中的小人概念，常有不同解释。它有时是指"仆隶下人"（《朱熹集注》），但从《论语》的整个语境看，和君子对应、对立的"小人"概念，是指人格黑暗、卑劣的末人，则是不容置疑的。所以文子把人划分为二十五等时，把小人划入最后一等，比肉人（妓女）还不如，还等而下之。

　　贾府的不幸是小人丛生。一个产生皇妃的堂堂贵族府，竟有一干子小人，可见小人在府中的比例相当大。提起小人，大家都会想到赵姨娘和她的儿子贾环。趁贾府之危，策划把巧姐儿卖给藩王的一干人：从贾环到贾芸到王仁到邢夫人，哪一个不是小人？但是，首先会想到的还是赵姨娘，这是因为她具有一个小人最重要的特征，就是用见不得人的黑暗手段谋取利益，甚至谋害他人的性命。而她犯的正是这一条。她只恨王熙凤与宝玉，竟买通马道婆施用魔魔法想把他们两人置于死地。她好坏是贾政的姨娘，探春和贾环的母亲，生活在贵族之家，可是她一点自尊心、羞耻心都没有，完全不知人该有人样，为了茉莉粉那一点芝麻大的事，她竟不顾脸面跑到怡红院质问芳官，并和四个小戏子打成一团。这种人自然让人瞧不起，连她的女儿探春也瞧不起她。探春有赵姨娘这样的母亲，还不能算不幸。而像秦可卿这种天生丽质、无比高雅的"玉人"，却嫁给贾蓉这样一个只会吃喝嫖赌、没有灵魂的小人却是真正的悲剧。贾蓉在调戏尤氏姐妹时，尤二姐把口里的东西连带唾沫啐到他的脸上，他竟无耻地吃进肚里，"尤三姐便上来撕嘴，……贾蓉忙笑着跪在炕上求饶，他两人又笑了。贾蓉又和二姨抢砂仁吃，尤二姐嚼了一嘴渣子，吐了他一脸。贾蓉用舌头都舔着吃了"（第六十三回）。小人的卑鄙以至于此，人性会堕落到什么地步，正常人往往想不到。

要说君子与小人的对照，在《红楼梦》里，莫过于宝玉和贾环这对兄弟了。宝玉周而不比（爱而无私），贾环"比而不周"（偏执自私而无博爱）；宝玉"群而不党"，贾环"党而不群"；宝玉"坦荡荡"，贾环"长戚戚"；宝玉怀德，贾环怀土；宝玉"泰而不骄"，贾环"骄而不泰"……宝玉属文子二十五种人中的头三等人（真人等），贾环则属于最后的下三滥。人与人的差别，真比人与动物的差别还要悬殊。但是，值得注意的是宝玉从不把贾环视为小人，甚至贾环用蜡油烫伤他的脸肆意加害他，他也没有把贾环当作小人。像宝玉这种具有大慈悲精神的博爱者，很难把某个人（包括敌人）视为小人，也就是说，宝玉的"不二法门"贯彻之后，绝不会轻易地做君子与小人之分。正像释迦牟尼、慧能，他们也绝不会做此分类。确认每个人的自性深处都有可开掘的佛性基因，这正是佛教的伟大性，比爱更伟大的超越情怀——大慈悲情怀。孔子只有道德的彻底性，没有宗教的彻底性。所以，宗教境界乃是高于道德的天地境界，贾宝玉正是天地境界中人。但小人又是现实存在物，宝玉对他们没有仇恨，但他活在人间，又不能不面对一干小人黑暗的行为，特别是他们无端摧残至真至美的生命时，他也发出谴责之声，其《芙蓉女儿诔》就对加害晴雯的小人进行抨击，这是宝玉一生中最重的"微词"。他用《山海经》和《离骚》的意象，用香草"茝兰""君子"隐喻晴雯，用恶草、蒺藜隐喻憎恨晴雯的"葹"小人。他还借贾谊受屈遭贬的故事来影射晴雯因诬受逐的冤案，甚至还把晴雯比喻成刚烈正直的鲧，但鲧最后却被祝融杀于羽郊。贾谊为什么被贬？鲧为什么被杀？全是小人妄加罪名。我们不妨重温这段"微词"：

> ……孰料鸠鸩恶其高，鹰鸷翻遭罦罬；葹妒其臭，茝兰竟被芟锄！花原自怯，岂奈狂飚；柳本多愁，何禁骤雨。偶遭蛊蛊之谗，遂抱膏肓之疚。故尔樱唇红褪，韵吐呻吟；杏脸香枯，色陈顦顇。诼谣謑诟，出自屏帏；荆棘蓬榛，蔓延户牖。岂招尤则替，实攘诟而终。既忳幽沉于不尽，复含罔屈于无穷。高标见嫉，闺帏恨比长沙；直烈遭危，巾帼惨于羽野。自蓄辛酸，谁怜夭折！仙云既散，芳趾难寻。

面对贾宝玉的祭词，我们要问：是谁驱逐晴雯并导致她的死亡？是谁把一个天使般的真人视为狐精？是谁有能力、有手段、颠倒黑白把弥天大罪强加给一个美丽、天真的少女？这不是别人，正是王夫人。不错，她先是听到王善保家的等奴才小人的谗言，但是，她的心思却降低到小人的水平。我们看看造成晴雯灾难最初的一步：

王善保家的道："别的都还罢了。太太不知道，一个宝玉屋里的晴雯，那丫头仗着他生的模样儿比别人标致些，又生了一张巧嘴，天天打扮的像个西施的样子，在人跟前能说惯道，掐尖要强。一句话不投机，他就立起两个骚眼睛来骂人，妖妖趫趫，大不成个体统。"

王夫人听了这话，猛然触动往事，便问凤姐道："上次我们跟了老太太进园逛去，有一个水蛇腰、削肩膀、眉眼又有些像你林妹妹的，正在那里骂小丫头。我的心里很看不上那轻狂样子，因同老太太走，我不曾说得。后来要问是谁，又偏忘了。今日对了坎儿，这丫头想必就是他了。"凤姐道："若论这些丫头们，共总比起来，都没晴雯生得好。论举止言语，他原有些轻薄。方才太太说的倒很像他，我也忘了那日的事，不敢乱说。"

王善保家的便道："不用这样，此刻不难

叫了他来太太瞧瞧。"王夫人道："宝玉房里常见我的只有袭人麝月，这两个笨笨的倒好。若有这个，他自不敢来见我的。我一生最嫌这样的人，况且又出来这个事。好好的宝玉，倘或叫这蹄子勾引坏了，那还了得。"因叫自己的丫头来，吩咐他到园里去，"只说我说有话问他们，留下袭人麝月服侍宝玉不必来，有一个晴雯最伶俐，叫他即刻快来。你不许和他说什么"。

不能说王夫人是小人。她不是赵姨娘，没有小人那种种特征，但是，她留下一种教训：如果不能和小人保持距离，如果被小人包围甚至被小人所左右，那么，即使是高贵的人也会做出伤天害理的事。王夫人平常吃斋、念佛、拜菩萨，装得像"木头似的"（贾母语）。可是，偏偏正是这样一个念佛的"善女人"把两个青春生命置于死地。金钏儿和晴雯的杀手不是别人，正是她。中国古话劝人应近君子、远小人，是有道理的。贾宝玉就远离赵姨娘，这也不是仇恨，而是本能。

着笔此文前不久，我读了一直在哈佛大学客座的林同奇教授的《人文寻求录》，此书重心是评介已故哈佛大学教授、著名汉学家史华慈（Benjamin Schwartz）教授。史华慈对严复和中国古代思想史都有精深的研究，从他的犹太教背景出发，他一再强调不可以浪漫的态度看人。其实，人是有严重问题的。他作为一个具有宗教超越情怀的学者，自然不会认同君子与小人的划分，但是，他强调，人确有一种"堕失性"，即堕落到黑暗深渊的人性，人必须正视和警惕这种负面状况，才能"得救"。中国文化中的"小人"概念，正说明人类是堕失性、堕落性的载体，他们随时都可能远离真，远离善，也远离美。在史华慈教授的慈悲眼睛里，他们是不幸的。而在曹雪芹眼里，除了看到这一层不幸外，他还看到另一层不幸，这就是堕落的人间，往往会变成小人的天堂，正如贾母去世之后，贾府一时成了贾环们的天堂，他们干起倒卖侄女巧姐儿的勾当。

# 废人解读

薛蟠等

　　宝钗的母亲薛姨妈得知自己的儿子薛蟠在李家店打死了当槽儿张三，可能就要杀人偿命，她虽不惜钱财营救，但也不能不说薛蟠是个"废人"。第九十回写道：

　　　　只见薛蝌进来说道："大哥哥这几年在外头相与的都是些什么人，连一个正经的也没有，来一起子，都是些狐群狗党。我看他们那里是不放心，不过将来探探消息儿罢咧。这两天都被我干出去了。以后吩咐了门上，不许传进这种人来。"薛姨妈道："又是蒋玉菡那些人哪？"薛蝌道："蒋玉菡却倒没来，倒是别人。"薛姨妈听了薛蝌的话，不觉又伤心起来，说

道："我虽有儿，如今就像没有的了，就是上
司准了，也是个废人。"

废人即毫无价值之人。一个母亲说自己的儿子是毫无
价值的人，乃是伤心至极之论。但母亲不会歪曲儿子，薛
蟠确实是个废人。笔者在以往的"评红"文字中，曾说薛
蟠是欲望的化身，一辈子只有财富、女色的追求。他虽出
身于书香继世之家，但和妹妹宝钗完全不同。宝钗喜爱诗
书，博古通今，而他却不读书、不明理，什么都一窍不通。
他虽也上过学，但仅略识几个字，腹中没有半点墨水，终
日只知吃喝嫖赌、走马斗鸡，骄奢淫逸。娶了香菱、夏金
桂、宝蟾做妻妾后，还不满足，出门就流连妓院与赌场。
他虽是皇商，但对经纪世事全然不懂。仰仗祖父往昔的名
声在商场混迹，也无成就。贾宝玉愿意和他做朋友，是因
为他还心直口快，没有心机。当俗人本也就罢了，可他总
是不安分，以致抢夺民女，制造人命，先是打死了冯渊，
后又打死了张三。这就使他的生命价值不仅等于零，而且
等于负数。不仅是个俗人，而且是个废人。

《红楼梦》写了一帮子废人。薛蟠只是其中一个。更
多的废人是一些靠吃祖宗遗产、毫无本事、毫无作为的贵
族传人和贵族子弟，如贾赦、贾琏、贾蓉等其实也是废人
或半废人。第六十五回写"贾二舍偷娶尤二姨"，所谓舍，

便是舍人，宋元以来称贵族官僚子弟为舍人。贾琏是二公子，所以称之为贾二舍。这些舍人无功无才无德无品行，什么也不是，但他们世袭了祖宗的爵位，依旧享尽荣华富贵。贾赦袭荣国公一等将军之职，贾珍袭宁国公世职（因贾敬一心炼丹求仙，便把世职让给儿子）三品爵威烈将军。也是靠家族的权势，贾琏捐了个同知衔，贾蓉则捐了个五品防护内廷紫禁道御前侍卫龙禁尉。他们的共同点是除了拿祖宗的世袭爵位做一张堂皇的脸皮之外，内里全废掉、烂掉了。也就是"金玉其外，败絮其中"。他们有的对家庭、对社会已没有价值，有的甚至是负价值。

这些废人先是废了自己，然后再废了祖宗的荣誉与家业。其废自己，关键还不在于废了经世的能力，而是废了自己做人的尊严。贾蓉几乎变成人渣，他跪在尤三姐面前且不说，尤二姐嚼了一嘴砂仁渣子，吐了他一脸，他竟用舌头舔着吃了。世家子弟变得如此下流无耻，真是废到底了。而他父亲贾珍，也是个色鬼，焦大骂"爬灰的爬灰"，指的正是他。而把尤二姐让给贾琏，导致悲剧，首先也是他制造的。他和他儿子不像人样，还只是废了自己，而整日聚赌抽头，把好端端的贵族府第闹成黑店似的，以致家产被抄，世职被革除，则是废了宁国府。荣国府还有贾政撑着，宁国府则完全败在他的手里。但荣国府的贾赦却也是一个不学无术、厚颜无耻的废人。除了世故圆滑之外，一无所能。家中已有一妻二妾，还打母亲身边丫鬟鸳鸯的主意，导致贾母死后鸳鸯悬梁自尽。既不知廉耻，也没有同情心，灵魂整个废掉了。后来御史得知他交通外官，恃强凌弱，把他参了一本，并奉旨查抄贾府家产，革除世职，算是把家族的豪门荣耀也废了。

贾赦、贾珍、贾琏、贾蓉等世家子弟，从舍人到废人，从废己到废家，从废道德原则到废社会原则，表现得十分恶心丑陋。他们实际上已成社会的多余人，但是，他们与俄国伟大作家笔下的多余人形象完全不同。像普希金的叶普盖尼·奥涅金，虽多余，却有思想，有灵魂，更有自己的尊严和心灵原则，而贾赦等则既是社会的多余物，又是社会的害虫。说他们是寄生虫，一点也不过分。

像薛蟠、贾蓉这种吃喝嫖赌之徒，人们容易看出他们是废人。而另一种人如贾敬，则不容易被世人看破其废。其实，他极其愚昧无知，求仙求道求到走火入魔，生命全然沉迷于炼丹之中。他以延长原生命为目的，以生命"量"的追求代替生命"质"的追求。只知生命的长度，不知生命的深度。最肤浅的道家没有"道"，只有"术"。而贾敬的荒诞是连"术"都没有，丹砂吞得过多导致过早而亡。这种人既是荒诞的存在，也是无价值的存在。薛姨妈称自己的儿子薛蟠为废人，人们也看到这个纨绔子弟是废人，却忘记贾敬这种道、术皆无的废人。贾氏两府的败落，先从宁国府烂起，人们只知是烂于淫荡，不知也烂于无知、愚蠢和妄念。

　　若从贾府中的废人谈开去，人类社会中的废人大约有三类：第一是"天废"之人；第二是"人废"之人；第三是"自废"之人。天废之人系天生的残废人，像傻大姐就是这种人，天生的白痴，天生的一无所能、一无所用。对于这种人只能同情，无可批评。第二种则是被社会逼成的废人。社会上一些多余人，本来聪明，但被社会淘空了热情，淘空了精神，变成了一无所用的寄生物。至于被权势者打断手脚而成残疾之人，更无待多说。鲁迅笔下的"孔乙己"原是善良的读书人，他过不了科举那道鬼门关，便沦为下等人，最后被打断了腿，进而成了废人。最不幸的还是第三类废人。残暴的社会能摧残人的身体，未必就能粉碎人的心灵。自废者不是自戕身体，而是在精神上自我消灭。正常人或坚强者知道人世的险恶，但总有一种信念：你可以把我打败，但不可把我征服；你可以消灭我的肉体，废了我的肢体，但不能废了我的灵魂和征服我的人格。因此，人的兴废，完全取决于自己。孔乙己成为废人除了社会原因之外，也有个人原因。在科场上失败，不仅不会命定成为废人，而且还可以通过自己的奋斗拼搏成为卓越人物或者成为伟大诗人和伟大思想家。杜甫不是连进士也当不成吗？世上的真失败者都是在未被社会消灭之前在心理上首先消灭自己的人。不是"出师未捷身先死",而是"尚未出师心先死"。

# 浊人解读

贾蓉等

    "浊人"概念出现在第一百零九回。贾宝玉思念黛玉心切，便独自到卧室的外间睡，期待黛玉能来入梦。梦想落空后，他寻思："或者他已经成仙，所以不肯来见我这种浊人也是有的，不然就是我的性儿太急了，也未可知。"

    贾宝玉自称"浊人"，甚至"浊物"，仿佛是自辱，其实也很自然。他从小就认定"女儿是水作的骨肉，男人是泥作的骨肉"，并说："见了男子，便觉浊臭逼人。"而他现在已是男人，因此把自己界定为"浊人"并不唐突。只是黛玉死亡之前，他在净水世界与泥浊世界之间，总是立于净水世界一边，即站在泥浊世界的彼岸，与泥浊世界的主体在心灵上划清界限，不像他们那样走仕途经济之路，不热衷于功名、权力、财富等色相。他虽然属于男性，却是泥浊世界中的"槛外人"，也是最干净的人。林黛玉虽没有妙玉式的物质洁癖，却有精神洁癖，宝玉转赠珠串给她，她拒绝道，这是哪个臭男人用过的。黛玉生前真把男人当浊人，没有任何一个男性朋友，独把宝玉当作知己，也是心目中唯一的干净人，宝玉也明白这一点。可是，现在宝玉却屈服于家族的压力与宝钗成婚，辜负了黛玉的一往深情。此时黛玉还会把宝玉看作净人、玉人吗？还会进入他的梦中与他相会吗？宝玉痴心待梦，除了思念至深之外，也想知道逝去的林妹妹是否已把他当作浊物、浊人。到外间独睡之前，他就想着："……林妹妹死了，那一日不想几遍，怎么从没梦过。想是他到天上去了，瞧我这凡夫俗子不能交通神明，所以梦都没有一个儿。我就在外间睡着，或者我从园里回来，他知道我的实心，肯与我梦里一见。我必要问他实在那里去了，我也时常祭奠。若是果然不理我这浊物，竟无一梦，我便不想他了。"在宝玉这番痴想里，可以看到他自己无法判断自己是不是浊人、浊物，要让黛玉的魂魄来裁决。现在黛玉未能前来入梦，就怀疑自己是浊人了。

不过，"浊人"概念有轻重之分、广义狭义之分。狭义的浊人是指相对于神仙的凡俗之人。这是佛教的定义。《十诵律》卷四九："有四种人：一者癃人，二者浊人，三者中间人，四者上人。"癃人，也作"躃人""尫人"，这是指粗疏之人、精细之人。佛教指小乘之行人为麄人，大乘行者为"细人"，也有粗细之分。《红楼梦》受佛教影响甚巨，贾宝玉说自己是"浊人"，显然是指相对于神仙的、《十诵律》中所界定的凡俗之人，所以他才说："或者他已经成仙，所以不肯来见我这种浊人也是有的。"洪昇的《长生殿·闻乐》一节中唱道："想我浊质凡姿，今夕得到月府，好侥幸也。"也是把浊与凡相连，只指涉凡俗，不指涉脏污。

　　广义的"浊人"，便涉及脏污、卑污、卑鄙等。这种浊人乃是浊化人、恶浊人、五浊俱全之人。《太平广记》卷三引《汉武帝内传》云："五浊之人，耽湎荣利，嗜味淫色。"所谓五浊，乃是佛教中所说劫浊、见浊、烦恼浊、众生浊、命浊。此五种混浊不净之气污染世界，使尘世充满痛苦、烦恼与灾难。《阿弥陀经》说："释迦牟尼佛，能为甚难希有之事，能于娑婆国土，五浊恶世，劫浊、见浊、烦恼浊、众生浊、命浊中，得阿耨多罗三藐三菩提。"这就是处污泥而不染，处浊世而干净，在五浊罩世中仍保全明净之身。而五浊之人正相反，他们集五浊于一身，从凡俗进入恶浊，"耽湎荣利，嗜味淫色"，变成污浊之人、卑鄙之人，即浊化人、恶浊人、污浊人。荣国府中的贾赦、贾琏、贾环，宁国府的贾珍、贾蓉都可放入恶浊人榜。这种浊人常会让人产生恶心之感，不仅心理上受不了，而且生理上也受不了。例如，贾蓉就是这样的人。

贾蓉是个典型的贵族纨绔子弟，不可救药的"垮掉的一代"的代表。他是一个只有欲望没有精神的人，除了吃喝嫖赌之外，不知人生还有其他内容。他有高贵妻子秦可卿，还到处拈花惹草，连阿姨尤二姐、尤三姐也混缠不清，一心想在她们身上占点便宜。他闲极无聊，充当王熙凤的狗腿子整死贾瑞，既给王熙凤献媚又充当贾琏的牵线人（皮条客），怂恿贾琏偷鸡摸狗以致私娶尤二姐，参与制造一大惨剧。秦可卿死后他无所事事却捐了个五品防护内廷紫禁道御前侍卫龙禁尉，有了衔，加上本来的苗条身段，很有人样，可正是这个人，浊气冲天，恐怕只能用"厚颜无耻"四个字才能贴切形容他。看两个细节就够了。

第一个细节是贾蓉竟然不顾祖父刚过世，戴孝在身，就调戏尤二姐和尤三姐，其嘴脸真让人恶心：

> 贾蓉得不得一声儿，先骑马飞来至家，忙命前厅收桌椅，下槅扇，挂孝幔子，门前起鼓手棚牌楼等事。又忙着进来看外祖母两个姨娘。原来尤老安人年高喜睡，常歪着，他二姨娘三姨娘都和丫头们作活计，他来了都道烦恼。贾蓉且嘻嘻的望他二姨娘笑说："二姨娘，你又来了，我们父亲正想你呢。"尤二姐便红

了脸，骂道："蓉小子，我过两日不骂你几句，你就过不得了。越发连个体统都没了。还亏你是大家公子哥儿，每日念书学礼的，越发连那小家子瓢坎的也跟不上。"说着顺手拿起一个熨斗来，搂头就打，吓的贾蓉抱着头滚到怀里告饶。尤三姐便上来撕嘴，又说："等姐姐来家，咱们告诉他。"贾蓉忙笑着跪在炕上求饶，他两个又笑了。贾蓉又和二姨抢砂仁吃，尤二姐嚼了一嘴渣子，吐了他一脸。贾蓉用舌头都舔着吃了。

众丫头看不过，都笑说："热孝在身上，老娘才睡了觉，他两个虽小，到底是姨娘家，你太眼里没有奶奶了。回来告诉爷，你吃不了兜着走。"贾蓉撇下他姨娘，便抱着丫头们亲嘴："我的心肝，你说的是，咱们馋他两个。"丫头们忙推他，恨的骂："短命鬼儿，你一般有老婆丫头，只和我们闹。知道的说是顽；不知道的人，再遇见那脏心烂肺的爱多管闲事嚼舌头的人，吵嚷的那府里谁不知道，谁不背地里嚼舌说咱们这边乱帐。"贾蓉笑道："各门另户，谁管谁的事。都够使的了。从古至今，连汉朝和唐朝，人还说脏唐臭汉，何况咱们这宗人家。谁家没风流事，别讨我说出来。连那边大老爷这么利害，琏叔还和那小姨娘不干净呢。凤姑娘那样刚强，瑞叔还想他的帐。那一件瞒了我！"（第六十三回）

第二个细节是贾蓉撺掇贾琏偷娶尤二姐之后被王熙凤发现，王一面大哭，拉着尤氏，只要去见官，"急的贾蓉跪在地下碰头，只求'姑娘婶子息怒'"。

> 凤姐儿一面又骂贾蓉："天雷劈脑子五鬼分尸的没良心的种子！不知天有多高，地有多厚，成日家调三窝四，干出这些没脸面没王法败家破业的营生。你死了的娘阴灵也不容你，祖宗也不容，还敢来劝我！"哭骂着扬手就打。贾蓉忙磕头有声说："婶子别动气，仔细手，让我自己打。婶子别生气。"说着，自己举手左右开弓自己打了一顿嘴巴子，又自己问着自己说："以后可再顾三不顾四的混管闲事了？以后还单听叔叔的话不听婶子的话了？"众人又是劝，又要笑，又不敢笑。（第六十八回）

尤二姐嚼了一嘴渣子，吐了贾蓉一脸，贾蓉竟用舌头都舔着吃了。这叫什么？这就是中国人最喜欢用的骂人话：不要脸！这句话用到贾蓉身上倒是极为准确。笔者一再反对语言暴力，但如果准确地描述了对象特征，便不算暴力，例如指贾蓉"厚颜无耻""不要脸"就只能说是"贴切"，而不能说是"人身攻击"。第一个细节是自舔污秽，第二个细节是自打嘴巴，奴才自打的事倒是常见，但贾蓉的浊处是一边左右开弓打还一边唾骂自己和取媚王熙凤。没有人格，却有一点生存小技巧，只要能钻入王熙凤的心，他怎样缩小自己、践踏自己都可以，践踏中还把责任全推给贾璜，撺掇出坏主意的问题变成只是"单听叔叔的话不听婶子的话"。

贾蓉虽是侯门公子，可是连小丫头都瞧不起他，笑他，推他，恨他，骂他。有个丫头骂时含沙射影，用了"脏心烂肺"一词，这算是骂人的顶尖话语了，但平心而论，这用于贾蓉又是很贴切。贾蓉确实是个脏心烂肺之人，即不仅身脏，而且心脏，彻头彻尾、彻里彻外地浊到底，脏到底。这是不知人间有"羞耻"二字之人，更是不知还有什么"尊严""人格"等字眼之人。值得注意的是，他在听到别人的恶骂后竟振振有词地自我辩护，说："从古至今，连汉朝和唐朝，人还说脏唐臭汉，何况咱们这宗人家。"无耻之徒竟说出这种惊人之语，在他心目中，连中国最强盛的汉唐都又脏又臭，我何尝不可又污又浊？远的如此，近的自己这宗人家，从老到少，从男到女，哪一个干净？为什么独说我不干净？贾蓉这一番话，细读起来让人惊心动魄。他的辩护词的中心意思是"无耻有理"：古往今来、里里外外皆无耻，为什么我不可以无耻？不可以脏？不可以臭？不可以提着"脏心烂肺"在世界上争财色争权力？不可以撕碎一切脸皮过日子？这是贾蓉的逻辑，也是一切流氓、脏人、恶浊人的逻辑。

像贾蓉这种下流坏子，中国人常用一个最不堪的词语来形容，这就是"人渣"，也就是人之垃圾。此外，还有一个也是很够彻底的意象，就是"不齿人类的狗屎堆"。这种骂人话骂得很有力度。但是，不管是怎样的骂人毒语，用到贾蓉身上都似乎不太过分。连他的父亲贾珍，在对他生气时，也不屑自己动口动手，只是命一个下人往他脸上啐一口唾沫。第二十九回，写贾母带着全家到清虚观祈福，贾珍、贾蓉父子也去，"领队"的贾珍和大家又忙又热时，突然问道："怎么不见蓉儿？"一声未了，只见贾蓉从钟楼里跑了出来。

   ……只见贾蓉从钟楼里跑出来了。贾珍道："你瞧瞧，我这里没热，他倒凉快去了！"喝命家人啐他。那小厮们都知道贾珍素日的性子，违拗不得，有个小厮上来向贾蓉脸上啐了一口。贾珍又道:"问着他!"那小厮便问贾蓉:"爷还不怕热,哥儿怎么先凉快去了?"贾蓉垂着手,一声不敢言语。那贾芸、贾萍、贾芹等听见了,……一个一个都从墙根下慢慢的溜上来。

贾珍真是不把儿子贾蓉当人,所以也不给半点尊严。而贾蓉本身也确实落入"人渣"堆中。

贾蓉虽无耻,但还有一点长处,就是承认自己浊、自己臭。浊臭有理,并没有否认自己脏臭。如此赤裸裸,也有好处,就是不戴面具。这比满口仁义道德、满腹男盗女娼的伪君子还是强些。像贾赦这种恶浊人,是"金玉其外,败絮其中",已经妻妾成群,还打着老母亲身边大丫鬟鸳鸯的坏主意,导致贾母死后鸳鸯走投无路而自尽。贾赦一副贵族的架势,却满肚子都是坏水、浊水、脏水。人们可以说贾蓉是人渣,难道贾赦就不是人渣?穿着锦衣玉袍,戴着乌纱帽,就算是正人君子吗?浊人关键是心浊心脏,像贾赦这样脏心烂肺之人,把他放入"五浊之人"的浊人榜,大概不会冤枉他吧!有他在榜,至少可以给"身居高位、心灵下贱"的权贵们提供一面镜子。

附

录

# 论《红楼梦》的性格描述

## 一、性格对照的三种方式

雨果认为，天才的特点，是一切天才都具有双重的反光，就像红宝石一样，具有双重的折射。作家、艺术家的作品，如果真正称得上是天才的创造，那么，就不应当是单一的色调。雨果在《莎士比亚论》一文中说："莎士比亚就像一切真正伟大的诗人一样，的确应该赢得'酷似创造'这样的赞词。什么是创造呢？就是善与恶、欢乐与忧伤、男人与妇女、怒吼与歌唱、雄鹰与秃鹫、闪电与光辉、蜜蜂与黄蜂、高山与深谷、爱情与仇恨、勋章与它的反面、光明与畸形、星辰与俗物、高尚与卑下。大自然，就是永恒的双面像。"（《雨果论文学》，第155页）这种"双面像"，这种相反相成的对照，满布在人的所有活动中；它既存在于神话和历史中，也存在于哲学和文学里。因此，他称赞说："莎士比亚的对称，是一种普遍的对称；无时不有，无处不有；这是一种普遍存在的对照，生与死、冷与热、公正与偏倚、天使与魔鬼、天与地、花与雷电、音乐与和声、灵与肉、伟大与渺小、大洋与狭隘、浪花与涎沫、风暴与口哨、自我与非我、客观与主观、怪事与奇迹、典型与怪物、灵魂与阴影。正是以这种现存的不明显的冲突，这种永无止境的反复，这种永远存在的正反，这种最为基本的对照，这种永恒而普遍的矛盾，伦勃朗构成他的明暗，比拉奈斯构成他的曲线。要把这种对称从艺术中剥除，请你就先把它从大自然中剥除吧。"（《雨果论文学》，第156页）雨果在这里强烈鼓动作家应当充分注意相反相成的对照现象和对照原理。而所谓"永恒的双面像"，就是指大自然的结构和人的结构都不是单一结构，而是二重结构。莎士比亚正是天才地感知到大自然和人都是相反相成的存在物，因此，在他的作品中，充分地利用二重对照和二重组合的文学原理，创造了文学叙事的光辉范例。

性格对照有三种基本的方式：（1）不同人物性格之间的对照；（2）同一人物的性格表象与性格本质的对照；（3）人物性格内部中两种对立性格因素的对照。这三种方式，我们可以称为：性格外部对照方式；性格表里对照方式；性格内部对照方式。有些伟大的作家在塑造人物形象时，往往同时运用三种对照方式，从而形成性格对照的三个层次。

性格的外部对照方式早已被广泛应用。恩格斯在评论拉萨尔的《济金根》时曾说："我相信，如果把各个人物用更加对立的方式彼此区别得更加鲜明些，剧本的思想内容是不曾受到损害的。"（《马克思恩格斯选集》第四卷，第344页）恩格斯这里所讲的就是不同人物之间性格的对照，这种对照可以使彼此的性格"区别得更加鲜明"，相互起衬托作用。这种对照，在艺术容量较小的作品中，往往只能是一对人物的对照或几个次要人物与一个主要人物的对照，而在艺术容量巨大的作品中，则往往可以形成众多人物性格的对照系统。例如曹雪芹的天才著作《红楼梦》，它的性格对照就形成一个很复杂庞大的系统。在这个系统中，各种人物的排列组合，又形成几个子系统（对照性质的子系统），例如十二钗性格的对照系统、众奴婢性格的对照系统、贾氏姐妹的对照系统等。每一个对照系统又包括若干对照层次，例如奴婢系统中，有贾母的奴婢层，有宝玉的奴婢层，有王夫人的奴婢层。每个层次中众奴婢的性格又形成对照，如宝玉丫鬟层中的晴雯与袭人。《红楼梦》性格对照的各层次互相交错，形成一个立体交叉的多层次的叙事结构。《红楼梦》外部性格对照系统，作为一个整体，是以贾宝玉性格为轴心的。以此为轴心，贾宝玉既与甄宝玉形成对照，又与秦钟、水溶（北静王）形成对照，也与贾政形成对照；宝玉的父辈中，贾政与贾赦；宝玉的母辈中，王夫人与赵姨娘；宝玉的恋人中，宝钗与黛玉；宝玉的姐妹中，迎春与探春；宝玉的亲戚中，尤二姐与尤三姐等，均形成性格对照。这种性格对照可使彼此性格互相衬托，互相补充。互相衬托可使性格显得鲜明，如有了袭人的主导性格（奴才性格），晴雯的主导性格（反抗性格）便显得更加明朗；有了尤二姐的懦弱性格，则使尤三姐的刚烈性格显得更为强烈。而性格的互相补充，又使人物更加丰满，例如，袭人的性格是宝钗性格的投影，晴雯的性格是黛玉性格的投影。这样，袭人就补充了宝钗，晴雯又补充了黛玉。《红楼梦》数百个人物形象形成巨大的性格比较系统，是《红楼梦》叙述艺术结构的一项伟大成就，它为长篇小说的艺术结构提供了最好的坐标。建构这种复杂的性格对照系统，是一项了不起的艺术系统工程。在世界文学宝库中，像《红楼梦》这种巨大的、复杂有序的性格对照系统工程是少见的。《红楼梦》的人物繁多，不仅不会令人眼花缭乱，反而使人难以忘却，难以混淆，在某种程度上正是得益于这个性格对照的系统工程。国外一些著名的长篇小说，如《战争与和平》，也构筑了规模巨大的性格对照系统。库图佐夫与拿破仑形成一个比较层次；庄园贵族罗斯托夫与宫廷贵族库拉金形成一个比较层次（忠实与虚伪）；贵族军官与普通士兵又是一个比较层次（卑劣与英勇）。而在对立的营垒中又各自形成自身范围内的性格对照，例如库拉金一家，爱伦风骚淫荡，阿纳托尔卑鄙懦弱，依巴利特愚蠢空虚。《战争与和平》和《红楼梦》都具有文学叙述的最高才能，我们不必去褒此抑彼。但在建构外部性格对照系统这一点上，《红楼梦》的工程显然更加复杂。

性格对照的第二种方式是性格的表里对照。这就是性格表象（性格的表面特征）与性格本质（性格的核心内涵）的对照。它有两种相反的形态：一是外丑与内美的对照，一是外美与内丑的对照。《战争与和平》中的彼埃尔和爱伦，一个其貌不扬、行为笨拙但心地正直善良，一个金玉其外而败絮其中，二者从结合成夫妻到决裂，是两种不同性格冲突的必然逻辑。雨果《巴黎圣母院》中的卡西莫多与菲比斯，也是极鲜明的性格表里对照，卡西莫多外貌很丑而心地很美，菲比斯外表很美而内里很丑。契诃夫的小说也很注意运用这种表里对照的方式。著名的契诃夫研究家叶尔米洛夫在描述契诃夫纯熟地使用这种方法时说："仿佛故意似的，偏偏把他所同情的主人公写得表面上很不吸引人、很不漂亮、很沉郁，反倒给他所反对的阿鲍金们、公爵夫人们、阿莉雅德妮们一副又文雅、又诗意、又迷人的外貌。契诃夫的微妙的艺术也就表现在他这种惊人的本领上——他能够从毫不吸引人的外表的背后，揭露出人类的真正的美，而从美丽和迷人的外表的背后，揭露出丑恶、庸俗、空虚和兽性。"他"既让读者感到了阿莉雅德妮外貌上全部迷人的力量，感到了她那高傲的、震慑人心的美丽，又让人不能不厌恶这副假面具下面隐藏着的琐细的、凶残的、寄生的野兽，使人对于阿莉雅德妮的妩媚本身也感到厌恶了"（《论契诃夫的戏剧创作》，作家出版社，第184页）。契诃夫在小说《阿莉雅德妮》中让男主角说："看见她睡觉，吃饭，或极力装出一副天真的神气，我往往会纳闷儿，上帝为什么赠给她这样不平凡的美貌、风雅……难道只是为了叫她躺在床上睡懒觉，吃东西，说谎话，并且是没完没了地说谎话吗？"这种表象与本质的对照，最初使人感到表象美，接下去使人感到这种美的虚假而意会到对真美的嘲弄，之后则更深地意识到这是对人的尊严的侮辱，从而对美所包裹的丑更加憎恶，最后产生强烈的唾弃丑的力量。

有些作品把上述两种对照方式结合起来，如《聊斋志异·画皮》中的女妖，表面是个很美的"二八姝丽"，实际上却是个厉鬼，内里总是盘算着怎样去吞食人的心脏，这个形象的表里形成了尖锐的对照。而这篇小说中又有一个和她形成对照的内心美、外表丑的乞者形象，这个人"鼻涕三尺，秽不可近"，但正是他，奉赠陈生一颗活蹦乱跳的心脏，使他得以复活。蒲松龄在《画皮》的末尾慨叹："愚哉世人！明明妖也，而以为美。迷哉世人！明明忠也，而以为妄。"这样，"画皮"女人与乞者又形成外部对照。但是，在某些艺术类型中，这两种对照方式互不相干，如戏剧舞台上的某些"脸谱"形象，表面与内里可达到高度一致，脸谱本身就是人物性格本质的符号，脸谱的对照也就是极端不同的人物性格之间的对照。

不管是性格外部对照还是性格表里对照，都有粗细之分、高低之分。中国戏剧中常用的"忠"与"奸"的脸谱化外部对照方式，就属于低级的对照方式，或者说，是属于审美价值层次较低的对照方式。这种对照方式是单一化性格之间的对照。

关于这种低级的性格对照，狄德罗在他的《论戏剧诗》中有过很精辟的论述。他以鲜明的态度表示："我坦白告诉你，我并不喜欢性格之间的对比。"（《狄德罗美学论文选》，人民文学出版社，第179页）他还说："剧本中的性格对照跟修辞中的反衬法是一码事。正反对照效果是显著的，但不可滥用，而笔调高雅的人则总是避而不用。"（《狄德罗美学论文选》，第179页）狄德罗曾说明他所以反对这种性格的外部的正反对照，是因为这种对比，必然会降低戏剧艺术水平，使技巧显露，矫揉造作，同时会使主题暧昧，甚至会影响戏剧合情合理地发展，使之失去真实性。因为正反对照是为了把其中的一个表现得更突出，这样，对话将很单调，剧情的开展将很不自然。"如果我处心积虑地把一个剧中人和另一个剧中人拽在一起，我怎能把许多事件自然而然地连贯起来？怎能在各场之间建立恰当的联系？十有其九，对比要求这样一场戏，而故事的真实性却要求另一场戏。"（《狄德罗美学论文选》，第181页）而从塑造人物形象本身来说，这种外部的正反对照恰恰会导致个性的丧失。狄德罗指出，人的性格本来并不是"截然对立"的，而是"各有不同"（个性）的。而正反外部对照，人为地要求"分明"，"让第一个人说出一切与他有利的话，而把第二个人写成是一个傻瓜或笨蛋"。（《狄德罗美学论文选》，第181页）这样，人物性格肯定不是"独创"的，即肯定是没有个性的，因此，狄德罗得出结论说："使性格形式对比只有一个理由，而把性格表现为千差万别却有许多理由。"（《狄德罗美学论文选》，第186页）总之，狄德罗要求把人物性格表现得自然、丰富、真挚，而黑白分明的强烈对比，却损害这种美学理想。

狄德罗所反对的正反对比，正是我们所说的低级的外部正反性格对照，与中国戏剧中的黑白对照、忠奸对照差不多，这确实会丧失人物的性格真实和个性特点。但是，狄德罗在反对简单的外部对比的同时，却支持人物形象内部正反两极情感因素和心理因素的互相对比交织，也就是我们所说的性格深层结构中两种力量的逆反运动。他说："我乐于在史诗、抒情短诗以及其他几种高级的诗歌体裁中看到这种情感或形象的对比，假使有人问我这到底是什么，我将这样回答：那是天才的最明显的特性之一；那是在心灵中同时怀有极端的和相反的感觉的艺术，也可以说是从相反的方向去扣动心弦，在心灵中激起交织着痛苦和快乐、苦涩和甜蜜、温柔和恐怖的颤动。"（《狄德罗美学论文选》，第184页）这就是性格深层中各种性格元素的矛盾运动而引起的颤动，而这种颤动，形成了人的内心的无限丰富性和复杂性。

从狄德罗的论证中，我们可以知道，他所反对的人物性格的"正反对照"，正是我们所说的性格对照的低级形式，而他所提倡的正是性格内部的二重组合。

高级的性格内部对照方式，是复杂性格之间的对照，是保持对照双方性格丰富性的对照，双方的性格都是一个独立自主的、丰富的性格实体，都是独一无二的个性，人们可以从对照中深刻地感受到双方人物广阔的性格内涵。对照双方的人物性格自身都是一个生气勃勃的世界，他们彼此互相陪衬、互相补充，任何一方都不是对方性格的工具或奴仆。他们的对照，是人与人的对照，是真实的人之间的对照，而不是人与鬼的对照，或人与神的对照，更不是鬼与神的对照。例如，林黛玉和薛宝钗所形成的性格对照方式，就是高级的性格对照方式。《终身误》透露了这种对照："空对着，山中高士晶莹雪；终不忘，世外仙姝寂寞林。叹人间，美中不足今方信。纵然是齐眉举案，到底意难平。"以往的红学评论家说钗黛名虽两个，人却一身，二者合而为一。俞平伯先生在《红楼梦辨·作者底态度》中说："书中钗黛每每并提，若两峰对峙，双水分流，各极其妙，莫能上下，必如此方极情场之盛，必如此方尽文章之妙。"（《红楼梦辨》，人民文学出版社，第90页）曹雪芹在描写这两个不同的性格时，确实尽了艺术苦心，处处互相对映，而对映的双方又各自成为很美的一峰一水，各尽其妙，彼此的性格都非常丰富动人，真正如"两峰对峙"。双方都有着很难说尽的性格内涵，都带有很大程度的模糊性和多义性。关于这两种性格的对照，蒋和森曾说，曹雪芹笔下的这两个少女，留给我们一个相同印象：都长得非常美丽；但她们又在我们面前，极为清晰地呈现着各自不同的个性，不同的风采与气质，一个重理智，内心是冷静的，一个重感情，内心是热烈的；一个随分从时，崇尚实际，一个孤高自许，赞美性灵；一个是深含的，但容易流于做作，一个是率真的，但容易失之任性。自从《红楼梦》问世以来，这两个女性形象，总是引起人们热烈的谈论。为了品评这两个人物的高下，常常由谈论又转为激烈的争辩。还在当时，就已经有人为此"遂相龃龉，几挥老拳"了。两个多世纪以来，人们的这种谈论和争辩，似乎一直没有感到疲倦过。为什么会产生这种"遂相龃龉，几挥老拳"的现象呢？蒋和森解释说："林黛玉和薛宝钗是两种美，两种难以调和的美。"（《薛宝钗论》，载《红楼梦论稿》，人民文学出版社，第94页）这两种美，都是典型性格美，都带有难以用概念语言加以确定的无限丰富的性格内涵，因此，总叫人争论不休。为了判明谁是真的美，只好把两种美放在历史文化广阔背景中来考察；离开这种背景而孤立地判定这两种性格，的确是"莫能上下"。性格外部对照能达到这种境界，那就是很高的审美境界了。当然，性格对照可以有重心，在钗黛的对照中，可以说，黛玉是重心。但重心必须以性格丰富为前提，如果没有这个前提，重心就会发生倾斜，一方就会成为另一方的消极陪衬和奴仆。以往某些古典主义作品和浪漫主义作品在不同人物的性格对照中，往往发生过度倾斜现象。过度倾斜就把性格推向极端化和片面化，以至于人工地夸大自己设计的理想人物，人工地丑化自己设计的反面人物，使两极人物的性格对照变成神明与魔鬼的对照。这种对立，较之于宝钗与黛玉的性格对照显然不同，一者是人与人的对照，一者则是神与魔的对照。关于古典主义与浪漫主义在塑造人物方面的相通点，茅盾在《夜读偶记》中说："古典主义文学（指悲剧，也有部分的喜剧）不但在塑造人物方面由于作者的理智认为'应当如此'而赋予人物以各种不同的理想的性格，并且还依照作者所认为'应当如此'而指出了理想的社会制度——理想化的资产阶级社会即所谓'理性王国'。正因为古典主义者又是唯理性的信徒，所以他们认为'应当如此'的人物就不能不是理智在克制着感情的性格坚强的人，有时叫人看来是冷酷无情的人。浪漫主义文学的人物正相反，是感情热烈奔放的人，但是，同古典主义人物一样，浪漫主义的人物也是作者认为'应当如此'的想象中的非常之人。古典主义作品也罢，浪漫主义作品也罢，它们的主人公都是不平凡的，在现实世界独往独来、坚决奋斗的超人，都不是现实生活中随时随地能够遇见的人。"（这里指的浪漫主义实际是消极浪漫主义；载《茅盾评论文集》下册，人民文学出版社，第63—64页）车尔尼雪夫斯基在批评法国浪漫主义的时候说："法国浪漫主义者是从形式主义的观点来观察内容本身的，他们竭力使一切都和以前相反：在伪古典主义作品里，人物被分成英雄和坏蛋两种——他们的反对者却断定，坏蛋并非是坏蛋，而是真正的英雄；在古典主义作者笔下，热情总被描写得充满做作、冷淡的内容——而浪漫主义英雄一开头，就疯狂地使用手，特别是舌头，肆无忌惮地叫嚷着梦呓和昏话……"（《车尔尼雪夫斯基论文学》上卷，上海译文出版社，第40页）按照"应当如此"主观地进行性格外部对照，势必给这种对照带上明显的人工痕迹，使一方理想化，一方漫画化。这样，双方的性格似乎极端鲜明了，但这种鲜明实际上只是观念的抽象品，或者说，只是主题观念的化身。这个时候，人物形象的外部世界似乎鲜明之极，而他们的内心世界反而极其苍白。这种人物形象个性泯灭，实际上只是一种精神符号。挪威作家、1920年的诺贝尔文学奖获得者哈姆逊，在分析易卜生的"问题文学"时曾经指出："人物形象如果太鲜明，就势必会变成一种性格象征，一种人物类型。"（《论易卜生》，载《易卜生评论集》，外语教学与研究出版社，第63—64页）先不论哈姆逊对易卜生的评论是否公平，单就这一论点来说还是正确的，这一论点是针对那种把人物形象变成解决问题的工具从而人为地把人物极端鲜明化的现象而发的。他说："人们长期以来相信一种理论，这种理论认为，在每个人身上都有某些起主宰作用的能力。翻开每一部古书，我们都可以看到这种桀骜不驯的所谓主宰能力出现在各种类型的人物身上，如彻头彻尾的无赖、完完全全的天使、地地道道的骑士与十全十美的美人……可是，这样一来，人的主要精神境界被拉到同一水平上去了，这样的人必然是十分简单的，从感情到灵魂构成不同的性格类型。"（《论易卜生》，第63—

64页）他认为易卜生的《罗斯莫庄》也有这个弱点。罗斯莫只是纯粹的贵族，而演员也必须把他的贵族性格演得非常鲜明，鲜明到不仅使包厢也要使正厅的观众能看清。哈姆逊认为，这种一味追求鲜明，往往产生性格的类型化。中国戏剧中的脸谱化，其根源也是求其性格的极端鲜明，也有哈姆逊所说的那种现象，即主持演出的人追求一种效果，就是把角色演得特别鲜明，"不仅使包厢，也要使正厅的观众能看清"。在他看来，一个人物的性格如果不鲜明，演出就失败了。鲁迅分析中国戏剧脸谱化的原因所发表的见解，与哈姆逊不约而同。他说，中国古时候戏台的搭法，"使看客非常散漫，表现倘不加重，他们就觉不到，看不清。这么一来，各类人物的脸谱，就不能不夸大化、漫画化，甚而至于到得后来，弄得稀奇古怪，和实际离得很远，好像象征手法了"。（《脸谱臆测》，载《鲁迅全集》第六卷，第134页）为了使观众看得清，人为地使人物形象极端夸大化、漫画化，变成一种性格观念的化身，一种非个性的人物类型。脸谱化的这种事与愿违的艺术教训，给我们一个启示，就是艺术家在谋求人物性格鲜明性和确定性的意识如果太强，结果反而会失去人物的个性，而审美主体（人）对这种绝对鲜明的审美客体，不可能唤起任何丰富的联想，也不可能具有太大的审美再创造的空间。这样，人物形象便会失去艺术的魅力。

中国古代一些具有真知灼见的文学理论家，特别注意艺术形象"隐"与"显"之间的辩证法。隐就是带有某种模糊性、间接性；"显"就是鲜明性、直接性。成功的艺术形象应当是"隐"与"显"的和谐。该显则显，该隐则隐，如果人为地追求"显"，主观地调动各种手段"突出"艺术形象，使其"显"得过度，反而含糊了个性。《白雨斋词话》中说："意在笔先，神余言外……若隐若见，欲露不露，反覆缠绵，终不许一语道破。"讲的正是隐与显的辩证法。而"若隐若见""欲露不露"，正是模糊性。正因为这样，我们很难对艺术形象做定量分析，不可能用"一语"加以概说。在对典型做本质规定时，认为可用"一语"加以概括和规范的形象便是典型，并不完全确切。因为许多典型形象，都具有极其丰富的性格内涵，有的可以用"一语"加以概括，有的则用许多语言也难以概括，有的甚至"深不可测"，让人们"说不尽"，这就是因为形象本身总是带有大量"隐"的东西。因此，任何一个具有艺术魅力的典型性格，都是性格明确性（显）与性格模糊性（隐）的辩证统一。人物性格的二重组合过程，也正是各种性格元素通过一定的中介的模糊集合过程。

批评人物性格外部对照的极端化，并不否认人物性格外部美丑对照的艺术方式，但是，从文学历史的经验中，我们获得了这样一个认识，这就是：带有较高审美意义的人物性格的外部对照，应当是《红楼梦》式的对照，对照的双方都应当具备丰富的性格内涵。只有这种对照，才是高级的对照方式。

那么，这种高级的性格外部对照方式怎样才能实现呢？这里的关键是必须从外转入内，即以性格对照的第三种方式为基础，依赖性格内部的美丑对照和美丑的二重组合。这种性格的二重组合，乃是人物性格丰富的内在源泉。它不仅可以使不同性格的人物以丰富多彩的形式互相对映，而且是塑造人物形象获得成功的最根本的美学基础和最重要的美学方式。

同一人物性格内部的正反两极的对照和二重组合，有很多形态。人物形象的个性就寓于这种差别之中。每个人的性格都是一个具有独特构造的世界，都自成一个有机系统，形成这个系统的各种元素都有自己的排列方式和组合方式。但是，任何一个人，不管性格多么复杂，都是相反的两极所构成的。作家在塑造人物性格时，可以充分发挥自己的创造性，在每一种组合形态中发挥自己独特的艺术才能，赋予某种组合形态以新的内容和形式。例如同样是悲剧性格因素与喜剧性格因素的二重组合，曹雪芹的王熙凤、契诃夫的小公务员、鲁迅的阿 Q、高晓声的陈奂生，就有很不相同的性格内涵和象征意蕴。典型性格内部的对照，很少只是单纯的一组对照关系，它往往形成多组对照关系，并形成性格内部的对照系统。在这个对照系统中，"杂多"的性格元素，通过一定的中介，分别形成一组一组的对立统一联系，这就是性格整体中的二重组合单元。这些二重组合单元，在性格内部积极运动，互相交叉，互相渗透，互相转化，形成丰富复杂的性格。具有较高审美价值的性格结构，总是以两极的对立统一为内在机制的性格网络结构。以项羽为例，他的性格就是一个复杂的对照系统。司马迁以他的天才的艺术笔触和罕有的文章气势，创造了项羽这个错综复杂的典型性格。过去有人在分析项羽时，常以"虞兮"之歌为例，说明项羽兼有风云之气和儿女之情，但这只是项羽性格整体中的一个性格组合单元，而且是性格表层的组合单元，并非项羽性格的整体结构。项羽性格整体中还有很多互相交叉的性格组合单元。钱锺书先生汇集《史记》中其他人物对项羽的评价，找出项羽多种性格元素的两极对照。他说："'言语呕呕'与'喑恶叱咤'，'恭敬慈爱'与'慓悍滑贼'，'爱人礼士'与'妒贤嫉能'，'妇人之仁'与'屠阮残灭'，'分食推饮'与'玩印不予'，皆若相反相连；而既具在羽一人之身，有似两手分书、一喉异曲，则又莫不同条共贯，科以心学性理，犁然有当。《史记》写人物性格，无复综如此者。谈士每以'虞兮'之歌，谓羽风云之气而兼儿女之情，尚粗浅乎言之也。"（《管锥编》第一册，第275页）项羽身上的"妇人之仁""屠阮残灭"等性格元素，不是线性的善恶排列，而是有似"两手分书、一喉异曲"地形成一组一组的"相反相违"的对立统一关系，而这一组一组的性格元素又围绕项羽的性格核心不断发生交叉组合，从而形成项羽复杂而有序的性格系统。这个性格系统包括善与恶、美与丑、残暴与仁爱、阳刚与阴柔、崇高与鄙俗等多种性格的二重组合单元，而由于两极对照中又有心理中介与感情中介的联系，因而形成犁然有当的性格运动。

在成功的文学作品中，不仅主要人物可以形成自己的性格对照系统，次要人物也可以形成自己的性格对照系统，例如《红楼梦》中的主要人物贾宝玉具有自己复杂的性格对照系统，而次要人物像晴雯、袭人等，也都有自己的性格对照系统。以袭人为例，她既恪守奴才的本分，全心全意地尽奴仆之职，但也流露出对自己"奴才命"的不满。她对主子极其温顺，似有奉迎之嫌，但她又同情刘姥姥，惜老爱贫，似无势利之心；她比一般丫头更加得宠，有其特殊的地位，但当她和丫头婆子发生口角时，却采取忍让的态度，显得相当宽厚。她处世行事显得圆通甚至可以说是圆滑，但对鸳鸯的惨死，却真挚地同情；她在奴才中表现得最为规矩、正派，时时告诫着宝玉，但正是她，第一个与宝玉"同领警幻所训之事"。她对宝玉既有"从"，也有"爱"，既有奴仆对主子卑微的恭顺，也有青春少女对恋人真实的痴情。袭人性格内里包含着美丑、善恶的对照，这种对照是由很多二重组合单元互相交叉构成的，因此，袭人的性格也成为一个独立的系统。袭人的性格塑造与晴雯的性格塑造，都是非常成功的。她们两人形成一种性格对照，让人感到她们的性格虽然清晰，但又不是一览无余，没有人为的对照痕迹。这就因为她们自身的性格是丰富的，其内部也有对照，也有联结，也有统一，深层结构中蕴涵着许多一家独有的内容。这些内容既确定又不确定，既复杂又深邃。这样，她们的性格外部对照，由于自身性格内涵的丰富，而获得较高的审美价值。因此，一部作品的形象体系，尽管作家可采取多种对照手段，但具有决定性意义的，是人物形象性格内部的对照和组合。

## 二、中国文学传统的弱项

以《史记》《红楼梦》为例，说明同一人物性格内部对立因素的对照和组合，并不是说这就是中国古代文学整体的长处，或者说中国古代文学的整体很重视人的研究，很重视表现人。不是的，中国古代作家和古代文学理论家对人的研究，特别是对人的内心世界的研究是比较薄弱的。这里，我想从性格对照三种方式这个特殊的角度，来观察一下古代文学创作和文学理论中的某些弱点。

说明这种弱点，并非抹杀中国一些成功地表现人物性格的作品。如《史记》《红楼梦》等。被鲁迅先生称为无韵之离骚的《史记》，是一个带有史学与文学双重性质的伟大作品。这部著作以天才的史学家笔触和天才的文学家笔触，非常成功地塑造了项羽、刘邦、韩信等人物形象，把这些人物称为典型人物，也受之无愧。尤其可贵的是司马迁写出了他们性格内部对立因素的二重组合。

　　由于司马迁尊重历史人物本来的面貌，因此，他不是用政治眼光来观察人，也不是按照帝王的意志把贤者写得神圣至极，把"恶"者写得丑陋不堪。最典型的例子是他对刘邦、项羽性格的描绘。过去有人认为司马迁对刘邦与项羽的描绘有褒项贬刘的倾向，其实，司马迁的艺术成就，是在写出历史人物的真实性，对这两人都是褒贬并举的。他写刘邦，真实地写出刘邦具有帝王的气魄，不仅"隆准而龙颜，美须髯，左股有七十二黑子"（本节引《史记》文，均为中华书局版），而且"仁而爱人"的帝王大度，能够广泛地网罗人才，采纳善言，礼贤下士，他自己说："夫运筹策帷帐之中，决胜千里之外，吾不如子房。镇国家，抚百姓，给馈饷，不绝粮道，吾不如萧何。连百万之军，战必胜，攻必取，吾不如韩信。此三者，皆人杰也，吾能用之，此吾所以取天下也。项羽有一范增而不能用，此其所以为我所擒也。"陈平在去楚归汉时也曾说过："项王不能信人，其所任爱，非诸项即妻之昆弟，虽有奇士不能用，平乃去楚。闻汉王之能用人，故归大王。"

刘邦先诸侯入关，马上安抚百姓，召诸县父老，约法三章："父老苦秦苛法久矣，诽谤者族，偶语者弃市。吾与诸侯约，先入关者王之，吾当王关中。与父老约法三章耳：杀人者死，伤人及盗抵罪。余悉除去秦法。诸吏人皆案堵如故。凡吾所以来，为父老除害，非有所侵暴，无恐！且吾所以还军霸上，待诸侯至而定约束耳。"刘邦最后战胜项羽建立汉朝之后，又平定淮南王黥布之反，功成之后路过沛地，又召故人父老饮酒，酒酣之后击筑而歌："大风起兮云飞扬，威加海内兮归故乡，安得猛士兮守四方！"慷慨悲歌之后，还对故乡父老们说："游子悲故乡。吾虽都关中，万岁后吾魂魄犹乐思沛。且朕自沛公以诛暴逆，遂有天下，其以沛以朕汤沐邑，复其民，世世无有所与。"此时刘邦内心的感情是真挚的，没有市侩的势利，更没有政客不讲情谊的气味。但是，司马迁在如实地描绘他这伟大的一面的同时，并不放弃对他性格另一面的描绘，特别是他在成功之前的"无赖相"，他为泗水亭长时，"好酒及色"。有一次吕公（吕后之父）在沛令家做客，沛中豪杰都前去庆贺，萧何主持招待客人的礼仪，却先向诸大夫索钱："进不满千钱，坐之堂下"，而刘邦"贺钱万"而"实不持一钱"。在楚汉战争中，刘邦的父亲太公被项羽捉拿在军中，项羽在攻打广武城而未能打下时，对刘邦喊话：
"今不急下，吾烹太公。"而刘邦却用一种无赖的口吻说：
"吾与项羽俱北面受命怀王，曰'约为兄弟'，吾翁即若翁，
必欲烹而翁，则幸分我一杯羹。"

　　司马迁对项羽的性格刻画更为真实。他在巨鹿攻秦救
赵的战役中，表现出一种惊天动地的"破釜沉舟"精神。
"项羽乃悉引兵渡河，皆沉船，破釜甑，烧庐舍，持三日
粮，以示士卒必死，无一还心。于是至则围王离，与秦军
遇，九战，绝其甬道，大破之，杀苏角，虏王离。涉间不
降楚，自烧杀。当是时，楚兵冠诸侯。"他在艰难曲折的
征战中，总是毫不犹疑，临危不惧，即使在四面楚歌的时
候，也仍然镇静自若，与虞姬饮于帐中，而且慷慨悲歌。
后来他在汉军的重围中，又一马当先，斩将搴旗，使汉军
为之震惊，退避数里。最后到了乌江渡口，乌江亭长早已
驾船在岸边等待他，但他却不肯过江，他说："且籍与江
东子弟八千渡江而西，今无一人还，纵江东父兄怜而王我，
我何面目见之？纵彼不言，籍独不愧于心乎？"说完将自
己的战马送给乌江亭长，然后自刎而死。项羽的英雄性格，
在不同的环境中表现出不同的感人内容。他这样英勇果敢，
但在鸿门宴上，听了刘邦的话语之后，竟然不忍下手，放
走了自己的最大敌手。鸿门宴之后，他"引兵西屠咸阳，
杀秦降王子婴，烧秦宫室，火三月不灭；收其货宝妇女而

东。人或说项王曰'关中阻山河四塞，地肥饶，可都以霸。项王见秦宫室皆烧残破，又心怀思欲东归，曰：'富贵不归故乡，如衣绣夜行，谁知之者！'说者曰：'人言楚人沐猴而冠耳，果然！'项羽闻之，烹说者"。这便表现了项羽眼光短浅、缺乏深谋远虑的弱点，以及他不能择善而从的致命错误。所以当刘邦大定天下之后，置酒洛阳，请列侯诸将说出他何以得天下，项羽何以失天下的真正原因时，高起、王陵两将答道："陛下慢而侮人，项羽仁而爱人。然陛下使人攻城略地，所降下者因以予之，与天下同利也。项羽妒贤嫉能，有功者害之，贤者疑之，战胜而不予人功，得地而不予人利，此所以失天下也。"刘邦还补充了项羽的一个致命弱点：不善用人。而在《淮阴侯列传》中韩信曰："请言项王之为人也。项王喑恶叱咤，千人皆废；然不能任属贤将，此特匹夫之勇耳。项王见人恭敬慈爱，言语呕呕，人有疾病，涕泣分食饮，致使人有功当封爵者，印刓敝，忍不能予，此所谓妇人之仁也。"司马迁笔下的刘邦、项羽形象，显得非常真实，性格内涵非常丰富，可惜《史记》之后，有很长的一段时间（一千多年），中国文学一直以诗文为正宗，没有塑造人物性格的伟大作品产生。直到明清才出现一批表现人物性格比较成功的小说，如《三国演义》和《水浒传》。

　　真正摆脱传奇性质，真实地写出平常的人的丰富内心世界，表现人物性格内部的美丑对照和组合，并把表现人的文学推向高峰的是《红楼梦》。所以鲁迅先生在描述中国小说发展史的轮廓时说，《红楼梦》出现之后，"传统的思想和写法都打破了"，它与从前的小说大不相同，所写的都是"真的人物"（《中国小说的历史的变迁》，载《鲁迅全集》第九卷，第338页）。聂绀弩先生说："《红楼梦》是一部人书。"（《小红论》，载《读书》，1984年第4期）可以说，具有内心丰富性、复杂性的人，在中国文学史上，是在曹雪芹天才的笔下才充分地表现出来的。

中国小说有一个历史变迁过程，按照鲁迅先生的说法，唐以前，并不重写人，所以也无所谓注重刻画人的性格。例如汉魏六朝的志怪小说，人们相信人与鬼都是存在的，讲人讲鬼都不是虚构，"因为他们看鬼事和人事，是一样的，统当作事实"。"盖当时以为幽明虽殊途，而人鬼皆实有，故其叙述异事，与记载人间常事，自视固无诚妄之别矣。"而到了唐朝，讲鬼怪已退居次要地位，而讲人提到首要的地位，"唐人的小说，不甚讲鬼怪，间或有之，也不过点缀而已"。唐代传奇主要就是写人的故事，传奇中人的性格，例如《莺莺传》《李娃传》《柳毅传》，刻画唐朝文人才子的性格也都自然感人，但仍不丰富。以后，又有宋元话本小说，比唐代传奇写得更真实动人，人物性格也更鲜明，明代虽出现过一些话本小说，但"诰诫连篇，喧而夺主"，没有生气，走入公式化，"大率才子佳人之事，而以文雅风流缀其间，功名遇合为之主，始或乖迕，终多如意"。人物性格也是千人一面，毫无生气。直至《红楼梦》产生，才完全改变以往才子佳人的俗套。《红楼梦》一开头借空空道人之口进行评价："石兄，你这一段故事，据你自己说有些趣味，故编写在此，意欲问世传奇。据我看来，第一件，无朝代年纪可考，第二件，并无大贤大忠理朝廷治风俗的善政，其中只不过几个异样女子，或情或痴，或小才微善，亦无班姑、蔡女之德。我纵抄去，也算不得一种奇书。"《红楼梦》确实摆脱了过去大忠大贤、大奸大邪的俗套。石头的回答又特别批评才子佳人小说："至若才子佳人等书，则又开口'文君'，满篇'子建'，千部一腔，千人一面，且终不能不涉淫滥。在作者不过要写出自己的两首情诗艳赋来，故假捏出男女二人名姓，又必旁添一人拨乱其间，如戏中的小丑一般。更可厌者，'之乎者也'，非理即文，大不近情，自相矛盾：竟不如我这半世亲闻的几个女子，虽不敢说强似前代书上所有之人，但观其事迹原委，亦可消愁破闷……"

有些学者依据《红楼梦》的成就，而否认中国古代文学忽视表现人的内心复杂性的根本弱点。这种否定不太符合中国文学发展的实际。因为：

（一）《红楼梦》作为划时代的作品，它的成就是中国文学表现人的创举，可以说，它是中国古代文学描写人物性格内部的美丑对照和组合的伟大开端。它的成功，正是克服中国古代文学忽视表现人这个根本弱点的成功，正是冲破那种"叙好人完全是好，坏人完全是坏"的传统格局的成功。

（二）从中国古代文学的整体性着眼，《红楼梦》只是这个整体系统中的个案，它还不足以代表这个系统的性质。《红楼梦》这样的作品，在中国古代小说总体中，是个特例，属于特殊现象，而不是普遍现象，也就是说，还未形成《红楼梦》传统。

（三）《红楼梦》之外，中国还有一些比较杰出的作品，例如《三国演义》《水浒传》《西游记》等，这些作品中的某些人物也表现出一些人的复杂性，但从整体上说，都还没有像《红楼梦》那样把笔触深入到人的内心世界，展现人的灵魂的深度，还没有把人的性格深层结构中真实的矛盾内容充分地展示出来。这些小说中的某些人物，例如《水浒传》中的宋江，《三国演义》中的曹操，也表现出性格的复杂性，但是，这种人物描写艺术在这些小说中未能成为作品的主要美学倾向。《红楼梦》就不同，贾宝玉的内心常常痛苦到痴呆，而林黛玉既有充满眼泪的阴柔，也有刻薄的时候。即使庄重得像石雕似的宝钗，当贾宝玉无意中把她比作杨贵妃时，她也"不由得大怒"，冷笑了两声说："我倒像杨贵妃，只是没有一个好哥哥好兄弟，可以作得杨国忠的。"她的内心并不像表面那样端庄凝重，她的灵魂仍然有着两种感情的挣扎。可以说，中国文学发展到《红楼梦》，表现真实的人，才进入自觉的时代，才在一部作品中出现了性格丰富的形象体系。这是一个伟大的成就。它标志着中国文学进入一个新的时代，进入一个新的审美价值层次的时代。《红楼梦》所开拓的审美方向，特别是体现在人物性格塑造上的审美方向，应该带给中国文学以更深远的影响。可惜，"五四"以后，《红楼梦》研究的一些代表人物如胡适等，未能充分注意到《红楼梦》是一部"人书"。未能注意通过《红楼梦》的研究深入到对人的研究，对人的内心世界的研究，而把自己研究的重心放在琐碎的考证上。因此，《红楼梦》及其研究，在五四新文化运动中，未能作为人的解放的一面旗帜，而起到它应起的历史作用。

如果从性格的三种对照方式这个角度综观中国古代文学，就会发现，中国以塑造性格为主的文学的弱点，恰恰在于只注重性格外部的美丑对照和组合，忽视性格内部的美丑对照和组合。而外部的美丑对照方式却是低级的对照方式。可惜近代一些小说理论家在对中国小说与西方小说做比较时不肯正视这点。例如徐念慈就认为，西国小说，多述一事；中国小说，多述数人数事，而中国小说显得更为高明。他说："事迹繁，格局变，人物则忠奸贤愚并列，事迹则巧绌奇正杂陈，其首尾联络，映带起伏，非有大手笔、大结构、雄于文者，不能为此，盖深明乎具象理想之道，能使人一读再读即十读百读亦不厌也。"（《小说林缘起》，载《中国近代文论选》下册，人民文学出版社，第503页）徐念慈及当时的一派小说理论家，很主张人物形象应当体现作者的社会理想，应当成为作者表现改革主题的工具，因此，以为人物愈合理想愈好，愈鲜明愈好，忠奸分明、贤愚分明的极其鲜明的性格外部对照最合审美理想。但这是一种很幼稚的看法。他们没有看到这种低级的性格外部对照方式的弱点。而这种"忠奸贤愚并列"的鲜明对照，在戏曲中表现得尤其突出。忠绝对化，奸也绝对化。关于这点，阿甲曾这样概述过："夸张鲜明的美学评价——戏曲舞台上对善恶的褒贬，态度特别鲜明。它如歌颂一个人，总是把美好的东西集中在他身上，请看舞台上：关羽庄严威武，孔明飘逸安详。开什么脸，如何打扮，怎么坐，怎么站，都是选择最完美的形象来表现他。如果反对一个人，总是把丑恶的东西集中在他身上。如对汤勤之流，一出场就看出这是一个胁肩谄笑的势利小人。《刘备招亲》里的东吴大将军贾华，那种虚张声势的丑样，简直是幅非常出色的漫画。《法门寺》里的小太监贾桂，那副奴才嘴脸，真是奴颜婢膝的典型。民间艺人对善恶的美学判断，不仅表现在人物的造型上（如脸谱、身段等），也表现在整个舞台处理上，特别是正面人物和反面人物的舞台调度，有鲜明强烈的对比。这种鲜明突出的美学思想，也体现在戏曲的程式里面。"（《戏曲表演论集》，上海文艺出版社，第148—149页）阿甲之前，金圣叹对这种美学现象也做过论述。他在评点《水浒传》时，曾经提出"正墨"与"反墨"的观念，把人物描写概括为"正墨""反墨"两大类。"正墨"可称为"正犯法"，就是正面对比，比如把李逵杀虎和武松打虎加以比较，可看出武松勇中有智，而李逵则勇中带蛮。"反墨"，又称"背面铺垫法"，这就是正面人物与反面人物性格外部的强烈对照。金圣叹说："如果衬宋江奸诈，不觉写作李逵真率。要衬石秀尖刻，不觉写作杨雄糊涂是也。"金圣叹在评点中处处强烈地把宋江的"奸诈"与李逵的"真率"加以对照，带有自己的偏见。但是，他所说的这种性格外部的对照方式，即"反墨"的方法，在中国的小说、戏剧中确实是普遍使用的。所以，我们谈起《三国演义》，会自然地把曹操与刘备对照起来看，一个是处处奸诈，一个是处处长厚，曹操奸诈得近乎魔，刘备长厚得近乎伪。这种反墨的手法，当然可以使性格显得更加鲜明，但是如果反墨的手法过于强烈，过度地夸张，就会造成"溢恶"和"溢美"的现象，造成性格的畸形单一化，失去性格的真实。溢美到了极点，人就变成神；溢恶到了极点，人就变成了魔。

最集中地表现出中国古典小说这种弱点的是侠义小说、公案小说和谴责小说。这些小说数量很大，影响也很广，直到今天还在产生广泛的社会效应。但这几类小说，审美价值很低，书中的侠客、清官和其他英雄，大多是非常片面的性格。这种性格实际上只是本质化的观念图式，并没有真实的内在生命。他们或是忠的范式，或是义的范式，或是"士为知己者死"的范式，或是"路见不平，拔刀相助"的范式，或是"劫富济贫"的范式。

以往的古代文学史和文学评论分析侠义小说的已经不少。鲁迅先生在《中国小说史略》中的《清之侠义小说及公案》一节，精辟地总结了侠义小说发展的历史，并从美学上分析了它们的得失。在《中国小说历史的变迁》中，鲁迅曾表示自己的"疑惑"，他说："现在《七侠五义》已出到二十四集，《施公案》出到十集，《彭公案》十七集，而大抵千篇一律，语多不通，我们对此，无多批评，只是很觉得作者和看者，都能够如此之不惮烦，也算是一件奇迹罢了。"侠义小说确实"千篇一律"，这类小说中的侠客及其斗争的对象（坏人）其性格都是一种模式。侠客的性格大约集人间美德，其斗争对象，则集人间一切恶德。鲁迅在分析文康的《儿女英雄传》的主角十三妹时说，这个人物"纯出作者意造，缘欲使儿女之概，备于一身，遂致性格失常，言动绝异，矫揉之态，触目皆是矣"。文康自身的美学观点，就是反对《红楼梦》式的描写人物的二重组合，而认定描写好人要绝对地好，坏人绝对地坏，因此他笔下的正面人物，几乎个个是封建道德的理想范式，而他笔下的理想人物更是如此，十三妹就是一个超人，她婚前是一个飞檐走壁、具有万夫不当之勇的女侠客，婚后（同安公子结婚）又是一个懂得名分、非常贤惠的少奶奶。她同张金凤两人共事一夫而毫无嫉妒之心，处处符合夫荣妻贵、二女一夫的封建家庭理想。在以男性为中心的封建社会中，十三妹是一个理想女性。因此，从道德的眼光看，十三妹是一种理想范式，但从审美眼光看，则感到她的性格太畸形太本质化了。

更为畸形化本质化的是《野叟曝言》。这部小说的主人公文素臣，正是封建时代"高大完美"的典范。关于文素臣，聂绀弩先生把他描述得极为清楚，他说："旧礼教那东西，要建筑在像文素臣那样的英雄的铁腕上。既有豪杰肝胆，又有圣贤心肠，有伊吕之志，孔孟之学，孙吴之略，武穆文山之至忠至正，而又才高子建，勇迈孟贲，貌胜潘安，功压韩信，天文地理，医卜星相，三教九流，诸子百家，十八般武艺无一不精，连生殖器也与众不同，只有嫪毐薛敖曹之流可比。这真把古今中外的伟大人物治于一炉，也造不出这样一个大英雄。"（《再谈〈野叟曝言〉》，载《聂绀弩杂文集》，生活·读书·新知三联书店，第102—103页）这种极端的英雄化导致作品的荒唐化，正是中国传奇小说写作的教训。

侠义小说中另有一些人物，例如包公，给人留下的印象较好。他不畏豪强、廉洁正直，是民众心目中的理想人物。但是，这种理想，只是大众政治理想、法治理想与道德理想的化身，是为民请命的理想官吏的象征，而不是审美理想性质的艺术形象。从文学的审美角度看，包公只是一个崇高性格因素的单一化形象，他的性格由于缺乏与崇高因素相组合的其他性格因素，显得单调苍白。可以说，包公的性格，也只是一种抽象的寓言品。他后来变成了神，正是这种性格畸形化的必然逻辑。

侠义小说中也有个别人物写得稍好一些，如《三侠五义》中的白玉堂，而白玉堂所以写得较好，也正因为他不是被描写得绝对的好。他的性格中除了具有英雄性的一面，还有非英雄性一面。也可以说，他的性格中除了崇高因素之外，还有滑稽的因素。鲁迅说《三侠五义》"构设事端，颇伤稚弱，而独于写草野豪杰，辄奕奕有神，间或衬以世态，杂以诙谐，亦每令莽夫分外生色"。（《中国小说史略》，载《鲁迅全集》第九卷，第273页）鲁迅所指的草野豪杰，就是白玉堂这类人物。胡适在分析《三侠五义》时认为，作品的成功处在于其中白玉堂、蒋平、智化、艾虎等四个人物，特别是白玉堂写得较好，他认为，《三侠五义》写出了"白玉堂的为人很多短处"。例如他的"骄傲，狠毒，好胜，轻举妄动"等，胡适说："这都是很大的毛病。但这正是石玉昆的特别长处。向来小说家描写英雄，总要说得他像全德的天神一样，所以读者不能相信这种人才是真有的。白玉堂的许多短处，倒能教读者觉得这样的一个人也许是可能的；因为他有这些近情近理的短处，我们却格外爱惜他的长处。向来小说家最爱教他的英雄福寿全归；石玉昆却把白玉堂送到铜网阵里去被乱刀砍死，被乱箭射得'犹如刺猬一般，……血渍淋漓，漫说面目，连四肢俱各不分了'。这样的惨酷的下场便是作者极力描写白玉堂的短处，同时又是作者有意教人爱惜这个少年英雄，怜念他的短处，想念他的许多长处。"（《三侠五义序》，载《胡适文存·三集》卷六，上海亚东书局，第699—700页）胡适认为《三侠五义》较之以前的侠义小说是一个进步。以往的侠义小说，是不敢写出英雄的短处的。他考证了从《包公案》（又名《龙图公案》）到《三侠五义》公案侠义小说发展的历史，以及仁宗生母李宸妃的故事九百多年演变的历史，这种几乎把人间美德不断地积到李宸妃身上的历史，使得李宸妃从人几乎变成了怪。胡适说："包公身上堆着许多有主名或无主名的奇案，正如黄帝周公身上堆着许多大发明大制作一样。李宸妃故事变迁沿革也就同尧舜桀纣等等古史传说的变迁沿革一样……尧舜桀纣的传说也是如此的。古人说得好，'爱人若将加诸添，恶人若将坠诸渊'。人情大抵如此，古人又说，'纣之不善，不如是之甚也。是以君子恶居下流，天下之恶皆归之'，古人把一切罪恶都堆到桀纣身上，就同古人把一切美德都堆到尧舜身上一样。这多是一点一点地加添起来的，同李宸妃的故事的生长一样。尧舜就是李宸妃，桀纣就是刘皇后。"（《三侠五义序》）

《三侠五义》之后，还有《小五义》《续小五义》，这之外，又有《永庆升平》《七剑十三侠》《英雄大八义》《英雄小八义》以及《刘公案》《李公案》《施公案》《彭公案》等，这些侠义小说与公案小说，艺术更为拙劣，所有的侠客性格，皆畸形可笑。他们大都是神出鬼没的超人，而且逐渐失去前辈侠客崇高性格因素，而蜕化为卑劣的但有超常本领的官府帮凶，其性格实际上是超世间的单一化的卑劣性格。鲁迅评述这些侠义小说时说："故凡侠义小说中之英雄，在民间每极粗豪，大有绿林结习，而终必为一大僚隶卒，供使令奔走以为宠荣，此盖非心悦诚服，乐为臣仆之时不办也。然当时于此等书，则以为'善人必获福报，恶人总有祸临，邪者定遭凶殃，正者终逢吉庇，报应分明，昭彰不爽……'。"（《中国小说史略》，载《鲁迅全集》第九卷，第279页）这些小说的文学价值已经丧失。

我国的侠义小说，其美学上的教训，就是小说的人物性格失去二重组合，从而失去活人的真实血肉。其中一些带有崇高性格的主角，如包公、李宸妃，是崇高性格的片面化。其反面，则是卑鄙性格的绝对化。结果使人物失真，如同传统中的尧舜桀纣，只能在人们的幻想世界中才能找到，而在现实世界上并不存在，我们无法在他们身上感到活人的情感、活人的生气，更无法感应到活人丰富的内心世界。

## 三、性格美学的启迪

古典小说戏曲创作过于偏重低级的性格外部对照，忽视人物性格内部的二极对照、交融和组合，这与中国文学的整体结构的特点有关。我国古代的文学创作，一直是以韵文与散文为主的。韵文包括三四言诗、楚辞、赋、乐府、格律诗和非格律诗、词、曲等，散文则包括骈文、古文、传记、笔记等。构成中国文学主流的各时代的典型文学现象，正如王国维所概括的："凡一代有一代之文学，楚之骚，汉之赋，五代之骈语，唐之诗，宋之词，元之曲，皆所谓一代之文学，而后世莫能继焉者也。"（《宋元戏曲考序》，载《王国维遗书》第十五册，上海古籍书店）尽管明清出现了一些杰出的小说和戏曲作品，但仍然没有像西方那样被视为主要的文学形式。因此，能够比较充分地表现人物性格的小说和戏曲始终未能在中国文学史上占主导地位。这正如鲁迅先生所说："小说和戏曲，中国向来是看作邪宗的。"（《徐懋庸作〈打杂集〉序》，载《鲁迅全集》第六卷，第291页）由于中国文学整体结构的这种特点，文学理论的重心也在于诗词散文的研究，其特殊范畴，如"气""体""风骨""神韵""意境"等，也都是从小说戏剧之外的抒情文学中抽象出来的。特别是"意境"论，它作为中国古代文论中的代表性理论，是具有巨大理论价值的，但它也不是研究人本体的理论，因而不能成为开拓人的内心世界的参照。而西方文论的重心与中国不同，它的"典型"论所以会充分发展，就在于西方作家较注意表现人，相应地，文学批评家和理论家也注意研究和发展表现人的理论。因此，在西方，对于人物性格的二重组合原理，早已习以为常，在现实主义作家中，早已成为普遍性的创作原则。他们尽管也注意性格外部对照的表现方法，但更注意的是性格内部对照的表现方法，是对人的复杂内心世界的开掘。在理论上，西方现实主义文学论，早就主张作家应当真实地反映全面的人性，不应回避性格内部的美丑因素的互相对照、渗透和转化。中国文学整体结构在明清发生某些变化之后，尽管出现了一些把眼光投向人物性格的评点式的文学理论家，如李贽、金圣叹、毛宗岗、张竹坡等，但总的说来，他们的评论重心仍然停留在浅显的性格外部对照和性格表里对照，仍然没有迈进性格内部的深层结构中，仍然没有提供关于性格内部对照和组合的较为切实的理论。这些批评家中，应当给予充分评价的是金圣叹，他已开始注意到同一人物性格两种对立因素的对照，例如他特别赞赏表现李逵"鲁莽"的同时，也偶尔表现他的"奸猾"，注意到李逵既"率真"亦"奸猾"的二重组合。还有高俅，他最初听到高衙内为了霸占林冲之妻而准备杀害林冲的计划时，并不赞成，觉得这种手段未免过分。这就是说，高俅这个坏人并非绝对的坏，他在做坏事之前也有矛盾，也有犹豫。对于这段描写，金圣叹非常赞赏，特别提醒人们注意。这说明金圣叹的小说美学思想已触及人物性格的内部对照和组合。可惜，金圣叹的这种思想，还是一种朴素的直观，还没有形成自觉的理论。他更重视的是低级的性格外部对照方式，因此处处不放掉的是指出宋江与李逵的差别，以至宋江与其他水浒英雄的对照，但这种评论带有很大的主观性。例如他说："或问于圣叹曰：鲁达何如人也？曰：阔人也。宋江何如人也？曰：狭人也。曰：林冲何如人也？曰：毒人也。宋江何如人也？曰：驳人也。曰：柴进何如人也？曰：良人也。宋江何如人也？曰：歹人也。曰：阮七何如人也？曰：快人也。宋江何如人也？曰：厌人也。曰：李逵何如人也？曰：

真人也。宋江何如人也？曰：假人也……”这段评点相当集中地反映了金圣叹的美学观。金圣叹的评点始终把李当作可爱的典型，把宋江当作可恶的典型，人为地把两人的性格到处进行对照。这种评点，实际上并没有反映《水浒传》塑造宋江的成就。从审美的角度上说，宋江是《水浒传》中塑造得最复杂的形象，这个形象是中国农民起义军领袖的悲剧形象，他的性格大体上也是二重组合的。宋江一方面突破了农民小生产者的弱点，表现出自己的组织才能，善于团结来自各阶层的起义者，使他们组成一支造反队伍。他自身对于贪官污吏，对于社会邪恶和压迫现象，也是憎恨的。他是一个具有正义感的有才干的英雄。但是，他性格中也有懦弱的一面，也带有小生产者那种缺乏远大目的的致命弱点。对宋江的真实性格的描绘，是《水浒传》艺术上成功的一个重大因素。施耐庵没有主观地把宋江理想化，把他写成完美的英雄，也没有把他丑化，写成一个恶魔。施耐庵对宋江的态度也是带有二重性的，他既对宋江的英雄行为加以赞美，对他的动摇行为也确实有所鞭挞（当然这种鞭挞不是由作家直接出面）。而金圣叹对宋江的评论，没有反映施耐庵的审美观中最有价值的部分，也未能正确地肯定塑造宋江形象的艺术成就。他把小说中的宋江描绘成各种反面特征的集合，描绘成一个由狭人、驳人、歹人、厌人、假人、呆人、俗人、小人、钝人汇合起来的十足的坏蛋，一个极端本质化的单一性格，这显然是人为地丑化宋江的形象。

而毛宗岗对《三国演义》的评论，更是对性格单一化本质化的绝对肯定。他说："吾以为《三国》有三奇，可称三绝：诸葛孔明一绝也，关云长一绝也，曹操亦一绝也。历稽载籍，贤相林立，而名高万古者，莫如孔明。其处而弹琴抱膝，居然隐士风流，出而羽扇纶巾，不改雅人深致。在草庐之中而识三分天下，则达乎天时；承顾命之重而至六出祁山，则尽乎人事。七擒、八阵，木牛、流马，既已疑鬼疑神之不测；鞠躬尽瘁，志决身歼，仍是为臣为子之用心，比管、乐则过之，比伊、吕则兼之，是古今来贤相中第一奇人。历稽载籍，名将如云，而绝伦超群者，莫如云长。青史对青灯，则极其儒雅；赤心如赤面，则极其英灵。秉烛达旦，人传其大节，单刀赴会，世服其神威。独行千里，报主义志坚；义释华容，酬恩之谊重。作事如青天白日，待人如霁月光风。心则赵抃焚香告帝之心而磊落过之；意则阮籍白眼傲物之意，而严正过之，是古今来名将中第一奇人。历稽载籍，奸雄接踵，而智足以揽人才而欺天下者莫如曹操。听荀彧勤王之说而自比周文，则有似乎忠；黜袁术僭号之非而愿为曹侯，则有似乎顺；不杀陈琳而爱其才，则有似乎宽；不追关公以全其志，则有似乎义。王敦不能用郭璞，而操之得士过之；桓温不能识王猛而操之知人过之。李林甫不能制禄山，不如操之击乌桓于塞外；韩侂胄不能贬秦桧，不若操之讨董卓于生前。窃国家之柄而姑存其号，异于王莽之显然杀君；留改草之事以俟其儿，胜于刘裕之急欲篡晋。是古今来奸雄中第一奇人。有此三奇，乃前后史之所绝无者。故读遍诸史而愈不得不喜读《三国志》也。"（《读三国志法》，转引自《中国美学史资料选编》下册，中华书局，第219页）

　　毛宗岗所论的诸葛亮、关羽、曹操，是《三国》中塑造出来的三大奇人，这确实是事实。但是，把人的某种特征，例如诸葛亮的智、关羽的忠、曹操的奸一味加以渲染，以致使他们的这种特征超出人的本来面目，变成"奇人"，是否可称为人物性格塑造之"绝"，就值得一议了。事实上，像诸葛亮、关羽，奇是奇了，但奇得太过分，处处无不超绝，反而见不到他们的内心世界，见不到他们心灵的图景。特别是诸葛亮简直就像神仙，难怪后人都称"神仙诸葛"，把诸葛亮与神仙连在一起。而毛宗岗正是特别欣赏这点，他在第三十七回中对罗贯中把诸葛亮写得如缥缈之仙极为赞赏。他说："善写妙人者不于有处为，正于无处写。写其人如闲云野鹤之不可定，而其人始远；写其人如威凤祥麟之不易睹，而其善始尊。"《三国演义》在孔明出现之前，先从各个侧面极力写出孔明的神妙，在这点上确实有独到的艺术功夫，但是各种艺术手段所达到的目的，却是要渲染诸葛亮的神仙性、神妙性，这样，越是渲染，诸葛亮离人就愈远。因此，出现在读者面前的诸葛亮，便是一种超绝的非凡的外在图景，而看不到生命的真实图景。这种看不到心灵图景的表面功夫，确实是《红楼梦》之前中国古典小说人物塑造上的基本弱点。

《红楼梦》产生后，出现了与《红楼梦》美学相通的脂砚斋文学批评。脂砚斋批评的根本价值，就在于较准确地道破了《红楼梦》的美学要点。脂砚斋在分析《红楼梦》的艺术时，看到《红楼梦》在美学上的根本价值所在，看到曹雪芹创造的人物性格内部的二重对照和二重组合，他在对《红楼梦》四十三回的评语中说"最可笑世之小说中，凡写奸人则鼠目鹰胆等语"。又说："最恨近之野史中，恶则无往不恶，美则无一不美，何不近情理之如是耶。"脂砚斋认为在《红楼梦》形象系统中写得最成功的，可称"古今未有之一人"者，是贾宝玉。脂砚斋在中国文学理论史上，第一次批评了"恶则无往不恶，美则无一不美"的美学观念，把《红楼梦》冲破传统美学观念的根本价值揭示出来，也第一次注意到人的性格内部的复杂图景，从而把小说审美提高到新的水平。鲁迅关于《红楼梦》塑造人物"美恶并举"的见解，与脂砚斋是相通的。脂砚斋对于中国古典小说弱点的认识在当时仍然是孤立的现象，尚未形成一种文学思潮，尚不足以打破"恶则无往不恶，美则无一不美"的局限。

中国小说、戏剧中忽视性格内部的二重组合而只做低级的性格外部对照，导致人物描写的表面化和人物形象的脸谱化，极大地限制了文学艺术水平。近现代倡导文学改革的思想家，对中国文学传统中的这种弱点开始逐步地有所认识。例如提倡新小说的夏曾佑，在他的《小说原理》中就曾指出中国小说的几大弊病："所写主书之生、旦，必为至好之人，是写君子也；必有平番、救主等事，是写大事也；必中状元、拜相封王，是写富贵也，必有骊山老母、太白金星，是写虚无也！"（《中国近代文论选》上册，第206页）但是，由于当时迫切要求改革的思想家和文学家，改革之心异常迫切，大力倡导政治小说，倡导把小说作为社会改革的器具，因此又简单化地把政治思想当成审美理想，主张人物形象应当体现作者的社会理想，他们认为："有如何之理想，则造如何之人物以发明之"，"撰一现社会所极需而未有之人物以示之"，这样的"一人焉，一事焉，立其前而树之鹄"，使读者加以仿效，"望风而趋之"，从而也使"思想瞬息而普及于最下等之人，实改革社会之最妙法门"。徐念慈认为中国小说的团圆主义以及忠奸分明的强烈对比合乎理想，其实正是合乎政治理想。像《野叟曝言》，写一个全知全能的文素臣，他也认为这正是圆满的，而愈圆满，则愈合理想。他说："试以美学最发达之德意志征之，黑辦尔氏于美学，持绝对观念论者也。其言曰：'艺术之圆满者，其第一义，为醇化于自然。'简言之，即满足吾人之美的欲望，而使无遗憾也。"他根据自己对黑格尔美学的这种理解，认为合理想美学的小说是最上乘的，而中国的团圆主义小说，忠奸对照的小说就是最上乘的，所以他说："曲本中之团圆（《白兔记》《荆钗传》）、封诰（《杀狗记》）、荣归（《千金记》）、巧合（《紫箫记》）等目，触目皆是。看演义中之《野叟曝言》，其卷末之踌躇满志者，且不下数万言。要之不外使圆满而合于理性之自然也。"徐念慈还把中国小说与西方小说加以对比，认为人物"忠奸贤愚并列"，是最合乎理想美学的。对此，当时就有与之相左的意见，认为"小说虽属理想，亦自自分际，若过求完善，便属拙笔。……若《野叟曝言》之文素臣，几乎全知全能，正令观者味同嚼蜡。"为了反对写"全知全能"性格单一的"完人"，反对者还以《水浒》《儒林外史》为例说："《水浒》《儒林外史》，中国尽人皆知之良小说也。其佳处即写社会中殆无一完全人物"；而"视寻常小说写其主人公必若天人"。（《觚庵漫笔》，载《晚清文学丛钞·小说戏曲研究卷》，第430页）可惜这种思想还是直观的、朦胧的，而且也缺乏有说服力的分析。

晚清时期借西方美学观点来反对性格单一化、本质化，值得注意的是王国维。他认为典型形象不应当把人类的某种共同的特点，抽象地放在某一名字之下。他说："美术之所写者，非个人之性质，而人类全体之性质也。惟美术之特质，贵具体而不贵抽象。于是举人类全体之性质，置诸个人之名字之下。譬诸'副墨之子''洛诵之孙'，亦随吾人之所好名之而已。善于观物者，能就个人之事实，而发见人类全体之性质。"（《红楼梦评论》，载《中国近代文论选》下册，第262页）王国维基于这种理解，他反对悲剧写一种"极恶"的"蛇蝎之人"，特别是以这种人物为悲剧发展的动力，而使人们忘记悲剧的真正社会原因。这样，人们才不会以为人间之不幸，乃是意外的、偶然的事，如果不遇到极坏的人，社会人生就安然无恙了，这种见解是非常深刻的。

直到五四新文化运动，文学艺术界才充分地意识到人物塑造单一化、脸谱化的弊病。新文化运动的倡导者开始对旧的文学传统进行深刻的自我反省，用开放性的眼光重新审视中国的文学艺术。那时，从美学角度上，以鲁迅为代表的批评家普遍批评了中国小说、戏剧中两种明显的审美倾向：一是缺乏悲剧观念的团圆主义；一是缺乏人物性格内心矛盾的、只顾性格外部对立的脸谱主义。对于后一方面，鲁迅当时一面赞扬《红楼梦》打破了中国文学的传统格局，一面又批评侠义小说、公案小说和谴责小说中的根本弊病。对于在近代尚有争论的《野叟曝言》这种性格畸形理想化的小说，鲁迅做了彻底的批评。他指出："《野叟曝言》庞然巨帙，回数多至百五十四回，以'奋武揆文天下无双正士熔经铸史人间第一奇书'二十字编卷，即作者所以浑括其全书。至于内容，则如凡例言，凡'叙事，说理，谈经，论史，教孝，劝忠，运筹，决策，艺之兵诗医算，情之喜怒哀惧，讲道学，辟邪说……'无所不包，而以文白为之主。白字素臣，'是铮铮铁汉，落落奇才，吟遍江山，胸罗星斗。说他不求宦达，却见理如漆雕；说他不会风流，却多情如宋玉。挥毫作赋，则颉颃相如；抵掌谈兵，则伯仲诸葛，力能扛鼎，退然如不胜衣；勇可屠龙，凛然若将陨谷。旁通历数，下视一行；闲涉岐黄，肩随仲景。以朋友为性命；奉名教若神明。真是极有血性的真儒，不识炎凉的名士……"鲁迅又指出："《野叟曝言》云是作者'抱负不凡，未得黼黻休明，至老经猷莫展'，因而命笔，比之'野老无事，曝日清谈'（凡例云）。可知衒学寄慨，实其主因，圣而尊荣，则为抱负，与明人之神魔及佳人才子小说面目似异，根柢实同，惟以异端易魔，以圣人易才子而已，意既夸诞，文复无味，殊不足以称艺文，但欲知当时可谓'理学家'之心理，则于中颇可考见。"（《中国小说史略》，载《鲁迅全集》第九卷，第242—243页）鲁迅很讨厌这部书，他在《寻开心》一文中讲这部小说乃是"道学先生的悖道淫毒心理的结晶"。

鲁迅之外，还有不少人进行过批评。如傅斯年在《论编制剧本》中主张"旧戏当废"，其六条理由中，前三条就是陈述旧戏的团圆主义等弊病，而后三条，则是攻击戏剧中人物塑造的弊病。第四条指出："剧本里的人物总要平常，旧戏里最少的是平常人，好便好得出奇，坏便坏得出奇——简直是不能有的人，退一步说，也是不常有的人。弄这样人物上台，完全无意义。小孩子喜欢这个，成年人却未必喜欢这个。若说拿这些奇怪人物作教训，作鉴戒，殊不知世上不常有的事，那里能含着教训鉴戒的效用。平常人的行事，好的却真可作教训，坏的却真可作鉴戒。因为平常，所以可以时时刻刻，作个榜样。况且人物奇异，文学的运用，必然粗疏：人物愈平常，文章愈不平庸。"第五条理由则是："中国人恭维戏剧，总是说，善恶分明；其实善恶分明，是最没趣味的事……新剧的制作，总要引起看的人批评判断的兴味，也可以少许救治中国人无所用心的毛病。"（《中国新文学大系·建设理论集》，良友图书公司，第391页）

"五四"之后的1931年，瞿秋白在提倡大众文艺时虽过于"激进"，但也批评那种轻率地对待大众文艺的人把团圆主义和脸谱主义搬到新文学中来。他的批评很值得我们在思考文学传统时重温一下。他认为，才子中状元，佳人嫁大臣，好人得好报，恶人得恶报，这固然是团圆主义，而大众文学中写群众斗争，没有失败，只有胜利，没有错误，只有正确，"一些百分之百的'好人'打倒了一些百分之百的'坏人'"，也是团圆主义，对于脸谱主义，他更是做了精彩的描述，他指出，"京戏里面奸臣画白脸，忠臣画红脸，小丑画小花脸……同样，可以把帝国主义者，地主，绅士，资本家，工人，农民……一个个的规定出脸谱来。这不但可以，而且的确有人这样写！甚至于可以更详细地说：布尔塞维克，孟塞维克，盲动主义者等，都可以有脸谱。反革命的一定是只野兽，只要升官发财，只要吃鸦片讨小老婆；而革命的一定是圣贤，刻苦，坚决等等……这种简单化的艺术，会发生很坏的影响。生活不这么简单！工人，劳动群众所碰见的敌人，友人，同盟者，动摇的'学生先生'，也都不是这样纸剪成的死花样，而是活人。工人农民自己也是活人！反革命的人，一样会有自己的理想，自己的道德……假定在文艺之中尚且给群众一些公式化的笼统概念，那就不是帮助他们思想上武装起来，而是解除他们的武装。"（《瞿秋白文集》第二册，人民文学出版社，第870—871页）

瞿秋白的批评给我们的启发是，即使带有强烈阶级性的两个阶级营垒的人物的性格对照，也必须是人与人的性格对照。革命阶级的英雄和反动阶级的代表，他们之间的性格对照，也不应当处理成神与魔的对照，他们的性格对照方式也应当采取高级形态的对照方式。唯其如此，才不会把性格变成抽象的寓言品，才不会把社会的阶级斗争抽象为好人与坏人的斗争。也唯其如此，作品才具有它的深刻的思想意义和艺术意义。

　　不幸，五四运动以及其后的左翼革命文化运动所冲击的脸谱主义，在"文化大革命"中竟漫无边际地发展起来。低级的性格外部对照方式，被当时的文化操纵者推到极端离奇、极端荒唐的程度。对照的双方，一方被美化突出到神的地位上，一方被丑化和缩小到魔鬼的地位上，对照双方性格内部畸形地单一化、本质化，失去任何真实的人性内容。他们的所谓英雄形象，不过是他们的政治观念的工具，为极端主题服务的毫无个性的傀儡。这是中国文学艺术在现代时期所遭逢到的不幸。这种美学教训，在今天倒使我们能冷静地提升出一些有价值的思索。

　　　　此文原是《性格组合论》的一章，写于1984年

# 不为点缀而为自救的讲述

原"红楼四书"总序

　　去国十九年，海内外对拙著《漂流手记》（散文九卷）有不少评论，其中我的年轻好友王强所作的《漂泊的哲学与叩问的眼睛》一文道破了我的写作"奥秘"：讲述只是拯救生命的前提和延续生命的必要条件。他以讲述《一千零一夜》故事的动因为喻，说明我的作品不是身外的点缀品，而是生命生存的必需品。相传萨珊国国王山鲁亚尔因王后与一奴隶私通，盛怒之下将王后及奴隶处死。这之后又命令宰相每天给他献上一少女，同寝一夜，第二天早晨杀掉，以此报复女人的不忠行为。宰相的女儿谢赫拉查德为拯救少女，自愿嫁给国王。她每夜给国王讲一个故事，国王因为还想听下一个故事就不杀她，结果她讲了一千零一个故事。她的讲述是生命需求，是活下去的需求。我的

《漂流手记》第四卷《独语天涯》，副题叫作"一千零一夜不连贯的思索"，全书写了一千零一则随想录。王强的评论击中要害，说明我的讲述理由完全是谢赫拉查德式的生存理由。王强讲的是我的散文，其实，我的《红楼梦》写作，也是同样的理由、同样的原因。动力也是生命活下去、燃烧下去、思索下去的渴求。不讲述《红楼梦》，生命就没劲，生活就没趣，呼吸就不顺畅，心思就不安宁，讲述完全是为了确认自己，救援自己。正因为这样，在写作《红楼梦悟》之前，我就离不开《红楼梦》，喜欢和朋友讲述《红楼梦》，与那个宰相之女一样，不讲述就会死。至于讲完后要不要形成文字，倒不是那么要紧。倘若不是学校、朋友、出版社逼迫，我大约不会如此投入写作，几年内竟然写了"红楼四书"（包括《红楼梦悟》《共悟红楼》《红楼人三十种解读》《红楼哲学笔记》）。这一点，剑梅也可作证，如果不是她的逼迫，我大约不会对她讲述，而且讲完还认真地整理出《共悟红楼》对话录。

除了个体生命需求之外，还有没有学术上的需求呢？当然也有。不过，这不是缔造学术业绩的需求，而是追寻学术意境的需求。说得明白一点，是想把《红楼梦》的讲述，从意识形态学的意境拉回到心灵学的意境，尤其是从历史学、考古学的意境拉回到文学的意境，做一点"红楼归位"的正事。《红楼梦》本来就是生命大书、心灵大书，本就是一个无比广阔瑰丽的大梦（有此大梦，中华文化才更见力度）。梦可悟证，但难以实证，更难考证。在人文科学中，我们会发现真理有仰仗逻辑分析的实在性真理与非逻辑非分析的启示性真理，后者就难以实证。熊十力先生把智慧区分为量智与性智，前者可实证，后者则只能悟证。世上几个大宗教和中外文化中的一些大哲学家都发现第一义存在（上帝、道、无等）难以言说，既不可证实也不可证伪。康德说"物自体"不可知，与老子的"道可道，非常道"相通。文学蕴含的多半是感性的启示性真理，是难以考证实证甚至难以论证的无穷意味。《红楼梦》中的所谓"意淫"，是一种想象活动。这种想象本身就是神秘的、反规范的、无边无际的心理过程。这恰恰是典型的文学过程。贾宝玉和他的许多"梦中人"的关系，都包含着这种"在想象中实现爱"的关系，这是《红楼梦》很重要的一部分精神内涵，但很难实证与论证，只能悟证。再如小说文本中多次出现的"幽香""香气"，也无法实证。第五回宝玉梦中到太虚幻境，"但闻一缕幽香，竟不知其所焚何物。宝玉遂不禁相问。警幻冷笑道：'此香尘世中既无，尔何能知！'"第十九回中，宝玉在黛玉处，又"只闻得一股幽香"，于是"一把便将黛玉的袖子拉住，要瞧笼着何物。黛玉笑道：'冬寒十月，谁带什么香呢？'宝玉笑道：'既然如此，这香是那里来的？'黛玉道：'连我也不知道。

想必是柜子里头的香气，衣服上熏染的也未可知。'宝玉摇头道：'未必。这香的气味奇怪，不是那些香饼子、香毬子、香袋子的香。'"到底警幻仙子和黛玉身上飘散出的是什么香味，有的学人说，这是美人身上的体香，也有人说是衣服中的物香，而我却通过悟证，说明这是警幻、黛玉"灵魂的芳香"，对于黛玉，也许正是其前世"绛珠仙草"的仙草味。这种不可实证却可让人通过感悟进行想象和审美再创造，便是文学，便是历史学、考古学和其他学科难以企及的文学。我在"红楼四书"中使用的"悟证"法，既不同于知识考证与家世考证，也不同于逻辑论证，虽是近乎禅的通过直觉把握本体的方式，但我却在"悟"中加上"证"，即不是凭虚而悟，而是阅读而悟，参悟时有对小说文本阅读的基础，悟证过程虽与"学"不同，却又有"学"的底蕴与根据。这算不算独立的自性法门，只能留待读者去评论。

《红楼梦》的情思浩如渊海，有待一代一代读者去感悟，而悟证又有益于《红楼梦》研究回归文学。期待"红楼归位"，自然是有感而发。20世纪红学兴旺，但也发生一个文学在红学中往往缺席的问题。以意识形态判断取代文学研究且不说，20世纪一些具有代表性的红学家，固然有王国维、鲁迅、聂绀弩、舒芜等拥抱文学的学人，但无论索隐派、考证派、新证派都忽略了文学本身，所以才有俞平伯先生晚年"多从文学哲学着眼"的呼唤。蔡元培是我最为敬爱的知识分子领袖人物，但以他的名字为符号的"索隐"研究，却把《红楼梦》的无限自由时空狭隘化为一个朝代的有限时空，尽管其经世致用、以"评红"服务于反满的目的可以理解，但其结果毕竟远离了文学。在考证上开山劈岭的胡适，其功不可没，没有他的努力，我们可能还不知道我国最伟大的小说，其作者叫作曹雪芹，也不知道《红楼梦》大体上是作者的自叙传，作品的故事框架与曹雪芹的人生家世框架大致相合。可是，胡适作为一个"历史癖"，却不会欣赏《红楼梦》的辉煌星空，他竟然认为《红楼梦》比不上《儒林外史》；在文学技术上，《红楼梦》比不上《海上花列传》，也比不上《老残游记》"。他甚至认同苏雪林的论断："原本《红楼梦》也只是一件未成熟的文艺作品。"（1960年11月20日致苏雪林的信，载《胡适论红学》，安徽教育出版社，2006年，第267页）胡适这种看法十分古怪，他断定《红楼梦》"未成熟"，恰恰暴露了自己文学见解的幼稚。鲁迅说："博识家的话多浅，专门家的话多悖。"（《且介亭杂文二集·名人和名言》）专门家胡适倒应了鲁迅"多悖"的评价。把胡适的考证推向更深广也更见功夫的周汝昌先生给我们提供了非常丰富的曹氏家族沧桑的背景材料，使我们在阅读文本时更明白曹雪芹在处理"真事隐"与"假语村"两者关系时费了怎样惊人的功夫（这可能是世界文学史上独一无二的个案）。周先生的《红楼梦新证》成了20世纪红学的一个里程碑，可是，周先生竟然把对《红楼梦》的文学批评、文学鉴赏排除在红学之外，把红学限定在曹氏家世的考证和遗稿的探佚之中，这又一次使红学远离了文学。俞平伯先生早期也错误地认为"《红楼梦》在世界文学中底位置是不很高的""应列第二等"（《红楼梦辨·红楼梦底风格》）。后来他做了修正，认为可列"第一等"。可是，在1980年5月26日的国际研讨会上他却说："我早年的《红楼梦辨》对这书的评价并不太高，甚至偏低了，原是错误的，却亦很少引起人注意。不久我也放弃前说，走到拥曹迷红的队伍里了，应当说是有些可惜的。"（王湜华编：《红楼心解》，陕西师范大学出版社，第276—277页）连俞先生也未能理直气壮地肯定《红楼梦》为世界一流一等作品，勉强肯定之后又发生摇摆，这不能不令人感到困惑。不过，前贤的努力毕竟为我们提供了再思索的前提，即使偏颇也提供我们再创造的可能，无论从哪一个角度上说，我们都应当铭记前人的功劳与足迹。说要把《红楼梦》研究从历史学、考古学拉回文学，这只是我个人的意愿，并没有"扭转乾坤""改造研究世界"的妄念。

德国天才诗人海涅曾把《圣经》比喻成犹太人的"袖珍祖国"，我喜欢这一准确的诗情意象，也把《红楼梦》

视为自己的袖珍祖国与袖珍故乡。有这部小说在，我的灵魂将永远不会缺少温馨。

是为序。

刘再复

2008年7月10日

于美国科罗拉多大学校园

**图书在版编目（CIP）数据**

红楼人三十种解读 / 刘再复著.—上海：上海三联书店，2024.7重印
ISBN 978-7-5426-6932-2

Ⅰ.①红… Ⅱ.①刘… Ⅲ.①《红楼梦》人物—人物研究 Ⅳ.①I207.411

中国版本图书馆CIP数据核字（2019）第286968号

**红楼人三十种解读**

著　　者 / 刘再复

责任编辑 / 朱静蔚
特约编辑 / 李志卿　项　玮
装帧设计 / 微言视觉 | 苗庆东　周逸凡
监　　制 / 姚　军
责任校对 / 项　玮

出版发行 / 上海三联书店
　　　　（200041）中国上海市静安区威海路755号30楼
联系电话 / 编辑部：021-22895517
　　　　　发行部：021-22895559
印　　刷 / 天津鸿彬印刷有限公司

版　　次 / 2021年4月第1版
印　　次 / 2024年7月第2次印刷
开　　本 / 787×1092　1/32
字　　数 / 201千字
印　　张 / 11.5
书　　号 / ISBN 978-7-5426-6932-2 / I·1587
定　　价 / 68.00元

敬启读者，如发现本书有印装质量问题，请与印刷厂联系18001387168。